D1942925

MAIKE ALBATH Bitteres Blau
Selva Almada Kein Fluss
Christine Wunnicke Nagasaki, ca. 1642
CHRISTINE WUNNICKE
Christine Wunnicke DER FUCHS UND DR. SHIMAMURA
Wunnicke Die Dame mit der bemalten Hand
Christine Wunnicke Selig & Boggs
MARGHERITA COSTA Die schöne Frau bedarf der Zügel nicht
Adania Shibli Eine Nebensache
BIRGIT SCHÖNAU La Fidanzata
Xita Rubert Die Unordentlichen
Vicente Valero SCHACHNOVELLEN
BERENBERG

HEINRICH VON BERENBERG

Vom Stemmen der Gewichte

News and Letters

BERENBERG

Für Petra und Matthias

Letters

News

»Es ist nie zu spät, wenn die Suppe gut ist.«
Ramón Gómez de la Serna

»Nehmen Sie die Perücke ab.«
Gilbert K. Chesterton

»Sag niemals nie.«
Ian Fleming

»Warum?«
Robert Schumann

»Don't take yourself too bloody seriously.«
Dwight Morrow

Vorwort

Vor gut zwanzig Jahren, 2004, erschien eine sogenannte Verlagsvorschau (siehe S. 249f.), mit der ein neu gegründeter Verlag, der, in dem auch dieses kleine Buch erscheint, auf sich aufmerksam zu machen versuchte. Begleitet wurde sie – wie danach jedes halbe Jahr auch ihre Fortsetzungen – von einem literarischen Motto, in diesem ersten Falle, am Anfang, waren es gleich fünf, damit alles besser halten konnte.

Wichtig sind sie alle geblieben. Die Suppe war, obgleich spät angerichtet, bis heute für ein beträchtliches Publikum doch ganz schmackhaft. Perücken spielten keine Rolle, denn wir haben immer versucht, mit sogenannten offenen Karten zu spielen. Wir sagten niemals nie und vermieden, uns an die Prinzipien zu halten, unter denen wir losgesegelt sind: Romane erscheinen inzwischen regelmäßig im Berenberg Verlag, obwohl das zu Beginn nicht vorgesehen war. Die Musik spielt eine große Rolle. Nicht nur im Leben des Autors der folgenden Kleinigkeiten, sondern auch im Verlagsprogramm. Dass davon in diesem Buch nichts zu lesen ist, liegt daran, dass Schreiben über Musik eine Kunst ist, die ich mir nicht zutraue. Dafür müssen die Bücher von Sonia Simmenauer und Carolin Pirich sprechen, die Gespräche mit dem Vogler-Quartett und jene mit der unvergleichlichen Nadia Boulanger, die alle im Laufe der Jahre hier erschienen sind.

Für mich fast das wichtigste Motto stammt von einem unbekannt gebliebenen US-amerikanischen Senator namens Dwight Morrow (immerhin Schwiegervater des politisch schillernden Atlantikfliegers Charles Lindbergh): »Don't take yourself too bloody seriously« empfinde ich als eine Aufforderung, die in Zeiten der ubiquitären narzisstischen Selbstentblößung vielleicht weltfremd wirken mag. Umso nötiger erscheint es mir, daran zu erinnern.

Natürlich ist eine Versammlung von Texten, wie sie hier zu lesen sind, eine flagrante Verletzung jenes nützlichen Mottos. Deshalb sei hier augenzwinkernd nochmals darauf hingewiesen, bevor die Wichtigtuerei der folgenden Seiten losgeht. Sie verdankt sich dem zwanzigjährigen Jubiläum des Verlags und soll nicht wieder vorkommen.

Der erste Teil, *Letters*, versammelt Texte, die als Einleitungen, Nachworte und als Beiträge für größere, thematisch begründete Textsammlungen erschienen. Es sind Porträts von Städten und Menschen, die mich beeindruckt haben und denen ich viel verdanke. Sie haben vielleicht etwas übertrieben viel mit der hispanischen Welt zu tun. Und sie sind vielleicht etwas »männerlastig«, wie das unschöne Wort heißt.

Der zweite Teil kann das hoffentlich ein wenig reparieren. Die unter der Rubrik *News* dort versammelten Texte entstanden in unregelmäßiger Folge als sogenannte »Newsletter«, also etwas, das man zumeist (und der Autor dieser Zeilen ist keine Ausnahme) genervt »wegdrückt«, wenn es im sogenannten »Mail-Account« erscheint. Da sie zwar manchmal Reaktionen ernteten, aber die Resonanz quantitativ eher dreistellig blieb, sollen sie hier nochmals in vierstelliger Auflage erscheinen. Die Autorinnen (und auch die Autoren), um die es in und anhand dieser Texte geht, erscheinen mir in diesen Zeiten unter literarischen, aber auch unter politischen Gesichtspunkten als so wichtig und auch bedeutend, dass hier nachgelesen werden kann, was ich, hoffentlich, von ihnen und im Austausch mit ihnen gelernt habe. Es ist viel; es hat mich, meine Ansichten und meine Gedanken verändert und bereichert, und das, finde ich, ist das Beste, was die Arbeit als Verleger von Büchern hergeben kann.

Gewidmet ist dieses kleine Buch meiner Frau Petra, mit der zusammen ich vor zwanzig Jahren den Verlag gründete, sowie unserem Freund Matthias Wähner, der das Verlagslogo, den Gewichtheber, entwarf (siehe S. 272f.) und damit die Leser und uns bis heute entzückt.

Berlin, Januar 2025

Letters

Erinnerung an eine Stadt am Meer

Johnny Depp wasn't here! (neither was Ricky Gervais!!)
Touristenwarnung vor einem Café in Barcelona

Ramallets, Foncho, Gensana, Gràcia, Vergés, Segarra – schöne, tönende katalanische Namen. Für mich allerdings einfach spanisch. Zu lesen waren sie an einem Herbstnachmittag des Jahres 1960 im Programmheft des Hamburger Volksparkstadions. Der deutsche Fußballmeister HSV spielte in einem Freundschaftsspiel gegen den FC Barcelona, und ich pilgerte zum ersten Mal ins Volksparkstadion, begleitet von meinem älteren Bruder, denn ich war erst zehn.

Solche Spiele, die heute ihre Bedeutung verloren haben, waren damals eine große Sache. Mit zweiundsiebzigtausend Menschen war das Stadion ausverkauft. Die genannten Namen standen für die Defensive des FC Barcelona. Der Sturm bestand, wie Kenner wissen, aus drei dem Wunderteam der fünfziger Jahre entlaufenen Ungarn, einem Brasilianer und einem Mittelstürmer aus Galicien. Der HSV verlor 2:3, aber das war nicht so wichtig. Ich hatte mich in die Stadionbroschüre vertieft und las immer wieder die Namen dieser Magier aus der Ferne. Irgendwann während der nächsten Monate schnitt ich ein Foto der Mannschaft des FC Barcelona aus einer Zeitung und klebte es mir über das Bett, gleich neben einem Foto von Real Madrid. Die hatten alles gewonnen, was es gab, und das immer wieder. Meine Liebe aber gehörte den zweiten Siegern, auch schon mal den Verlierern. Zwar war der schon damals steinreiche Club der katalanischen Hauptstadt nicht unbedingt das geeignete Objekt solcher Gefühle, aber das wusste ich noch nicht. So begann meine Liebesbeziehung mit Katalonien und seiner Metropole, und vielleicht war es ihr förderlich, dass ich von beidem selbst erst einmal gar keine Vorstellung hatte. Die bekam ich zehn Jahre später.

1970 war Spanien – für mich zumindest – ein fernes, von einer Mischung aus Romantik und Mord und Totschlag durchzogenes Märchenreich, weit im Westen Europas, hinter einer hohen Gebirgskette, den Pyrenäen, gelegen. Eigentlich hat sich daran nichts geändert. Wenn man sich auf der Fahrt durch Südfrankreich hinter Narbonne der spanischen Grenze nähert, meint man angesichts der immer kargeren Landschaft heute noch, es sei ein Ende erreicht. Und doch beginnt dahinter ein Riesenreich, das sich eigentlich bis hinunter nach Feuerland erstreckt.

Der genuin spanische Beitrag zur Geschichte des 20. Jahrhunderts, der Bürgerkrieg von 1936 bis 1939, reihte sich lückenlos in dieses sentimentale Bild ein. Dieser Bürgerkrieg ist nicht nur gewissermaßen der ideale Gesamtbürgerkrieg aller Zeiten, denn es standen sich wirklich zwei Spanien mit gefletschten Zähnen gegenüber. Er ist auch bis heute wie kaum ein anderer historisiert, fotografiert, literarisiert worden, und neben dem republikanischen Bollwerk Madrid spielt Barcelona mit seinem anarchistisch-trotzkistischen Revolutionsintermezzo die Hauptrolle.

Mein Vater hatte meine Parteinahme vorweggenommen. Er schätzte den Diktator Franco, der diesen Krieg gewonnen hatte, und schimpfte mit nie versiegendem Zorn über die besiegten »Roten« – die perfekten Stellvertreter für seinen Hass auf Kommunisten und alles, was er und seine bürgerlich-deutschen Zeitgenossen dafür hielten. Dabei war er, weit gereist wie kaum ein anderer aus der Generation der um 1910 Geborenen, seltsamerweise kaum jemals in Spanien gewesen. Das Land war, wie für viele Konservative seiner Zeit, auch für ihn ein spitzer Gegenstand, an dem sich seine Wut auf alles Linke stets aufs Neue entzündete. Ich staunte, denn es herrschte doch Friedhofsruhe, und ein uralter Diktator lag seit unvordenklicher Zeit wie ein Grabstein auf dem Land. Meine Sympathie gehörte, selbstverständlich, den Verlierern des Bürgerkriegs. Ich musste irgendwann dorthin, und nach dem Abitur, im Sommer 1970, ergab sich die Möglichkeit, mit zwei Freunden per Anhalter nach Barcelona zu fahren.

Die Fahrt dauerte mehrere Tage. Europa verfügte zu jener Zeit noch über kein nennenswertes Autobahnnetz. Wir reisten auf uralten Reiserouten, über die westliche Schweiz, den Genfer See, das Rhonetal abwärts nach Lyon und dann durch die Provence (Via Domitia!). Der freiheitlich anarchische Geist Barcelonas erreichte mich irgendwo zwischen Arles und Nîmes: Dort nahm mich ein Postangestellter in einem Auto der vorsintflutlichen Marke Panhard mit und erklärte mir, er sei Kommunist und der Meinung, Reichtum sei für alle da (seltsam: keine Hörner, keine Hufe, kein Schwefelgestank, ein ganz normaler, lustiger Franzose!).

In der Provence hatte ich mich von meinen Freunden getrennt. Per Anhalter reiste es sich nicht so gut zu dritt. Wir verabredeten uns auf ein Wiedersehen in der Jugendherberge von Barcelona, in ein paar Tagen. Am spanischen Grenzübergang Port Bou sah man zum ersten Mal die berühmten Lackhelme, die Kopfbedeckung der gefürchteten Guardia Civil, die ich für eine Art übriggebliebene SS hielt. Sie waren auch sehr streng, wollten 300 D-Mark sehen, ohne die man nicht einreisen durfte. Man lieh sich das zusammen und gab es nach erfolgreichem Grenzübertritt wieder zurück. So ließen sie mich hinein. Ein niederländisches Pärchen nahm mich dann mit, und zwei Stunden später, es war längst Nacht, ließen sie mich mitten in der fremden Stadt aus dem Auto. Ich war todmüde, der Boulevard, auf dem man mich abgesetzt hatte, war menschenleer. Eine steinerne Bank mit weißer Mosaikoberfläche und einer darüber an einer fein ziselierten Eisenkonstruktion aufgehängten, merkwürdig geformten Straßenlaterne lud zum Ausruhen ein. Die Bank war seltsam rundlich und sehr bequem. Ich legte meinen Rucksack unter meinen Kopf und schlief sofort ein. Spät in der Nacht weckten mich zwei Guardias. Halbtot vor Schreck und Schläfrigkeit gab ich ihnen meinen Pass. Sie schauten hinein, dann teilten sie mir mit, wo die Jugendherberge sei, und ließen mich weiterschlafen. Für SS-Männer waren sie seltsam friedlich gestimmt. So schlief ich wieder ein und erwachte, als es hell wurde und die Straßen sich mäßig bevölkerten. Ich betrachtete meine Schlafstätte, fand sie irgendwie surreal und ahnte nicht, dass ich meine erste Nacht von Barcelona auf einem der Baudenkmäler verbracht hatte, die der Architekt Antoni Gaudí seiner Heimatstadt hinterlassen hat. Die Bänke schmücken heute noch den Passeig de Gràcia, den verkehrsreichen Boulevard, der, von der Plaça de Catalunya ausgehend, den Eixample, oder spanisch Ensanche, die nördlich des mittelalterlichen Stadtkerns gelegene, im 19. Jahrhundert gebaute Stadterweiterung, in nordsüdlicher Richtung durchläuft und die mittelalterliche Altstadt mit dem oberhalb gelegenen Viertel Gràcia verbindet. Wenn ich sie sehe, wird mir warm ums Herz.

Meine beiden Freunde traf ich am nächsten Tag pünktlich zur Fernsehübertragung des WM-Jahrhundertspiels zwischen Italien und Deutschland in der Jugendherberge. Während der folgenden Tage liefen wir vor allem durch die Vorstädte um die Sagrada Família, die sich damals noch in dem embryonalen, verglichen mit ihrem heutigen Bild aber tief beeindruckenden und rätselhaften Zustand befand, in dem Gaudí sie hinterlassen hatte, als er 1926 von einer Straßenbahn überfahren wurde. Zwei Türme standen, und das Geburtsportal, eine Stein gewordene Pflanze voller Vögel, war auch zu besichtigen. Staubig war es, sehr heiß, und zum ersten Mal machte ich Bekanntschaft mit dem Geruch des iberischen Südens: heißes, stark riechendes Olivenöl und Fisch. Jahrelang, eigentlich bis heute, war das Kriterium für Olivenöl nicht die Frage, ob es mehr oder weniger jungfräulich und kaltgepresst ist. Am besten gefällt mir, wenn es in der Pfanne jenen starken Duft entfaltet, der mich in einer nicht unbedingt Proust'schen Epiphanie zurückführt zu meinen ersten spanischen Stunden in Barcelona.

Ansonsten hingen überall Plakate, und in den Rückfenstern der Taxis prangte das Porträt des Staatschefs. »Die Gewerkschaften grüßen den ersten Arbeiter des Volkes« – ein Spruch wie aus Nordkorea schmückte die Transparente über der riesigen Avenida del Generalísimo Franco. Die geniale Art und Weise, in der diese riesige, schnurgerade, von oben links nach unten rechts verlaufende Straße die ganze Stadt aufschließt, habe ich erst viel später verstanden, als sie, ihrer Funktion entsprechend, wieder Diagonal hieß. Was sich mir allerdings schon bei unseren damaligen Wanderungen durch die oberhalb der parallel zum Meer verlaufenden Achse der Gran Via de les Corts Catalanes gelegenen Stadtviertel einprägte, war die Tatsache, dass jede Straßenkreuzung einen kleinen Platz bildete, der zum Verweilen einlud. Das Prinzip des Eixample hatte ich begriffen, bevor sich mir diese geniale Stadterweiterung (so die nüchterne Übersetzung) erschloss.

Den Generalísimus habe ich dann auch noch gesehen. Irgendwie hatten wir erfahren, dass er an einem jener Tage in der Kathedrale eine Messe hören wollte. Der Platz vor der finsteren, in meiner Erinnerung pechschwarz dräuenden Kirche war voller Menschen. Wir standen mittendrin und konnten aufgrund unserer den Durchschnitt der Anwesenden mühelos überragenden Körpergröße gut sehen. Hinter uns erstreckte sich eine lange, perspektivisch sich verbreiternde Gasse. Die Spanier waren unter der Diktatur nicht gewachsen. Endemischer Hunger und Unterernährung? Nur sechzehn Jahre nach Francos Tod teilte der Schriftsteller Javier Marías in einem Essay zum Thema der dramatischen Veränderungen im äußeren Erscheinungsbild seiner Landsleute die Tatsache mit, dass während der ersten zwanzig Jahren der Demokratie nach 1975 nicht nur verblüffend viele Spanier im Vergleich zu früher erblondet waren. Ihre Körpergröße hatte sich auch noch um durchschnittlich zehn Zentimeter erhöht.[1] Unter Franco, das konnten wir ahnungslosen, von weit her gekommenen Pennäler tatsächlich erkennen, hungerten die Spanier – nicht nur nach etwas zu essen.

Er kam in einem Auto, das mindestens so alt gewesen sein muss wie er selbst – wie man mir später erzählte ein Hispano Suiza aus der Zeit vor dem Bürgerkrieg. Aus stieg ein uraltes, gebeugtes Männchen, umgeben von ein paar vertrockneten Uniformträgern und ebenso vertrockneten Frauen, pechschwarz gekleidet und mit Mantilla auf dem Kopf – alles in allem die Karikatur einer iberischen Szene wie von der Hand des großen Francisco Goya. Ein paar spanische Jubelperser schrien »Arriba España«, und die Gespenster verschwanden in der Kirche. Wir zogen weiter an die Küste zwischen Sitges

1 Vgl. Javier Marías, »Gar nicht spanisch«. In: *Freibeuter* 49, Verlag Klaus Wagenbach, Berlin 1991.

und Tarragona, wo wir ein paar Tage am Strand kampierten, Haschisch rauchten und uns vor den Guardias fürchteten, die nachts vorbeikamen, uns ab und zu nach dem Pass fragten, ansonsten aber in Ruhe ließen.

Von Katalonien, dem uralten Land mit seiner uralten Sprache, wusste ich zu jener Zeit so gut wie gar nichts. Eine junge Frau aus Barcelona, Consol, war die Erste, die mich aufklärte. Sie war Medizinerin und famulierte Anfang der siebziger Jahre in Hamburg in der Universitätsklinik. Ich wollte Spanisch lernen, und Spanier gab es zu jener Zeit in meiner Heimatstadt viele. Consol war eine echte Katalanin aus Barcelona, aber ich lernte bei ihr Spanisch und nebenbei lernte ich auch noch, wie man Tortillas herstellte. Unmengen eines stark riechenden Olivenöls, Marke Carbonell, waren dazu notwendig, Zwiebeln und viel Knoblauch, und zur Begleitung ertönte ihr Spanisch. Es klang wundervoll, schöner als alles, was ich später in Madrid oder Andalusien zu hören bekam, und verdankte sich der Phonetik des Katalanischen. Das S war ein sanftes Sch, das L wurde im Gaumen von der Zunge leicht gerollt. Kolumbianer reden, auf andere Art, vielleicht ebenso schön. Aber in ganz Spanien findet sich nichts Wohlklingenderes. Mein Spanisch habe ich von Katalanen gelernt.

Consol war Medizinerin und Republikanerin. Sie war nicht viel älter als ich, aber mir schien, dass sie aus einem tiefen geschichtlichen Brunnen gestiegen war, denn die Vergangenheit, über die sie redete, spielte sich im Wesentlichen Mitte der dreißiger Jahre in Barcelona ab und war von Helden bevölkert und traurig, denn es war ja alles so schlecht ausgegangen. Zwei Bücher trug sie mir auf zu lesen: *Homage to Catalonia* von George Orwell und *Auf der Plaça del Diamant* von Mercè Rodoreda. Beide Bücher spielen in einer Stadt, die ich damals nicht kannte. Aber jeder, der Barcelona und den Geist, der von hier aus im 20. Jahrhundert spanische Geschichte gemacht hat, kennenlernen will, muss sie lesen. Es sind die bitteren, aber ganz und gar unsentimentalen Gesänge vom Alltagsleben der einfachen republikanischen Menschen, die man aus dem Buch von Mercè Rodoreda hört. Die Handlung spielt im Viertel Gràcia, oberhalb der Diagonal. Auf dem gleichnamigen Platz gibt es eine Erinnerungsstätte mit Zitaten aus diesem bitterschönen Buch. Aus Orwells Buch dagegen klingt neben dem heroischen Geschmetter der Fanfaren des Anarchismus auch der Abgesang auf diese historisch ziemlich einzigartige, mit Barcelona verknüpfte Erscheinung.

Wer heute nach Barcelona fährt, wird nicht merken, dass ausgerechnet diese reiche Stadt mit ihrem bürgerlichen Schick und ihrer Mischung aus bourgeoiser Behäbigkeit und mediterraner Leichtigkeit einst das Zentrum einer weltweit einmaligen politischen Bewegung war, die sich die Abschaffung jeglicher Herrschaftsform auf die politischen Fahnen geschrieben hatte und damit nicht etwa zu einer lächerlichen Sekte, sondern zu einer machtvollen sozialen Bewegung geworden war und im Bürgerkrieg zu einer der wichtigsten Stützen der republikanischen Seite heranwuchs. Im bürgerlich hanseatischen Weltbild meines Elternhauses freilich waren Anarchisten, wenn überhaupt darüber gesprochen wurde, so etwas wie neunmal geschwänzte Teufel, vor denen sich sogar ein Protestant bekreuzigte, Wesen, auf die die Bezeichnung Mensch eigentlich nicht mehr passte und die man sich mit einer ständig rauchenden Lunte vorzustellen hatte. Leute, die vor nichts zurückschreckten, viel schlimmer noch als die ewigen Kommunisten, über die man sich sowieso schon dauernd aufregen musste.

Zur Zeit, als ich Tortillas briet, als Consol von den Anarchisten in wärmsten Tönen sprach und gleichzeitig im Universitätskrankenhaus Eppendorf Menschen nicht etwa sadistisch in den Tod beförderte, sondern zurück ins Leben zog, begannen sich jenseits der Pyrenäen unglaubliche Dinge zu tun. Es fing damit an, dass 1973 in Madrid eine schwere Limousine über ein Hausdach in einen Innenhof flog. In ihr starb Admiral Carrero Blanco, der Mann, den der hinfällige Greis, dem ich auf dem Platz vor der Kathedrale begegnet war, zu seinem Nachfolger auserwählt hatte. Die Bombe hatte die baskische ETA gelegt, es war ihre letzte gute Tat.

Das nächste Ereignis fand im Stadtgefängnis von Barcelona statt, dem seine Erbauer Modellcharakter attestiert hatten, weshalb es bis heute Modelo heißt – eine Zwingburg inmitten der schon ärmeren Viertel am östlichen Rand des Ensanche, gebaut, um seinen potentiellen Insassen für alle Fälle schon mal die Instrumente zu zeigen. Im März 1974 wurde hier ein sechsundzwanzig Jahre alter katalanischer Student namens Salvador Puig Antich hingerichtet. Es hieß, er sei Anarchist und habe während einer Schießerei einen Beamten der Guardia Civil getötet. Dafür wurde er offiziell und unter Beisein des für solche Dinge obligatorischen katholischen Priesters erwürgt, mithilfe einer Vorrichtung, von der man sich, trotz aller historischen Scheußlichkeiten des 20. Jahrhunderts, nicht mehr vorgestellt hatte, dass so etwas noch existieren könne. Es gab ein Plakat mit einer Zeichnung von dieser Hinrichtung, und ich erinnere mich vor allem an das Kreuz, das dem verzerrten Gesicht des Delinquenten von irgendeinem widerwärtigen Kirchenlicht entgegengehalten wurde. Gebessert hat sich die Katholische Kirche seitdem in Spanien kaum, und vor allem an der Spitze ist sie nach wie vor ein treuer Erfüllungsgehilfe all jener unerfreulichen Politiker, die es immer noch für nötig halten, auf dem Weg ihrer Karriere in eine der italienischen Verschwörerloge P2 vergleichbare, allerdings legale und unter männlich bürgerlichen spanischen Politikern geschätzte Institution namens Opus Dei einzutreten. Bis heute ist die Katholische Kirche in Spanien – mit ihrer Geschichte von Inquisition und aktiver Beteiligung an der jahrhundertelang betriebenen Ausrottung der lateinamerikanischen indigenen Bevölkerung – dafür mitverantwortlich, dass sich die zwei Spanien aus den Zeiten des Bürgerkriegs immer noch misstrauisch gegenüberstehen. Versöhnung oder Kompromiss – das sind für diese angeblich tief gläubigen kirchlichen und politischen Funktionäre Fremdworte geblieben. Stattdessen wird bis heute in der scheußlich pompösen Kathedrale in der Franco-Gedächtnisstätte Valle de los Caídos bei Madrid täglich eine Messe gelesen. Katholizismus, das wirkt in Spanien noch heute fast wie eine unheilbare Krankheit.

1975 war das alte Gespenst Franco endlich tot, und Spanien wandelte sich in blitzartiger Geschwindigkeit von einer Ödnis in verordnetem Tiefschlaf zu einem der aufgeregtesten Landstriche im sowieso recht aufgeregten Europa der siebziger Jahre. In Hamburg konnte man seit Anfang 1976 am Zeitungskiosk am Hauptbahnhof mit eintägiger Verspätung eine Tageszeitung namens *El País* lesen. Consol war wieder nach Hause gefahren, zurückgekehrt, um beim Umsturz der alten Ordnung dabei zu sein, von dem viele Menschen träumten. Im fernen Madrid wurde von einem smarten Jugendfunktionär des alten Regimes, Adolfo Suárez, einem geläuterten Stalinisten namens Santiago Carrillo und einem jungenhaften sozialistischen Anwalt, Felipe González, in beachtlicher, vor allem friedlicher Manier das über die Bühne gebracht, was man später die *transición*, den Übergang, nannte. In Barcelona aber lautete das Zauberwort noch lange *ruptura* – der Bruch mit den alten Verhältnissen.

Die Stadt wurde in den späten siebziger Jahren zu jenem intellektuellen Zentrum des ganzen Landes, das sie immer schon gewesen war und geblieben ist. Hier lebten die interessantesten Schriftsteller, hier entstanden die modernsten Verlage und Zeitschriften, die mir nicht nur die politische Topographie der hispanischen Welt erschlossen. Auf dem Umweg über Barcelona lernte ich sämtliche theoretischen Neuerungen aus Frankreich und Italien kennen, die die Hamburger Abstellgleise wenn überhaupt, dann erst viel später erreichten. Ich abonnierte eine in Barcelona erscheinende Zeitschrift namens *El viejo topo*, von der ich bis heute die Jahrgänge 1976 bis 1981 aufbewahre. Immer wieder schaue ich hinein, und immer wieder staune ich über die Aufgeschlossenheit, den Witz und die Radikalität, die hier aus jeder Zeile sprechen und die man zu jener Zeit überall in der Stadt zu spüren bekam. Ich erinnere mich an das Gefühl, wenn ich in Hamburg eine neue Nummer aufschlug: Es war tatsächlich so etwas wie der Rausch der Berührung mit etwas ganz Neuem, etwas, das das ganze Leben verändert. Die Namen dieser mehr oder weniger anarchistischen Sponti-Publikationen, andere hießen *Bicicleta* und *Ajoblanco*, waren Programm: Sie waren radikal, intellektuell anspruchsvoll, international im Ausblick, unterhaltsam und lustbetont, und im Übrigen exzellent ediert und aufregend modern gelayoutet – eine Mischung, die man sich während der bleiernen späten siebziger Jahre in Deutschland nicht vorstellen konnte. Und 1979 fuhr ich endlich wieder hin. Eigentlich zum ersten Mal, denn dieses Mal wusste ich, wohin die Reise ging.

Barcelona liegt am Mittelmeer, an sich eine Verheißung. Aber die Lage der Stadt ähnelt weniger den spektakulären Panoramen, mit denen Städte wie Neapel und Lissabon sich ihre maritime Umgebung anverwandelt haben. Barcelona liegt zwar nicht mit dem Rücken zum Meer wie zum Beispiel Buenos Aires, das man kennenlernen kann, ohne einen Blick auf den Río de la Plata zu werfen. Aber der Hafen, der die Stadt zur reichsten von ganz Spanien gemacht hat, sorgt dafür, dass man das Mittelmeer lange nur auf Seitenwegen erreichte. Alle großen Straßen der Stadt, die vom Tibidabo, dem einen der beiden Hausberge der Stadt, herablaufen, enden am Hafen. Anstatt aufs Meer blickt man auf ein maritimes Durcheinander aus Yachten, Segelbooten, Restaurants und Fährschiffen – eine Art funktionaler Amüsiermeile, die man umlaufen muss, um an die große Mole zu gelangen, an deren Ende man das Meer endlich sieht. Den schönsten Ausblick bietet der andere Hausberg, der direkt über dem Meer aufragende Montjuïc, der die Stadt im Südwesten abschließt, oder aber – als es noch in all seinem nach Fisch riechenden Glanz existierte – von einem klapprigen Stuhl, im Sand eines Restaurantstrandes von Barceloneta.

Barcelonas wenn man so will gestörtes Verhältnis zum Meer verdankt sich der Dreiteilung der zentralen Stadtlandschaft, die einer Waffel ähnelt. Und wie bei einer guten Waffel spielt sich alles Wesentliche in der Mitte ab, im Eixample, dem pulsierenden Zentrum, das Mitte des 19. Jahrhunderts von dem Architekten Ildefons Cerdà erdacht und gebaut wurde. Das Prinzip dieser genialen städtebaulichen Neuerung erkennt jeder sofort, der sich eine Karte der Stadt von oben ansieht, egal ob von heute oder aus der Zeit vor 160 Jahren, als das Viertel entstand. Cerdà wollte ursprünglich ein Viertel schaffen, in dem die sozialen Gegensätze zwischen Bourgeoisie, Handwerk und Proletariat aufgehoben wären – Häusercarrées, in denen alle Wohnungen uniform gestaltet und die Mieten oder die Preise für jedermann erschwinglich wären. Die Innenhöfe sind zum Teil Parklandschaften zur Erholung. Bis heute bewahrt das riesige Viertel, das in kurzer Zeit aus dem Boden gestampft wurde, seinen uniformen Charakter, der es allgemein zugänglich macht. Das schönste Charakteristikum sind immer noch jene abgeschnittenen Ecken, die aus den Carrées de facto Oktagone machen. Die abgeschnittenen Ecken bilden einen kleinen Platz. Nichts Besonderes, aber auf jeden Fall genügend Raum für die Terrasse eines Cafés oder eines Restaurants.

Hier, im Eixample, traf ich Consol wieder. Sie hatte ein Kind, arbeitete aber weiterhin als Ärztin. Ihr Mann war auch Arzt, und sie sprachen untereinander meist Katalanisch, wie ich frustriert feststellte, denn ich hatte inzwischen Spanisch gelernt. Ich wollte wissen, warum, und bekam als Antwort, Spanisch sei vierzig Jahre lang die Sprache der Unterdrücker gewesen. Das Katalanische sei verboten gewesen und schon deshalb ein fortschrittliches Idiom, das in Barcelona wieder zur ersten Sprache werden müsse, vor allem zur Amtssprache. Jeder, der hierherkomme, solle Katalanisch lernen.

Eine ganz andere Meinung bekam ich von jenen Leuten zu hören, die aus ärmeren spanischen Regionen wie Andalusien, Extremadura und Galicien nach Barcelona gekommen waren, um hier Taxi zu fahren, als Kellner oder Bauarbeiter zu arbeiten, hinter dem Postschalter zu sitzen und all jene Dinge zu tun, die manchmal schmutzig oder langweilig sind, ohne die ein großes Gemeinwesen aber nicht funktionieren kann. Nicht zu reden von den zahlreichen Südamerikanern, die hier im Exil lebten. Sie alle waren hierhergekommen, um zu überleben und zu arbeiten, nicht aber, um eine Fremdsprache zu lernen, wo doch jedermann in der Stadt sich problemlos mit ihnen unterhalten konnte. Es war meine erste, verstörende Begegnung mit dem katalanischen Nationalismus. Die Grenze zwischen Befürwortern und Gegnern zog sich interessanterweise nicht entlang der bequemen Linie zwischen links und rechts, sondern fand sie jeweils auf beiden Seiten.

Aber wir waren bei der Waffel. Oberhalb der Diagonal, die den Eixample durchschneidet, liegen das Künstlerviertel Gràcia und das wohlhabende Sarrià. Die Geometrie wird hier sofort abgelöst von Vierteln, an deren manchmal krummen Straßenzügen und kleinen Plätzen man erkennen kann, dass sich hier ursprünglich eigenständige Dörfer befanden. Auch der Bezirk Horta-Guinardó liegt hier. Mit ihm verbindet sich eines der für mich bewegendsten und zugleich rauesten Bücher, die je über Barcelona geschrieben wurden. Es ist der kleine Roman *Ronda del Guinardó*, der im Titel den Namen einer Straße führt, die durch das Viertel verläuft. Das Buch spielt in den bleiernen Jahren nach Ende des Bürgerkriegs. Ein alter Kommissar, krank und kurz vor der Pensionierung, Inkarnation einer eisernen, aber schon siechen Staatsgewalt, bringt eine junge Frau, fast noch ein Mädchen, in die Leichenhalle, damit sie dort die Leiche ihres Vergewaltigers identifiziert. Diese junge Frau ist die Inkarnation all jener den Siegern des Bürgerkriegs verhassten mediterranen, zukunftsfrohen Großstadttugenden: Sinnlichkeit, Respektlosigkeit, Witz und Schlagfertigkeit. Der Weg durch das Viertel – mehr passiert nicht in diesem Buch – ist der Gang durch ein historisches und politisches Universum, auch durch die raue Bitternis, die in ganz Spanien nach dem Ende des Bürgerkriegs herrschte und die Städte für viele Menschen zum Gefängnis werden ließ. Geschrieben hat dieses Buch der Katalane Juan Marsé, einer der besten und mutigsten iberischen Autoren, der schon während der Franco-Zeit politisch brisante zeitgeschichtliche Romane schrieb. Er tat das in dem Idiom, das in Spanien gesprochen und von der überwiegenden Mehrheit verstanden wurde, dem Idiom, in dem seine Romane die durchschlagende Wirkung entfalten konnten, die sie verdienten. Hätte er sich seiner katalanischen Muttersprache bedient, er wäre womöglich ein Unbekannter geblieben. Im Vorfeld der Frankfurter Buchmesse 2009 wurde, neben Eduardo Mendoza, auch dieser Schriftsteller nicht zur offiziellen Delegation jener katalanischen Sprachfundamentalisten geladen, mit der sich das Gastland während dieser Buchmesse blamierte. Der Grund: Beide hatten ihre Bücher auf Spanisch geschrieben.

Den unteren Abschluss der Waffel bildet die Ciutat Vella, die mittelalterliche Altstadt. Viele Jahre lang bestand für mich Barcelona aus kaum etwas anderem. Wenn ich in den achtziger Jahren hinfuhr, und das geschah nun fast jedes Jahr, wohnte ich im kleinen Hotel Jardí an der Plaça del Pi, unmittelbar gegenüber der alten gotischen Kirche Santa Maria del Pi, mitten in der Altstadt. Das Hotel gibt es noch, und teurer ist es offenbar auch nicht geworden. Der Platz lag nur einen Katzensprung entfernt von den Ramblas, eines dicht mit Platanen bestandenen Boulevards, der die Altstadt von Barcelona in das Barrio Gótico und das Barrio Raval, das alte Barrio Chino, unterteilt.

Grund für meine Reisen war zu jener Zeit die Literatur. Ich arbeitete im Westberliner Verlag Klaus Wagenbach, für den ich spanische Literatur für den deutschen Markt entdecken sollte. Also besuchte ich die spanischen Verlage, die zu jener Zeit fast ausschließlich in Barcelona saßen. Die besten hießen Anagrama, Tusquets, Lumen und, damals noch, Seix Barral. Wenn ich von meinen Treffen mit den Verlegern oder Lektoren zurückkam, setzte ich mich in eines der Cafés auf den Ramblas und begann zu lesen. Ging ich zurück ins Hotel, kam ich an der Buchhandlung documentos vorbei, in der ich wahrscheinlich mehr spanische Bücher als sonst irgendwo gekauft habe und wo mir irgendwann ein Buchhändler auf meine Frage nach einem Buch aus einem südamerikanischen Verlag lächelnd entgegnete: »Latinoamérica no existe.« In meinem Zimmer an der Plaça del Pi habe ich, zusammen mit meinen damals jungen Kollegen Ignacio Echevarría und Claudio López de Lamadrid auf dem Bett gesessen und eine Anthologie iberischer Autoren zusammengestellt. Damals lernte ich erstmals die katalanische Literatur kennen – die ältere, mit der sich Namen wie Pla, Sagarra und Perucho verbinden, und die damals ganz jungen Großstadtautoren wie Quim Monzó und Sergi Pàmies. Am besten gefielen mir zwei Lyriker: der aus einer katalanischen Literaturdynastie stammende José Agustín Goytisolo und Salvador Espriu, für viele der beste Dichter, den Katalonien hervorgebracht hat. Ich erinnere mich an die Kopfschmerzen, die mir die Konzentration in der immer noch neuen Sprache verursachte, und ich erinnere mich an die Kakerlaken, die manchmal im Badezimmer umherwieselten. Wenn die Sitzungen vorbei waren, schwang ich mich auf den Soziussitz des Motorrollers, mit dem Ignacio durch die Stadt fuhr, und lernte sie aus der besten Perspektive kennen, die sich ein junger Mensch, der eine fremde Stadt erkundet, nur wünschen kann.

Bei meinen Spaziergängen blieb ich meistens auf meiner Seite der Ramblas und streifte durch die engen Straßen um die Plaça Sant Jaume, wo, gegenüber vom alten Rathaus, der Palast der katalanischen Regierung, der Generalitat, steht, um den finsteren Palau Reial, in den ich mich nie hineingetraut habe, und um die Kathedrale von Barcelona. Sie hat im 19. Jahrhundert eine jener Fassaden angeklebt bekommen, die man damals in Europa für besonders gotisch hielt. Innen ist sie geblieben, was sie war: eine große alte Kirche mit einem Kreuzgang, in dem seit alter Zeit ein paar Gänse gehalten werden. Ob sie schnattern, wenn ungebetene Gäste kommen, weiß ich nicht. Die Touristenmassen, die tagaus, tagein an ihnen vorbeidefilieren, ertragen sie jedenfalls mit stoischer Ruhe. Als ich zuletzt da war, ging ein mächtiges Gewitter über der Stadt nieder, und die Gänse standen im Regen, reckten ihre Schnäbel und schienen sich wohlzufühlen, ich hoffe es jedenfalls für sie.

Die andere Seite der Ramblas, das Barrio Chino, das eigentlich Raval heißt, habe ich zuerst durch ein schwieriges Buch kennengelernt. Es ist eine der schönsten Einführungen in das alte Rotlichtviertel von Barcelona, und geschrieben hat es der umstrittene, aber unverwüstliche Nobelpreisträger Camilo José Cela. Der Titel: *Izas, rabizas y colipoterras*. Diese drei fremdartig anmutenden spanischen Worte bezeichnen Synonyme für das Wort »Nutte«, und in diesem Buch wird ein Stadtviertel aus der Perspektive eines der besten Kunden jener Prostituierten dargestellt, die zu jener Zeit ihr bitteres und alles andere als pittoreskes Dasein im Barrio Chino fristen mussten. In meiner Erinnerung war es ein raues, zugleich sentimentales und auf poetische und bizarre Weise sehr sachliches Buch. Frauenfeindlich, unverschämt und witzig, wie zu jener Zeit selbstverständlich, wenn Spanier offen über Sex redeten, aber auch voll von jenen selbstbewussten Frauen mit ihren kehligen, rauchigen Stimmen, ihrem unbändigen Gelächter und ihrem entwaffnend offenen, selbstbewussten Gehabe, das sich für mich mit spanischen Frauen verbindet. Das Spanische ist, im Gegensatz zum Deutschen, unendlich reich an sexueller Idiomatik. Nicht zuletzt deshalb wurde Celas Buch nie übersetzt. Ein Versuch, den ich aus der Nähe erlebte, und den immerhin eine der damals besten Übersetzerinnen aus dem Spanischen, die unvergessliche Elke Wehr, in Angriff genommen hatte, scheiterte an der schier grenzenlosen Fülle des sexuellen Vokabulars (Cela ist auch der Autor eines dreibändigen spanischen Wörterbuchs der sexuellen Idiomatik) und der Unmöglichkeit, selbst bei größter Findigkeit ein einigermaßen äquivalentes Deutsch dafür herzustellen.

Nichts war schöner in jenen Jahren, gemeint sind die frühen achtziger Jahre, als die Gegend rechts und links der Lebensader des alten Barcelona zu erkunden: Die Ramblas mit ihrem geordneten Platanendickicht waren ein innerstädtischer Wald, den man an manchen Tagen überhaupt nicht zu verlassen brauchte. Unten, an der Kolumbussäule, wo die Straße beginnt, befanden sich ein paar Restaurants, eines vor allem, im Keller, ich habe vergessen, wie es hieß, wie überhaupt fast alle Namen jener Lokale, in denen sich mein spanisches Aroma verdichtete: der Duft, den jeder kennt – stark riechen des Olivenöl, Fisch, Knoblauch, abgestandener Wein –, am schönsten zur Zeit des iberischen Mittagessens, also zwischen drei und vier Uhr nachmittags. Mein Revier war der zentrale Teil der Ramblas, der Abschnitt vor dem Teatro del Liceu, der Oper von Barcelona, die man nicht findet, wenn man nicht weiß, wo sie sich befindet. Wie so viele Opernhäuser der mediterranen Welt steht sie nicht pompös für sich allein wie in Paris, London, München oder andernorts im nördlichen Europa, sondern ist Teil einer wohlgeordneten Häuserfront, in die sich die Fassade als ornamentales Schmuckstück einfügt – scheinbar eine Geste bürgerlicher Zurückhaltung (in Wahrheit eine Frage der Immobilienpreise), die sich in Mailand, Venedig und Rom wiederholt.

Über Jahre hinweg waren die Ramblas alles, was ich brauchte in Barcelona: Hotel, Restaurant, Café, Zeitungsladen, Buchhandlung, Einkaufsparadies. Man konnte auf dem etwas abseits gelegenen Carrée der Plaça Reial im spärlichen Schatten der haushohen Königspalmen vor sich hin dämmern, wenn man es ruhig haben wollte, man konnte mitten auf dem Boulevard seinen Kaffee trinken und zwischendurch vom Tisch aufstehen und sich eine neue Zeitung oder eine Schachtel Zigaretten kaufen. Die Kioske, an denen das geschah, verdienten ein eigenes Kapitel. Es waren das (und sind zum Teil immer noch) kleine Häuser oder große Schuppen, ganz wie man will. Die Gebäudestruktur ist ohnehin nicht zu erkennen, denn alle Umrisse verschwinden hinter der gewaltigen Menge von Zeitungen, Zeitschriften, Büchern, Plakaten, Schriftzügen, Zigarettenstangen, Batterien, Schreibutensilien, die in verschiedensten Formationen die Landschaft dieser seltsamen Institutionen bilden. Süßigkeiten gab es auch. Zu essen aber sonst nichts, denn das Paradies in dieser Hinsicht, der Mercat de la Boqueria, befand sich nur einen Katzensprung weiter auf der gleichen Seite wie das Opernhaus Liceu.

Ich besuchte die Boqueria, die alte Markthalle von Barcelona, zum ersten Mal mit dem Schriftsteller Javier Tomeo, der mir die innere Geschichte Barcelonas erschlossen hat wie kaum ein anderer. Tomeo hatte ich eines Morgens im Café unten in meiner Absteige an der Plaça del Pi getroffen. Es war 1984, soeben war sein erstes Buch, *Der Marquis schreibt einen unerhörten Brief*, im Wagenbach Verlag erschienen, und Tomeo strahlte satte Zufriedenheit aus. Ein großer Mann, wie ein Fußballtrainer mit dem langen und vollen Gesicht eines gut gelaunten, starken Pferdes. Wir tranken einen Kaffee und fuhren hinaus nach Cadaqués, einem wundervollen, hinter einem Vorgebirge versteckten Fischernest nahe der französischen Grenze, das die feine Gesellschaft von Barcelona zu einer Art Luftkurort erkoren hatte und wo Tomeo sich wohlfühlte.

Tomeo stammte aus Aragón, jener magischen, kargen Bergregion, die auch die Heimat von Luis Buñuel und historisch mit Katalonien eng verbunden ist. Aber er lebte seit vielen Jahrzehnten in Barcelona, wo er studiert hatte und zum Schriftsteller wurde. Ich traf ihn jedes Mal, wenn ich nach Barcelona fuhr, und erkundete in seiner Gesellschaft die Stadt.

Meist trafen wir uns im Café Zurich an der Plaça de Catalunya, am oberen Ende der Ramblas. Es befand sich in einem hässlichen Gebäude und war auch sonst ziemlich abgeblättert. Aber es war ein Café, das von seinen Besuchern geprägt war, einem ortsüblichen Sammelsurium aus Angestellten, Chefs, Intellektuellen, Künstlern. Touristen sah man dort nur vorüberlaufen, obwohl das Café gewissermaßen mitten im Strom lag. Aber es wirkte einfach nicht so attraktiv, und die Ecke, an der es lag, war tatsächlich eine der zugigsten in der großen Stadt.

Als ich in Tomeos Begleitung zum ersten Mal die Boqueria besuchte, tat ich das auf der Suche nach einem guten Stück spanischen Schinkens, den man damals noch nicht in Deutschland kaufen konnte. Er entsprach nicht den deutschen Lebensmittelgesetzen und war verboten. Ein interessantes Detail in diesen Zeiten, in denen die Pata negra in den Delikatessgeschäften den einst hoch geschätzten Lachs abgelöst hat, der heute wie Scheiblettenkäse verkauft (und leider auch hergestellt) wird. Ich fragte, was ich beachten müsse, und Tomeo sagte: die Farbe. Der Schinken sei eine uralte spanische und somit katholische Angelegenheit. Der wahre, wohl abgehangene iberische Schinken habe die Farbe des Bischofsgewandes – *color ovispo.*

Die Boqueria ist ein Touristenmagnet geworden, und auch das Café Zurich gibt es noch, allerdings in anderer Gestalt. Man hat nämlich das alte Etablissement an der Ecke der Plaça Catalunya, dort wo die Ramblas anfangen, in einen der scheußlichen Neubauten appliziert, die dort entstanden sind. Wenn man zwischen den Massen der Touristen, die das Café inzwischen entdeckt haben, einen Platz findet, dann kann man tatsächlich noch einige der alten Habitués erkennen, alte Frauen, alte Männer, die dort allein an einem Tisch sitzen und ihr Bier, ihren Likör oder einfach ihren Kaffee von einem der Kellner gebracht bekommen, die ebenfalls zum Teil so wirken, als seien sie Überlebende aus einer längst vergangenen Zeit. Man mag das traurig finden oder nicht. Tatsächlich ist es nichts anderes als ein Stück Wandel, der individuell als bitter empfunden werden mag, den die Stadt aber ungerührt geschehen lässt. Wie mit dem Café Zurich und der Boqueria, so ist es mit der Zeit mit den ganzen Ramblas gegangen. Der Massentourismus, der Ende der achtziger Jahre und endgültig seit den Olympischen Spielen 1992 von Barcelona Besitz ergriff, hat der Straße viel von ihrer entspannten Atmosphäre genommen und sie mit den Accessoires der billigen Marketendereien gesegnet, die oft der Tod eines ausgewogenen innerstädtischen Ambientes sind. Irgendwann konnte man die Plaça Reial nach Einbruch der Dunkelheit nicht mehr betreten, ohne von Drogendealern angeredet zu werden, und auch auf den Ramblas wurde der Aufenthalt ungemütlich.

Wenn ich in den letzten Jahren für ein paar Tage nach Barcelona fuhr, bin ich gar nicht mehr auf die einst geliebte Straße gegangen. Auch das Barrio Gótico besuchte ich nur noch selten, und im Barrio Chino war ich ohnehin nur ein paar Mal gewesen, und dann immer in einem tollen Fischrestaurant an der Carrer de L'Hospital, glaube ich. Seinen wohlig verruchten Schrecken hat das Viertel nicht verloren. Hier wie an vielen anderen Orten der Stadt wird intensiv mit

Drogen gedealt. Viel Elend ist zu besichtigen, das die Migrationsströme der vergangenen Jahre ins Viertel gespült haben. Aber wenn man tagsüber dort herumstreunt, ist es nach wie vor ein schönes Viertel, und der Nimbus seines einstigen Schreckens sorgt vielleicht dafür, dass man hier nicht so vielen Touristen wie sonst überall begegnet. Zum ersten Mal entdeckte ich dort vor ein paar Jahren die romanische Kirche Sant Pau, ein verwunschen schöner romanischer Bau inmitten einer kleinen klösterlichen Anlage aus dem 10. Jahrhundert. Heute ist alles ein Museum. Die Kirche ist die älteste der Stadt. Läuft man von dort weiter durch das Viertel, kommt man irgendwann zum Museo de Arte Contemporáneo de Barcelona, dem MACBA, ein interessanter Bau, um den herum die Skateboarder ihre Künste zeigen. Die Buchhandlung La Central hat hier in einer mit Stadtpalästen bestückten Straße ihr Hauptquartier. Man kann endlos stöbern in den vielen Räumen, und der baumbestandene, von Pflanzen gesäumte Innenhof, in dem man essen und Kaffee trinken kann, ist einen Besuch unbedingt wert.

Es lohnt sich, für eine Weile bei einer Entwicklung zu bleiben, die jeder kennt und erleidet, der eine fremde Stadt in vielen Jahrzehnten lieben gelernt hat. Man selbst wird älter und stirbt irgendwann, Städte aber verändern sich, sonst nichts. Der einzelne Besucher spielt keine Rolle. Ob ihm die Vergangenheit, die Gegenwart oder die Zukunft mehr zusagt, der Stadt ist es vollkommen egal, denn sie entwickelt sich gleichmütig. Auch wenn es Menschenwerk ist, das zu ihrer Entwicklung beiträgt, das Resultat setzt sich hinweg über alles, was zu seinem Zustandekommen beigetragen hat.

Barcelona ist ein schönes Beispiel. Anders als Städte wie Hamburg, Köln, Frankfurt, denen die Bombardements des Zweiten Weltkriegs ihr jahrhundertelang gewachsenes Gesicht und viel von ihrer Seele genommen haben (weshalb mich immer in diesen Städten ein blinder Zorn auf die Nazis packt und die vielen Millionen ihrer willigen Helfer), ist in Barcelona nicht so viel kaputtgegangen, über das man traurig sein müsste. Aber einiges eben doch, und es ist die Zeitenwende 1992, die dafür in besonderer Weise verantwortlich ist.

Els jocs olimpics, die Olympischen Spiele, sie waren ein Zauberwort, lange bevor sie begannen. Angeschaut habe ich sie mir im Fernsehen. Die Stadt hatte ich seit einigen Jahren nicht mehr gesehen. Erst viele Jahr später fuhr ich wieder hin. Es war schön, vieles war neu, aber einiges war auch nicht mehr da. Was aber ganz klar und überall spürbar war: Barcelona war zu einem Teil des Netzwerks der großen europäischen Städte geworden, in schlechter wie in guter Hinsicht. Zwar waberte jener altvertraute Geruch nach Fisch und Olivenöl nicht mehr überall, und die Stadt hatte viel von dem verloren, was ich für charmant gehalten hatte, was aber für die Bewohner sicherlich nicht unbedingt das Anzeichen für ein gelassen angenehmes Großstadtgefühl gewesen war, sondern eher dafür, dass man im Vergleich mit dem Rest Europas immer noch in einem Land lebte, das der damals noch viel beschworenen Dritten Welt näher lag als den Ländern auf der anderen Seite der Pyrenäen. Die alte, knarrende U-Bahn war modernisiert und funktionierte reibungslos, die Straßen waren sauber, die Leute gekleidet wie die anderen Westeuropäer, meistens erheblich besser, die Autos waren die gleichen, der Verkehr gewaltig, Touristenmassen aus aller Welt bevölkerten die Stadt, und dort, wo die Diagonal unten rechts das Meer erreicht, waren funkelnagelneue Glitzerquartiere und Wolkenkratzer entstanden, die Barceloneta und den Strand vor dem einst abgeblätterten Poblenou vom Meer aus gesehen wie einen europäisch sauberen Copacabana-Verschnitt wirken ließen. Wer den Bauantrag für das 2009 eröffnete 5-Sterne-Hotel W Barcelona durchgewinkt hat, das wie ein aggressiver Reißzahn mitten im Hafen emporragt, sollte sich schämen.

Barceloneta, das alte Fischerviertel Barcelonas, liegt am östlichen Rand des Hafens und hat einen großen Strand. Es war ein armes Viertel, in dem viel geklaut wurde. Da gewesen bin ich gar nicht oft. Ich ging am liebsten, um im Salmonete zu sitzen, dem für mich schönsten der vielen *chiringuitos*, der windschiefen, budenartigen Fischrestaurants, die sich am Strand aneinanderreihten. Mein Cicerone Tomeo hatte mich hingeführt. Sein Auto ließ er zu Hause, denn hier, in Barceloneta, wurde es auch bei Tage schnell mal aufgebrochen und von ungebetenen Leuten durchsucht. Das Salmonete betrat man durch einen großen Gastraum, leichtgebaut wie ein Verschlag wie alle andere *chiringuitos*. Wie es duftete, braucht hier nicht mehr extra gesagt zu werden: Es waren die Mittagsdüfte des Mittelmeers. Wenn das Wetter schön war – und nur dann gingen wir dorthin –, durchquerte man den Gastraum, betrat erst eine hölzerne Terrasse, eher Bretter, die auf

Sand lagen, und dann den Strand. An den schönsten Tischen saß man schon mit einem Fuß im Wasser. Es gab Fisch und Krustentiere. Am besten schmeckten *navajas*, die wie längliche Taschenmesser geformten Muscheln. Aber wenn man wollte, konnte man sich auch den gröberen Genüssen der lokalen Küche hingeben.

Die *chiringuitos* am Strand von Barcelona waren das Wahrzeichen von Barceloneta. Sie waren auch gewissermaßen das gastronomische Aushängeschild der sozialen Gemengelage, die man in Barceloneta vorfand. Es war ein armes Fischerviertel. Bis 1992. Seit dieser Zeit sind die *chiringuitos* verschwunden und die Preise gestiegen, nicht nur in den Restaurants. Hier zu wohnen kann sich kaum noch ein Fischer leisten, wenn es sie denn überhaupt noch geben sollte, denn zumindest im Sommer ist das Mittelmeer vor Barcelona, auch darin leider zunehmend gesamteuropäisch, nicht mehr von Fischen, sondern eher von Quallen und Plastiktüten bevölkert.

Wie man sieht: Die Erinnerung ist immer auch verbittert. Aber in Barcelona verfliegt jegliche Bitternis schnell. Mit dem Strand von Barcelona verbindet sich ein Teil meiner Erinnerung an Roberto Bolaño, den unsteten Chilenen, in Chile geboren, in Mexiko aufgewachsen, von dem ich viele Bücher übersetzen durfte. An einer Straßenecke der Carrer Tallers, im Barrio Raval, hat man eine Plakette angebracht. Sie erinnert an den 2003 viel zu früh verstorbenen weltberühmten Schriftsteller der hier in seinen Jugendjahren als unbekannter, bettelarmer Poet in einer lateinamerikanischen Wohngemeinschaft auf wenigen Quadratmetern wohnte, dichtete und liebte. Die Bar Centrico, einer der Schauplätze seines meiner Meinung nach besten Romans *Die wilden Detektive*, gibt es auch noch. Seit 1977 wohnte er in Spanien, die letzten Jahrzehnte in Blanes an der Costa Brava, einer kleinen alten Stadt, die aber auch unübersehbar die Zeichen der Zerstörung durch den Massentourismus trägt, der im Verein mit der spanischen Bauindustrie seit einem halben Jahrhundert die spanische Mittelmeerküste planmäßig zugrunde richtet. Die durchgedrehten Typen, die der Billigtourismus aus Spanien und der ganzen Welt nach Blanes spülte, krebsrot verbrannte, fastfoodverdickte Deutsche und Engländer, betrunkene Skandinavier und Drogensüchtige aus aller Herren Länder, mochte Roberto. Sie alle, auch die vielen afrikanischen Flüchtlinge, die sich hier als Billiglohnarbeiter durchschlugen, inspirierten ihn, und deshalb blieb er hier draußen und kam nur zu Besuch in die große Stadt. Blanes erreicht man von Barcelona aus bequem mit dem Vorortszug. In den Jahren, als ich Roberto besuchte, verließ ich morgens mein Hotel am nordöstlichen Rand der Altstadt, das kleine Park Hotel, ein architektonisches Kleinod aus den fünfziger Jahren, lief hinüber zur altehrwürdigen Estació de França, stieg in den Pendlerzug und fuhr hinaus, den Strand von Barcelona entlang, vorbei an den hässlichen Vororten und den alles andere als idyllischen Nestern an der Küste. Aber die Zugfahrt war ein magisches Erlebnis, denn wenn man in Zugrichtung rechts saß, fuhr man auf soliden Schienen und starrte hinaus in die unendliche Leere des Mittelmeers und des Himmels darüber. Mal entlud sich in der Ferne ein Gewitter über einem bewegt türkisen Meer, mal türmten sich phantastische Wolken, mal strahlte über der glitzernden oder tiefblauen Wasserfläche einfach nur der wolkenlose Himmel. Keine störende Landschaft schob sich dazwischen. Man hätte genauso gut mit der Fähre nach Mallorca anstatt mit dem Zug nach Blanes fahren können.

Wenn man von der Estació de França über die Straße und das anschließende Altstadtviertel geht, kommt man in ein Viertel namens Born. Es schmiegt sich um die große, alte gotische Kirche Santa Maria del Mar, gewissermaßen die Seefahrerkathedrale von Barcelona. Dieses Viertel, das ich erst vor kurzem entdeckte, gehört zu den wenigen, die dem Massentourismus trotzen. Hier wirkt die Stadt noch so, als gehörte sie tatsächlich ihren Bürgern. Kleine Geschäfte reihen sich aneinander, in denen man findet, was aus der Gegend um die Ramblas längst verschwunden ist. Gebrauchsartikel des täglichen Lebens, mehr oder weniger gute kleine Lebensmittelgeschäfte, viele Cafés, kleine Bars und Restaurants. Vor einem stand jenes Schild, das in komischer Verzweiflung die Instagram-, TikTok- und Lonely-Planet-Touristen zu verscheuchen sucht: »Johnny Depp wasn't here! (neither was Ricky Gervais!!)« Man möchte wünschen, es möge seine Wirkung haben, aber man bekommt immer wieder Zweifel. Zuletzt war ich nicht weit davon in einem schönen, gar nicht besonders großen Hotel abgestiegen, in dem ich am späten Nachmittag einen Kaffee oder einen Aperitif zu mir nehmen wollte. Aussichtslos! Sämtliche Tische der hübschen Empfangshalle waren von Laptop-bewehrten Menschen aus aller

Welt bevölkert, die sich einander in ziemlich ohrenbetäubendem amerikanischem Englisch über ihre jeweiligen Karriereschritte im internationalen Digitalgewerbe informierten. Keine Chance für ein paar stille Momente, um abzuschalten. Die Apple People, so schien es, hatten das Hotel erobert.

Bitter ist eine andere, nicht meine eigene Erinnerung an das südliche Ende, den Montjuïc. Historisch gesehen hält dieser Berg, der die Stadt seitlich bewacht, keine guten Erinnerungen parat: Hier oben liegt bis heute die gleichnamige Militärfestung, in deren Verliesen viele Menschen gequält und umgebracht wurden, die die politischen Verhältnisse in Barcelona und Katalonien verändern wollten. Die andere Festung, von der aus die Einwohner der Stadt im Südosten bewacht wurden, die Ciutadella, wurde geschleift und in einen schönen, großen Park verwandelt, dem man seine Herkunft nicht mehr ansieht. Wer aber hier oben auf dem Montjuïc steht und nicht über das strahlende Meer, sondern in den Festungsgraben blickt, meint das Echo des Kanonendonners zu hören, als die Armee von hier aus während der *Semana Trágica* 1909 in die Stadt schoss, dort, wo die mächtigste Arbeiterbewegung Spaniens schon entstanden war und gegen die Aushebung für den sinnlosen und mit dem *Desastre de Annual* endenden Krieg gegen die marokkanischen Kabylen demonstrierte, von dem sich bürgerliche Rekruten freikaufen konnten. Hier, im Festungsgraben, starb der Reformpädagoge Francisco Ferrer, den man als Aufrührer hinrichtete, weil er einen Brief an die katholischen Kirchenfürsten geschrieben und sich über das soziale Elend seiner Schutzbefohlenen beklagt hatte. Man hat sich jenseits der Pyrenäen immer wieder darüber empört, dass zu Beginn des Bürgerkriegs in ganz Spanien Kirchen in Flammen aufgingen. Aber sie wurden angezündet von aufgebrachten Menschen, die damit ihrer über Jahrzehnte angestauten, verständlichen Wut über die kompromisslose kirchliche Unterstützung der reaktionärsten Kräfte in der spanischen und katalanischen Gesellschaft freien Lauf ließen.

Die Olympischen Spiele haben auch den Montjuïc verändert, und wenn man an einem Sommertag den Funicular de Montjuïc nimmt, der von der Avinguda del Parallel im interessanten und noch weitgehend unangetasteten Altstadtviertel Poble Sec hinaufführt, oder aber mit der alten Seilbahn vom Hafen her herübersegelt, kann man sehen, dass diese Veränderung auf helle, spielerische und menschenfreundliche Weise vonstattengegangen ist. Der Weg führt durch die lichtdurchflutete Fundació Joan Miró, ein sehenswertes Museum für den neben Dalí anderen katalanischen Malerfürsten, durch schön gestaltete Parkanlagen hinauf zu den Stadien und versöhnt mit dem Modernisierungsschub, den die Olympischen Spiele der Stadt verpasst haben. Die Szenerie ist eindrucksvoll, besonders wenn man sich auf den Tribünen des raffiniert in den Hang gebauten Schwimmstadions niederlässt, ein Bier trinkt und über das von immer mehr neuen Wolkenkratzern gespickte Häusermeer Barcelonas hinwegblickt. Am Ende läuft man hinunter durch die Fin-de-Siècle-Kulissen, die die Weltausstellung von 1929 hinterlassen haben. Eine Art katalanisches Disneyland, wie ein Freund, der erstmals nach Barcelona fuhr, kürzlich mit amüsiertem Staunen die Szenerie beschrieb, die sich eröffnet, wenn man von der Plaça Espanya durch die monumentalen venezianischen Türme hinauf zum Palau Nacional blickt. Der Montjuïc war in der Neuzeit zur Spielwiese der architektonischen Avantgarde geworden – Leute wie Puig i Cadafalch und Domènech. Sechzig Jahre später hießen sie Calatrava und Miralles.

Es bleibt eine merkwürdige, leider folgenlose List nicht nur der Baugeschichte, dass auf der Weltausstellung 1929 auch die Deutschen vertreten waren, und damals ausgerechnet in einer avantgardistischen Sekunde ihrer ansonsten zu jener Zeit doch eher in andere Richtungen verlaufenden Geschichte: Der Erbauer ihres Pavillons hieß Mies van der Rohe, und das schöne Gebäude kann man heute noch bewundern. Er steht etwas abseits an der Avinguda de la Reina Maria Cristina wie ein Solitär aus uralten Zeiten: moderner, schlichter, klarer als alles in seiner Umgebung, ein Gebäude, dessen heilsamen Schutz man gar nicht wieder verlassen möchte.

Als ich vor vierzig Jahren an einem Sommerabend von meinem niederländischen Pärchen auf dem Passeig de Gràcia abgesetzt wurde, legte ich mich wie gesagt auf eine der von Antoni Gaudí dort hinterlassenen Bänke zum Schlafen nieder. In den Tagen darauf sah ich mit meinen Freunden nicht nur die Sagrada Família, sondern auch die Fassade der Casa Batlló und vor allem die der Casa Milà, genannt La Pedrera, an der Ecke Gràcia, Carrer de Provença.

Meine Begeisterung für den künstlerischen und literarischen Surrealismus hatte mich Ende der sechziger Jahre schon in die richtige Richtung geschoben. Salvador Dalí aus Port Lligat bei Cadaqués war für mich damals noch nicht der reaktionäre Selbstvermarkter und Zerstörer seines eigenen Werks, sondern der geniale malerische Revolutionär seiner frühen Pariser Jahre. Dass er mit seinen unvergleichlichen technischen Fähigkeiten fast der einzige Landschaftsmaler wurde, der die im gleißenden Sonnenlicht scharf konstrastierende Landschaft Kataloniens, vor allem des Ampurdán, der Landschaft um die kurz vor der französischen Grenze liegenden Stadt Figueres, überhaupt zeichnen konnte, das lernte ich erst durch die Beschäftigung mit dem schillernden katalanisch literarischen Nationaldenkmal Josep Pla (siehe S. 90ff.), der Dalí einen nicht unkritischen biographischen Essay gewidmet hat, und die Begegnung mit Dalís Gemälde »Der Apotheker von Ampurdan auf der Suche nach absolut nichts«. Dalís weiche und gleichzeitig harte Konturen erblickte ich wieder in der Fassade der Casa Milà. Gaudí ist, ebenso wie Dalí, für aufgeklärte Puristen, die von Europa über die Pyrenäen schauen und die innere Herablassung gegenüber der oftmals archaischen und schwer verständlichen kulturellen und mentalen Gemengelage, die sich hinter der Gebirgskette verbirgt, nicht überwinden können, ein Stein des Anstoßes. Gegen ihn wird gern sein Hauptwerk ins Feld geführt, die Sagrada Família. Sie ist heute der touristische Hauptanziehungspunkt von ganz Spanien und hat als solcher den Prado in Madrid abgelöst. Darüber kann niemand froh sein. Aber

Gaudí trifft keine Schuld. Die Sagrada Família ist heute entstellt durch die Gewalt, die die Gier derjenigen ihr angetan haben, denen es nicht schnell genug mit der Vollendung ging, darunter immer auch die katalanistischen Stadtväter. Sie wollen sie zu ihren Lebzeiten »vollendet« sehen. Es ist dies eine sehr zeitgenössische Form der Hybris, die den Gedanken als Zumutung empfindet, etwas könne erst zu Ende sein, wenn man selbst zu Staub geworden ist. So gießt man in Beton, was viel länger gedauert hätte, wenn man das Zeitmaß der Entstehung der mittelalterlichen Kathedralen zugrunde gelegt hätte, das Gaudí vorschwebte. Und auch den Stiftern, jener obskuren, reaktionären Bruderschaft namens Asociación Espiritual de Devotos de San José, die den Architekten zum Erbauer ihrer Votivkirche bestimmte, weil dem Gründer der Vereinigung im Traum geweissagt worden war, der künftige Erbauer der Sagrada Família habe blaue Augen. Der einst rabiate Blasphemiker und Atheist Gaudí hatte sie und wurde der Architekt des merkwürdigen Projekts, durch dessen Bau sich seine Begründer göttlichen Rückhalt für das Dogma von der päpstlichen Unfehlbarkeit erhofften. Das Ergebnis ist traurig und hat wenig zu tun mit den Zeichnungen, auf denen Gaudí das Bauwerk in seiner ungeheuerlichen, vollendeten Gestalt skizziert hat. Die Pläne waren seit 1936 ohnehin verloren, verbrannt in einem jener wütenden Ausfälle, als zu Beginn des Bürgerkriegs in Barcelona klerikale Einrichtungen dem antiklerikalen Furor zum Opfer fielen. In diesem Fall war es leider die avantgardistische Bauhütte neben der langsam emporwachsenden Kirche, in der der Architekt bis zu seinem

Tod 1929 gearbeitet und genächtigt hatte, wenn er nicht in sein Wohnhaus im Parque Güell nach Hause gefahren war. Diesen einmalig schön gelegenen Park habe ich erst bei einem meiner letzten Besuche in Barcelona entdeckt. Hier sollte man einen Besuch im Herbst oder Anfang des Frühlings planen, denn der Park gehört wie die Sagrada Família zu den touristischen Hauptattraktionen der Stadt. Nirgends auf der Welt wird man etwas Vergleichbarem begegnen. Die verwunschenen hängenden Gärten mit ihrem opulenten Pflanzenbewuchs und ihren phantastischen Bau- und Skulptur-Elementen werden ihren Eindruck ebenso wenig verfehlen wie die Lage des Parks, hoch über der Stadt. Wenn man ihn von oben betritt, erstreckt sich die ganze Pracht abwärts, und darunter fließt die Stadt wie ein steinerner Fluss ins Meer.

Wer also will mir vorwerfen, dass ich diesen Baumeister liebe? Er gehört für mich so untrennbar zu meinem Barcelona wie jener Fußballverein, der heute ein moderner Mythos geworden ist, ein internationales Aushängeschild der Stadt und keineswegs das Symbol jenes katalanischen Nationalismus, mit dem der Club sich selbst gern assoziiert: Die Spieler kommen aus aller Welt. Andrés Iniesta gar, unter der Trainerlegende Pep Guardiola vielleicht die prägendste Figur der vergangenen Jahrzehnte, kommt aus dem unter Katalanen verhassten Kastilien, aus der Mancha gar – ein fußballerischer Nachfahre von Don Quijote. Lionel Messi war Argentinier, und der ewige Säulenheilige des Clubs heißt Johan Cruyff und war Niederländer.

Mit Javier Tomeo, dem Schriftsteller, sprach ich so gut wie nie über Literatur. Er schickte mir seine Romane, die Jahr für Jahr erschienen und von denen ich einige übersetzte. *Das Verbrechen im Orientkino* und *Die Silikonliebhaber* halte ich immer noch für mit das Beste, was Spanien in den vergangenen vierzig Jahren literarisch hervorgebracht hat. Aber Fußball war Tomeo wichtiger. Darin war er ein würdiger Nachfahre jener *cules*, wie die Anhänger von Barça genannt wurden, weil im alten Stadion der zwanziger Jahre die eng an eng sitzenden Fans der oberen Ränge auf behelfsmäßigen Sitzreihen Platz nehmen mussten und man von außen ihre Hinterteile (*cules*) sehen konnte. Tomeo verdanke ich einige unvergessliche Abende im Camp Nou, jenem mit Recht berühmten Stadion, wo heute die genialischen Nachfahren jener fußballerischen Märchengestalten aus der Ferne spielen, die mir einst an einem Herbstabend im Hamburger Volksparkstadion begegneten und mich zum ersten Mal neugierig werden ließen auf die ferne Stadt am Meer.

Wer Barcelona von oben sehen will, muss entweder in den Parque Güell gehen oder ganz nach oben, auf den Tibidabo fahren. Dort oben, wo die Residenzviertel der wohlhabenden Bewohner ausfransen und schöne Villen aus der Zeit des Modernisme liegen, den man in Deutschland Jugendstil nennt, kann man lange verweilen und auf die Stadt hinunterblicken. Der Blick darf nicht nach hinten gehen, sonst bekommt man schlechte Laune. Denn im Rücken hat man hier oben eine jener bombastischen Kirchen, mit denen man auch in Lyon,

Marseille und Montmartre Ende des 19. Jahrhunderts unbedingt die schönsten Aussichtspunkte der Stadt schmücken musste. Blickt man jedoch hinunter über die Stadt und über das Meer, dann kann man sehen, warum Menschen an bestimmten Plätzen Städte gebaut haben, die genau so aussehen müssen, wie sie hier dem Betrachter zu Füßen liegen.

Will man den Blick von einer anderen Seite haben, sollte man zum Flughafen El Prat fahren, der »zu meiner Zeit« ein kleines Aerodrom war, von dem man vor allem den Puente Aéreo nach Madrid nehmen konnte, jenen Service, der auch den unangemeldeten Fluggast auf dem schnellsten Wege in die spanische Hauptstadt und umgekehrt verfrachtete. Diesen Service gibt es immer noch, der Flughafen aber hat sich in eine der üblichen modernen Maschinerien verwandelt, vor denen es einem inzwischen fast noch mehr graust als vor dem anschließenden Flug. Fliegt man zurück nach Europa, dann segelt das Flugzeug über das Meer an Barcelona vorbei wie quer über eine Theaterbühne, mit der Stadt als sanft ansteigendem Zuschauerraum. Sie liegt da wie ein steinernes Küchentuch mit jenem quadratischen Muster, das der Eixample für wer weiß wie lange der Stadt aufgeprägt hat. Dahinter tauchen dann die grünen Berge des fruchtbaren Hinterlands auf, man sieht, wie sich die moderne, wachsende Millionenstadt ins Land frisst, und dann sieht man schon in der Ferne die schneebedeckten Gipfel der Pyrenäen. Zum Glück liegen sie da und bezeugen, dass es auch in Europa noch Grenzen gibt, die natürlich sind und zu allen Zeiten neugierig gemacht haben auf das, was dahinter liegt.

Im Labyrinth der Einsamkeit

Javier Tomeo und seine Gespenster

»Ich bin ein neuer Robespierre, der seiner Mutter dreißig Jahre lang beim Stricken zugeschaut hat?«

Mütter und Söhne

Im Reich Karls V., den die Spanier Carlos Primero nennen, ging bekanntlich nie die Sonne unter. Die europäischen unter den in diesem Reich gesprochenen Sprachen beherrschte der Kaiser angeblich alle, und es heißt – ebenfalls bekanntlich –, dass er sich ihrer bei bestimmten Gelegenheiten bediente. Italienisch für die Politik und die Geschäfte, Französisch für die Geliebten, Flämisch für die Hunde und Deutsch für den Umgang mit Pferden. Allein mit Gott, so heißt es, habe der Herrscher Spanisch gesprochen. Der ausländische Besucher der spanischen Hauptstadt Madrid dürfte Mühe haben, das in rasender Geschwindigkeit über ihn hereinbrechende Geschnarre als das göttliche Idiom zu identifizieren, als das es der Herrscher benutzte. Dennoch muss die Geschwindigkeit lediglich um etwa die Hälfte gedrosselt und die Sprache von einer tönenden Stimme gesprochen werden, und man wird ohne weiteres verstehen, dass der Herrgott aufhorchte, wenn solche Klänge an sein Ohr drangen.

Javier Tomeo verfügte über diese Gabe. Der 1932 geborene und 2013 in Barcelona gestorbene Schriftsteller war eine stattliche Erscheinung, nicht nur in der spanischen Literatur der letzten vierzig Jahre, sondern auch in seiner physischen Präsenz, mit der man nicht sofort die kunstvollen Prosaminiaturen, die in die Form von Romanen gegossenen Kammerspiele assoziierte, in denen selten mehr als ein, zwei, drei Personen die Handlung tragen und mit deren unverwechselbarer sprachlicher Atmosphäre er die Weltliteratur bereichert hat.

Tomeo war ein überaus geselliger Mensch. Er redete so gern wie die meisten seiner Landsleute, allerdings benutzte er dazu ein klar verständliches, nüchternes Spanisch, an dem Karl V. seine Freude gehabt hätte – vergleichsweise langsam und deutlich, getragen von einer tiefen, modulationsreichen Stimme, kamen die herrlichen Laute des göttlichen *castellano* aus seinem Mund. Gleichwohl schrieb er in einem fast spröden Stil, dem rhetorischer Überschwang gänzlich fehlt und für den es unter Europas Gegenwartsschriftstellern nur wenige, allerdings vielsagende Pendants gibt: Natalia Ginzburg in Italien, deren Romane auch der des Italienischen nicht ganz Kundige mit Gewinn in der Originalsprache lesen kann, und der Franzose Jean Echenoz, an den Tomeo in seiner Liebe zu jenen idiomatischen Wendungen erinnert, von denen die Sprache Gottes so unendlich viele kennt.

Javier Tomeo wurde in Aragón geboren, neben Kastilien und der Extremadura eine der spanischen Kernlandschaften, an die in Richtung Mittelmeer Katalonien anschließt. Er hat als kleines Kind den Bürgerkrieg erlebt, der in diesem Teil Spaniens besonders schlimm wütete. Schon bald nach dem Krieg aber war er nach Barcelona gezogen, wo er seitdem wohnte. In allen Lebensläufen steht, er habe Kriminologie studiert. Was davon in seinen Romanen übrig geblieben ist, mag der Leser entscheiden. Tatsache ist, dass Tomeo glänzend und karikaturistisch zugespitzt zeichnen konnte und ein großes Faible für Physiognomien besaß. Kriminalromane aber hat er nicht geschrieben, obwohl eines seiner späten Meisterwerke einen solchen Titel trägt: *Das Verbrechen im Orientkino.*

Die Anfänge dieses Autors liegen in den sechziger Jahren. Von Beginn an schrieb er Romane, in denen die wenigen Protagonisten vom Einbruch einer Wirklichkeit überrascht werden, die es nicht gibt. Menschen werden, wie bei seinem Landsmann Luis Buñuel, auf unerklärliche Weise in einem Theatersaal festgehalten, jemand wird auf eine Dienstreise in ein Land geschickt, das sich auf keiner Landkarte findet. Zwei Geschwister sind auf der Flucht, ohne dass jemals klar würde, vor wem oder was. Die Motive dieser frühen Werke kündigen bereits an, was auch in den späteren Meisterwerken Kennzeichen von Tomeos Kunst blieb: eine Handlung, die das Absurde, Surreale streift, sparsames Personal. Seinen Durchbruch als Schriftsteller markiert ein absatzloser Monolog, der in Spanien 1979 als Roman erschien: *El castillo de la carta cifrada*. Das Buch wurde auf Deutsch 1984 unter dem

Titel *Der Marquis schreibt einen unerhörten Brief* veröffentlicht und zählt heute zu den am meisten übersetzten Werken der spanischen Gegenwartsliteratur.

Tomeos nächster Roman, *Amado Monstruo* (*Mütter und Söhne*, 1986), war ein noch größerer Publikumserfolg. Überdies wurde anhand dieses Romans um einen jungen Mann, der aus der Tyrannei seiner Mutter auszubrechen versucht und sich als Nachtwächter in einer Bank bewirbt, das große theatralische Potential entdeckt, das in Tomeos Romanen steckt. Udo Samel und Gerd Wameling spielten *Mütter und Söhne* 1987 in der deutschen Erstaufführung unter der Regie von Felix Prader an der Berliner Schaubühne.

Seitdem erschienen in schöner Regelmäßigkeit viele Romane, fast alle in Spaniens renommiertestem Literaturverlag Anagrama, die deutschen Übersetzungen im Verlag Klaus Wagenbach. Heraus ragen *El cazador de leones (Der Löwenjäger)*, *El crimen del cine oriente (Das Verbrechen im Orientkino)*, *Napoleon VII.* und der 2006 veröffentlichte, nicht ins Deutsche übersetzte Roman *La noche del lobo*. Daneben hat Tomeo unzählige Prosastücke, Skizzen, Dialoge, Miniaturen verschiedenster Art geschrieben, von denen 2004 ein Sammelband mit ein paar besonders schönen Erzählungen unter dem Titel *Hotel der verlorenen Schritte* erschien.

Tomeo blieb zeitlebens in Spanien eine hochgeschätzte literarische Gestalt. In der aragonesischen Hauptstadt Zaragoza benannte man eine Straße nach ihm sowie eine Bibliothek und einen Literaturpreis, ja, die Stadt schlug ihn sogar für den Literaturnobelpreis vor. Er reiste viel und gern, und er frönte mit zunehmenden Jahren immer hemmungsloser seiner Liebe zum Fußball – »das Einzige, was wirklich zählt«.

Die großen, unwandelbaren Themen dieses Autors sind die Einsamkeit, die Beziehungsarmut und die Kontaktunfähigkeit des modernen Städtebewohners. Das klingt düster, aber das Gegenteil ist der Fall. Die nicht geringste Kunst dieses Autors besteht in der Tatsache, dass in seinen Büchern, die allesamt die Geschichte gescheiterter, am Leben verzweifelter, kranker oder am Rande des Wahnsinns taumelnder Gestalten erzählen, niemals auch nur die Spur eines depressiven Tons anklingt. Kaum einem Schriftsteller in der Geschichte der modernen Literatur war oder ist es gegeben, mit solcher Leichtigkeit, mit so viel heiterem Sarkasmus und Zärtlichkeit seinen eigenen monströsen Geschöpfen gegenüber zu schreiben und dabei an die bittersten, finstersten Seiten der menschlichen Existenz zu rühren wie diesem Aragonesen.

Immer wieder ist im Zusammenhang mit Tomeos Kunst der Name Kafka gefallen. Passender und näherliegender jedoch ist der Vergleich mit einem anderen Spanier, dem Regisseur Luis Buñuel, dem sich auch Tomeo verbunden fühlt, nicht zuletzt aufgrund beider Herkunft aus Aragón. Wie in Buñuels Filmen, so ist auch bei Tomeo der all seinen Werken gemeinsame absurde oder surrealistische Grundton immer verbunden mit der klaren Textur einer erzählten Geschichte und einer völlig übersichtlichen Szenerie. Das macht diesen Autor so zugänglich.

Selbst ein sich über einhundertdreißig Seiten erstreckender absatzloser Monolog wie das Meisterwerk *Der Marquis schreibt einen unerhörten Brief*, eigentlich zu dem Zweck erdacht, vor dem Auge des Lesers ein heilloses Durcheinander anzurichten, in dem er sich verirrt, verwandelt sich unter Tomeos Hand in das klare Bildnis einer vereinsamten Seele, die freilich, wie alle seine Helden, ihre Einsamkeit zum Anlass eines gewaltigen Mitteilungsbedürfnisses macht. Und so entfaltet dieser Monolog eines seit zwanzig Jahren auf seinem Schloss vergrabenen Marquis, der einen unerhörten Brief schreibt, mit dem er in die Welt zurückzukehren gedenkt, am Ende ein großartiges, zusammenhängendes Ganzes, in dem jeder Punkt, jedes Komma, jedes Wort seinen Platz findet, zusammengeschmiedet von Tomeos klarem Stil, in der kongenialen Übersetzung der unvergesslichen Elke Wehr.

Tomeo, ein Mann von stattlicher Statur, repräsentierte das für spanische Männer reservierte Urteil oder Vorurteil, sie seien samt und sonders rettungslose Machos, auf seine Weise. Eine Freundin beschrieb ihn einst als »tan macho que ni tocaría a mujeres«, will sagen als einen solchen Macho, dass er Frauen nicht mal anfassen würde. Man sollte diesen schönen ironischen Ritterschlag vonseiten einer Frau beherzigen, wenn man seine beiden letzten Romane liest. *Das Verbrechen im Orientkino*, der einzige Roman, der tatsächlich so etwas wie ein Krimi ist, zumindest eine Story, die der kriminologischen Aufklärung harrte und die er aus einem Zeitungsartikel über ein tatsächliches Verbrechen aus den frühen sechziger Jahren für sich entdeckte, dieser Roman enthält ein überaus kunstvolles Stück Rollenprosa. Tomeo übernimmt darin nämlich die Stimme einer Frau, der Ich-Erzählerin, einer obdachlosen Prostituierten, die von ihrer verzweifelten Liebesgeschichte zu einem nichtsnutzigen Kartenabreißer erzählt, bei dem sie, nach einer durchschlafenen Spätvorstellung eines romantischen Liebesfilms, gelandet ist und den sie am Ende einer bitter-komischen Liebesgeschichte, während im Kino ein Horrorfilm läuft, aus Verzweiflung umbringt und entsorgt. Dieser Roman enthält in seiner rauen Zärtlichkeit, mit der die unglückliche Protagonistin geschildert wird, eines der sicher ungewöhnlichsten Frauenporträts in Spaniens Gegenwartsliteratur.

Noch eine Umdrehung mehr erlaubte sich Tomeo in seinem letzten großen Romanwerk, *Los amantes de silicona (Die Silikonliebhaber)*. Protagonisten sind hier nicht etwa das gelangweilt nebeneinanderher lebende Ehepaar, das im bürgerlichen Beruf einen Laden für Reizwäsche betreibt. Es sind ganz im Gegenteil zwei lebensgroße, mit sämtlichen Raffinessen ausgestattete Sexpuppen aus Silikon, die sich die Frau wie der Mann zur jeweiligen Befriedigung ihrer Bedürfnisse zulegen, tief voneinander frustriert, aber nicht willens, sich zu trennen und dann das schöne Geschäft mit den Bedürfnissen ihrer Kunden aufgeben zu müssen. Die wahre Liebe spielt sich im Kleiderschrank ab, dort, wo die beiden mit dem letzten Schrei aus dem technisch-elektronischen Arsenal der Erotikindustrie bestückten Hauptfiguren aufbewahrt werden. Es sind die beiden Puppen, die sich verlieben, die mit einem vermeintlich leblosen, aber raffinierten Innenleben gesegneten Kunstfiguren aus Gummi. In einer wundervoll lyrischen Apotheose am Schluss des Romans dürfen sie, prall aufgeblasen und ihrem Gefängnis entronnen, gemeinsam aus dem Fenster der Wohnung ihrer Besitzer und über die Stadt hinweg in die Freiheit fliegen. Es war ein großer Spaß, nach dem Erscheinen der deutschen Übersetzung einen Verriss in der *Neuen Zürcher Zeitung* dazu zu lesen, in dem dieser Roman, der den Leerlauf der durch das moderne Bewusstsein spukenden, sämtlicher erotischer Reize entkleideten Sexbesessenheit zu seinem tragkomischen Thema macht, als ein nichtswürdiges Stück Pornographie abgetan wurde.

Die Menschenliebe, vor allem auch die Liebe zu den Frauen, sie versteckt sich im Werk dieses Autors hinter den ihrer Einsamkeit verfallenen Figuren. Und immer wieder blitzt in seinen Werken, aufgehoben in einer Welt, die zwischen Märchenhaftigkeit und Absurdität changiert, schemenhaft auch die Nähe zu Tomeos eigener Lebenswirklichkeit auf.

Sei es Cadaqués, wo er seine Ferien verbrachte, oder Barcelona, die immer wieder zum Schauplatz werdende und ihre Bewohner anonymisierende Riesenstadt. Aber das alles spielt in Wahrheit keine Rolle. Die Szenerien von Javier Tomeos Romanen und Erzählungen sind unverwechselbar, und doch ähneln sie einander. Das »Hotel der verlorenen Schritte«, Titelgeschichte des gleichnamigen Erzählungsbandes, in dem sich der Ich-Erzähler in wechselnden Verkleidungen bewegt, vordergründig, um das Personal an der Nase herumzuführen, in Wahrheit aber auf der einmal mehr vergeblichen Suche nach sich selbst, mag in Barcelona oder Madrid stehen, letztlich ist es doch wieder nur eine von Tomeos geheimnisvollen, unverwechselbaren Seelenlandschaften, in denen sich Weltliteratur ereignet, in denen sich die Protagonisten am Ende stets aufs Neue in den unvergesslichen Worten des Marquis aus seinem frühen Meisterwerk eingestehen: »Vielleicht, mein lieber, selbstloser Bautista, ist der Moment für mich gekommen, wo ich mir eingestehen muss: *Les jeux sont faits*, wie man in Biarritz sagt.«

Lebensromane

Rafael Chirbes in seinen Tagebüchern

»Es gibt kein Heilmittel gegen die Klassenherkunft.«
Rafael Chirbes

1.

Ob literarische Tagebücher für ein großes Publikum bestimmt sind oder nicht, bleibt ein interessantes Feld der Literaturgeschichte. Rafael Chirbes jedenfalls, der die Welt durch ein paar epochale Romane aus der spanischen Gegenwart und ihrem zeitgeschichtlichen Hintergrund bereichert hat, dieser großartige Autor hat seine privaten Aufzeichnungen nicht den Zufällen des posthumen Geschehens überlassen. Er hat sie sorgfältig bearbeitet, gekürzt, in zwei große Abschnitte aufgeteilt und als einen von ihm selbst abgesegneten Teil seines Gesamtwerks der öffentlichen Leserschaft hinterlassen. Eine ordentliche Chronik des Lebens also? Keineswegs! Wenn man dieses letzte Buch von Rafael Chirbes liest, hat man nicht den Eindruck, als werde man, wie häufig bei Tagebüchern der Fall, in ein diffuses, Jahr für Jahr immer weiter flutendes, unübersehbares Meer aus Lebenssplittern und unkontrollierten Ausbrüchen eines kommentierten Innen- und Außenlebens hineingezogen. Das Werk geht weit über eine Chronik hinaus, in der Leben, Meinungen und Gedanken des Rafael Chirbes nebeneinanderstehen. Im Ergebnis ist dieses sorgfältige Konstrukt eine Art kommentierter Lebensroman, in dem die Innenwelt eines der ganz großen spanischen Autoren der Nach-Franco-Zeit mit zuweilen fast schmerzhafter Helligkeit ausgeleuchtet ist.

Rafael Chirbes, 1949 in der Kleinstadt Tabernes de Valldigna in der Nähe von Valencia als Sohn eines Eisenbahnarbeiters geboren und 2015 auch dort gestorben, hat Romane geschrieben, die für das Verständnis der Geschichte Spaniens und seiner sozialpsychologischen Entwicklung während der Franco-Zeit und danach mehr aussagen als fast alles, was darüber literarisch, politisch oder historisch geschrieben worden ist. Das gilt nicht nur für die Trilogie der Romane *Der lange Marsch*, *Der Fall von Madrid* und *Alte Freunde*, es gilt vor allem auch für die letzten zu Lebzeiten des Autors erschienenen Romane, *Krematorium* und *Am Ufer*, beide gewidmet den das zeitgenössische Spanien bedrohenden Kräften der gesellschaftlichen und geographischen Selbstzerstörung, von denen auch in diesem Tagebuch immer wieder die Rede ist. Erst mit diesen letzten Romanen konnte Chirbes in der spanischen Öffentlichkeit und in dem von ihm stets mit argwöhnischer Scheu betrachteten Literaturbetrieb das Ansehen, den Ruhm und die Preise erringen, die er längst verdient hatte.

Neben den Romanen hat Rafael Chirbes drei eindrucksvolle Essaysammlungen veröffentlicht: *El novelista perplejo*

(2002) und *Por cuenta propia. Leer y escribir* (2010), außerdem eine Sammlung Städteporträts, die 2004 unter dem Titel *El viajero sedentario* (*Der sesshafte Reisende*, 2006) erschienen sind. Schon sie bezeugen, was für ein skrupulöser Schriftsteller Chirbes war, einer, der sich ständig selbst hinterfragte, der, nachdem er nicht nur in Spanien, sondern über die zahlreichen Übersetzungen seiner Werke auch im Ausland zu Ruhm gekommen war, nicht aufhörte, die Legitimität und Qualität der eigenen schriftstellerischen Produktion in Zweifel zu ziehen. Die Seiten seines Tagebuchs bezeugen, wie sehr ihm Selbstzweifel und, damit zusammenhängend, bisweilen tiefe Depressionen zu schaffen machten.

Die so sorgfältig für die Veröffentlichung vorbereiteten Tagebücher lassen sich im Grunde wie Romane lesen, und zwar als mehrere zugleich, denn sie spiegeln die Veränderungen der lebensgeschichtlichen Konturen wie auch die Vielschichtigkeit und die Wandlungen von Rafael Chirbes' literarischen Leidenschaften und Präferenzen. Obwohl ein eminent politischer Schriftsteller, marxistisch in der Jugend gebildet und, wie er selbst einmal schreibt, »gelernter Materialist«, hat Chirbes es vermieden, in den Tagebüchern den Ablauf des politischen Geschehens in Spanien zu kommentieren oder nachzuverfolgen. Das alles spielt keine große Rolle, nicht einmal als Hintergrundrauschen. Ganz im Gegensatz zum Thema seiner sozialen Herkunft aus einem republikanisch-proletarischen Milieu. Darauf, auch auf die damit einhergehenden Prägungen, die es ihm nicht leichter machten, sich als Schriftsteller durchzusetzen, kommt er immer wieder zurück. Von daher auch sein tiefes, bis zum Schluss nie gewichenes Misstrauen gegenüber dem Literaturbetrieb in der Ära nach Francos Tod 1975. Bei flüchtigem Hinsehen wirkt es manchmal fast unvereinbar – der unbedingte Wunsch nach Anerkennung durch ein intellektuelles und geistiges Milieu, zu dem er nicht gehören mag. Aber das ist es nicht. Die scheinbar widersprüchlichen Stimmungen und Gedankenreihen in den Aufzeichnungen erklären sich aus dem zutiefst unbürgerlichen Selbstverständnis von Rafael Chirbes, der zugleich nichts mehr ersehnte, als ein im bürgerlichen Ambiente der spanischen Kultur der Nach-Franco-Zeit anerkannter Schriftsteller zu werden, weil ihm, um Erfolg und Anerkennung zu erlangen, letztlich gar nichts anderes übrigblieb. Er selbst hat diese Widersprüche nur mit Mühe ausgehalten. Für mich, der ich das Glück hatte, ihm zu begegnen, sind die Tagebücher nicht zuletzt deshalb eines seiner erschütterndsten Bücher, denn man begegnet darin mitunter fast erschrocken einem Mann, den die widerstreitenden Leidenschaften und Selbstzweifel fast zerrissen hätten. Gerettet hat ihn allein die Literatur, die selbst geschriebene und die gelesene, besser noch: die in ständiger, als segensreiche Arbeit empfundener Anstrengung erlesene.

Die zwei Teile des Tagebuchs – der erste reicht von 1984 bis 1992, der zweite endet 2005 – strukturieren zwei große Abschnitte in Rafael Chirbes' Leben: Während der zweite Teil dem gewidmet ist, was man als den Lauf der Karriere des Schriftstellers nach Erscheinen seiner ersten beiden Romane nennen könnte (etwas irreführend, denn Chirbes hat sich für

Karrieren, auch sein eigene, wenig interessiert), enthält der erste das Porträt des Autors als junger Mann, besser gesagt, das Porträt des jungen Autors als lesender und schreibender Homosexueller. Chirbes betrachtete sich nie als Teil der berühmt gewordenen *movida*, aber er hat das so bezeichnete ausschweifende Nachtleben im Madrid der achtziger Jahre ausgekostet bis zur Neige. Roter Faden ist die alles andere als glückliche Liebesgeschichte, die ihn mit seinem Freund François verband, einem Franzosen aus einer Vorstadt von Paris, der von Chirbes geliebten und zeitlebens immer wieder aufgesuchten französischen Hauptstadt. François war Proletarier wie Chirbes, aber im Unterschied zu seinem spanischen Lover keiner, dem Literatur viel bedeutete. 1992 starb François an Aids. Da lässt Chirbes den ersten Teil des Tagebuchs enden.

2.

Sex, so viel ist klar, war für den Chirbes der achtziger Jahre eine homosexuelle Kampfzone, und zwar eine, in der nur selten gute Laune herrschte. Liebe und Sex hat er nicht streng voneinander geschieden. Aber dass es für ihn verschiedene Dinge sind, wird schon in diesem ersten Teil der Tagebücher klar. Nicht von ungefähr schreibt er später, Ende der neunziger Jahre, in einem Halbsatz, wie lächerlich er Sex in der Ehe findet.

Viel wird gevögelt in diesem ersten Teil, Alkohol und bisweilen auch härtere Drogen sind stets mit von der Partie. Bereits zur Zeit der problematischen, ungleichen Fernbeziehung mit François, der eifersüchtig in Paris auf ihn wartet, besucht Chirbes daheim in Madrid fast Nacht für Nacht, so hat es den Anschein, ausgesucht schäbige, manchmal ziemlich gefährliche Madrider Schwulenkneipen, auf der Suche nach sexuellen Abenteuern und Selbstverwirklichung. Als Leser hat man den Eindruck, dass er zu diesem Zeitpunkt seines Lebens zwar bereits unbedingt Schriftsteller werden will, aber noch kein Thema hat, das dem überaus leidenschaftlichen Impetus seiner Suche danach die Waage halten könnte. Man liest von One-Night-Stands, gelungenen und danebengegangenen, oder aber, wenn der viele Alkohol der Kondition zusetzt, ziemlich desperat wirkenden, mitunter geradezu filmisch nacherzählten Exzessen, bei denen ordentlich masturbiert und geblasen wird und zuweilen unterhaltsam exhibitionistisches Gehabe zum Zuge kommt. Es kommt auch vor, dass er sich abschleppen lässt und nach durchzechter und durchvögelter Nacht ausgeraubt aufwacht. Dass ihm das Schicksal seines Freundes erspart blieb, dass er sich nicht mit dem zu jener Zeit noch absolut tödlichen Virus infizierte, obwohl er das Spektrum der sexuellen Variationen bis zur Neige auskostete und, wie er einmal selbst schreibt, »nie gedacht hätte, dass man so viel vögeln kann«, darüber hat der spätere Chirbes schaudernd nachgedacht.

Es ist faszinierend, sich als Leser über die zumeist schlecht beleuchteten, manchmal durchaus furchterregenden Stätten dieses Kampfplatzes führen zu lassen. Aber wie alles, was Rafael Chirbes im Laufe seines Lebens für würdig befand, in seinen Tagebüchern der Nachwelt zu hinterlassen, wird selbst dieses Pandämonium immer durch ein reichhaltiges, vielfarbiges, ständig erweitertes und sich veränderndes Prisma gesehen. Gemeint sind die Bücher, die er liest, die darauf warten, gelesen zu werden, Literatur also, aber auch jede Menge Kunst, Musik, Film, Architektur, vor allem aber Literatur. Es ist beeindruckend, wie fleißig Chirbes zu diesem noch unentschiedenen Zeitpunkt seines Lebens ist. Er liest, ob mit schwerem oder freiem Kopf, bestrebt, noch jede seiner Gesten und Haltungen, seiner Stimmungen und Gedankenreihen vor dem Hintergrund seiner ständig fortschreitenden literarischen und ästhetischen Fortbildung – Lektüre, Kino, Museumsbesuche – zu kommentieren und zu interpretieren. Fast ist es eine Art ästhetischer Selbstkontrolle, der er sich in der Nachbetrachtung unterwirft.

An einem Sonntag im Mai 1984 unternimmt er einen Spaziergang in Madrid. Er ist nicht allein, sondern in Begleitung eines Bekannten, von dem er nur die Initialen verrät. Jedenfalls nicht François, mit dem es schon zu diesem Zeitpunkt nicht mehr ganz rundläuft. Aber tut es das irgendwann, irgendwo im Leben dieses schon hier sehnsüchtig nach Erfolg suchenden Autors, mit Unruhe, Unzufriedenheit, Unsicherheit als ständigen Begleitern? Ein typischer Sonntag jedenfalls. Nicht nur, weil die beiden Männer, wie es sich gehört, zunächst in den Prado gehen, neben dem Pariser Louvre zu dieser Zeit einer der kulturellen Arbeitsplätze von Rafael Chirbes, wo er wieder und wieder mit großer Aufmerksamkeit, großem Ernst, fast mit Besessenheit den Kanon der europäischen Kunst studiert und sich einprägt.

Danach begeben sie sich, wie Tausende Madrilenen an jedem Sonntag nach dem Besuch im Prado, auf einen Bummel durch den Retiro, Madrids Stadtpark. Dort hält sein Freund für Rafael eine Überraschung bereit: Er führt ihn in ein kunstvoll angelegtes Labyrinth, und hier, nur wenige Meter entfernt von der sonntäglichen Promenade von Eltern und Großmüttern, die ihre Enkel und Kinder spazieren führen, erblickt Chirbes eine Szene, zu der ihm, trotz der an Bestürzung grenzenden Überraschung, sofort die ästhetische Parallele einfällt. Es ist *Der Garten der Lüste*, ein berühmtes Gemälde von Hieronymus Bosch, das er eben noch im Prado betrachtet hat. Vor ihm im Gras liegen, stehen und hocken Männer, die zu Paaren und in Gruppen miteinander Sex haben, in den verschiedensten Formen und Stellungen, begleitet von lautem Stöhnen, Männer, die Bäume umarmen, während jemand in sie eindringt, drum herum Männer, die nackt oder mit heruntergelassenen Hosen das Schauspiel betrachten und sich selbst oder einander masturbieren. Chirbes beschreibt das Geschehen als eines von Eingeweihten, von Stammesangehörigen, ein ebenso frenetisches wie exklusives Ritual, von dem die Tanten und Großmütter hinter der Hecke keine Ahnung haben.

Ganz klar ist es nicht, mit welchem Gemütszustand der Autor diesem Schauspiel zusieht. Fasziniert? Angeekelt? Sicher ein bisschen von beidem. Er ist definitiv ein Stammesangehöriger. Aber Rafael Chirbes ist auch bereits Schriftsteller, obwohl sein Erstling *Mimoun* noch nicht erschienen ist. Sein literarischer Ehrgeiz ist auf eine schriftstellerische Karriere gerichtet, und die Bedingungslosigkeit, mit der er diesen Lebensplan verfolgt, spiegelt sich in der literarischen, ästhetischen und beizeiten philosophischen Kommentierung, mit der er in sich hineinhorcht. Auch die Szene im Retiro-Park findet in den Seiten des Tagebuchs notwendig ihre Spiegelung in der Kunst – und der Literatur. Der junge Chirbes fühlt sich durch das, was er eben noch hinter den Hecken des Labyrinths im Retiro gesehen hat, zunächst reflexhaft an Gustave Dorés Zeichnungen zu Dantes *Inferno* erinnert. Da steht er bereits wieder neben den Großmüttern und ihren Enkeln auf der anderen Seite der Hecke. Er hört die Sonntagskapelle spielen, nennt mit Kennerschaft die Komponisten der Hits aus den Zarzuelas des 19. Jahrhunderts, er ordnet alles ein in einen Zusammenhang, den er, en passant und etwas musterschülerhaft – so hat er es während der Jahre der Marx-Lektüre an der Universität gelernt –, als provinziell kleinbürgerlich einstuft, aber gleich kehrt er wieder zurück zu dem sinnlichen Schauspiel und vergleicht es mit dem Gemälde, das er eine halbe Stunde vorher im Prado bestaunt hat. Dann zitiert er einen Vers von Jaime Gil de Biedma, einem der bedeutendsten (und schwulen) Lyriker der spanischen Literatur der Nachkriegszeit. Es gibt für den jungen Chirbes – und später auch für den reifen – keine Manifestation von Sinnlichkeit, weder der eigenen noch der fremden, keine Manifestation von Affekten, die nicht auf der Stelle in einen kulturellen und ästhetischen Kontext eingefügt wird. Das ist ein Schema, dem sich fast alles in seinem Leben unterordnet, und es hat ihm das Leben gerettet: Immer wieder, auch aus den zuweilen erschreckend tiefen Tälern der Depression, die bereits der erste Teil ahnen lässt, wies ihm die Literatur einen Weg, einen Ausweg manchmal, vor allem aber einen Weg. Und wie beeindruckend ist die Fülle der Autoren, die er im Laufe seines Lebens las! Manche – Proust, Dostojewski, Musil, Hermann Broch – gleich mehrmals. Auch noch in jenen Zeiten, in denen sich die Schwindelanfälle zu häufen begannen, die Vorboten des Krebsleidens, dem Chirbes 2015 erlag.

Es sind auch solche scheinbar infernalischen Szenen, die das Leben dieses angehenden Schriftstellers wie ein mitunter fast heroisches Drama wirken lassen. 1995 hat er in der Rückschau eine wunderbare Passage geschrieben, in Erinnerung an die erwähnte *movida de Madrid* und Jesús Toledo, einen ihrer besonders schrägen Protagonisten und für den jungen Chirbes so etwas wie ein Cicerone durch Madrids Nächte und ihr manchmal gruseliges Theater der Lüste, in dem es von Transvestiten, Huren, Verzweifelten wimmelte: »schäbige Paradiese voller Junkies, armer Schwuchteln auf der Suche nach einem Zimmer für ein paar Stunden. Transvestiten, todkranke Nutten, miese Typen, Männer jeden Alters, die frisch aus dem Knast kamen und zu allem bereit waren für ein bisschen Essen oder Drogen. Möblierte Zimmer mit Waschbecken, in die Generationen von Männern gepisst hatten, gebrauchte Kondome unter dem Bett und in den Ecken, mit Sperma gestärkte Bettlaken, voll Scheißespuren.«

3.

Sosehr das Thema Homosexualität den ersten Teil des Tagebuchs bestimmt, so sporadisch taucht es im zweiten auf. Irgendwann zwischen 1998 und 2000 – er hat die einzelnen Abschnitte nicht durchgängig datiert – schreibt er: »Nichts davon interessiert mich als Literatur – Krankheit ist Thema der Mediziner, das mit der Jugend gibt sich mit der Zeit, Paare mit Problemen sollen sich trennen, und Schwule sollen heiraten (in Kürze wird das möglich sein) und öfter zum Baggern in die Sauna oder in Kneipen gehen, oder noch besser: Sie sollen nirgendwohin gehen und lieber versuchen, mit den Nachbarn zu vögeln, die ihnen gefallen, denn letzten Endes ist das die einzige wirklich wünschenswerte Normalität.« Die Normalität des Lebens von Rafael Chirbes nach 1992 ist es bestimmt nicht geworden. Aber mit seiner Homosexualität ist er fortan, zumindest in seinen Büchern, eher diskret verfahren. Außer in seinem 1988 erschienenen Erstling *Mimoun*, in dem sie noch eine tragende Rolle spielt, und seinem vierten, 1994 veröffentlichten Roman *Der Schuss des Jägers* – ein stilistisch und formal besonders vollendetes Buch – spielt sie eine eher zweitrangige Rolle.

Nur zwanzig Jahre durchmessen diese Tagebücher, für ein ganzes Leben, auch für eines, das nur sechsundsechzig Jahre gedauert hat, beileibe nicht die Spanne, die eine Lebenszeit ausmacht. Und dennoch hat man beim Lesen den Eindruck, dass hier ein vollständiger, erwachsener Lebenslauf thematisiert und beschrieben ist. Dabei fehlen die Jugendjahre, die Chirbes als Student und Widerstandskämpfer gegen das

Franco-Regime in Madrid verbrachte. Und es fehlen seine letzten zehn Lebensjahre, in denen mit den beiden letzten großen Romanen *Krematorium* und *Am Ufer* jener Ruhm kam, den er in den Tagebüchern so oft gleichzeitig herbeisehnt wie fürchtet.

Wenn es einen Protagonisten im zweiten Teil der Tagebücher gibt, so ist es eindeutig die Literatur. Vergegenwärtigt man sich, was Chirbes in dieser Zeit alles gelesen hat, so könnte man einen Vergleich zu den Medizinern ziehen, die sich ständig weiterbilden, um den Fortschritten ihres Fachs folgen zu können. Aber auch Roberto Bolaño fiel mir ein, wie Chirbes ein ungeheuer gefräßiger Leser, der in seinen *Wilden Detektiven* einen der beiden Protagonisten sogar unter der Dusche weiterlesen lässt. Dem jüngeren Kollegen stand Chirbes übrigens durchaus kritisch gegenüber. Gelegentlich sogar mit einer gewissen Eifersucht. Über Bolaño sprach um die Jahrtausendwende die gesamte hispanische Literaturwelt. Er war eine Berühmtheit, spätestens seit er für *Die wilden Detektive* den Premio Rómulo Gallegos erhalten hatte. Die öffentliche Anerkennung für Chirbes hingegen bewegte sich zu jener Zeit noch auf eher bescheidenem Niveau, und das empfand er als ungerecht, als Irrtum der von ihm sowieso nicht mit viel Sympathie betrachteten Literaturkritik.

Für Chirbes dient die Lektüre der Vervollständigung des Lebens. Das Bild von der sich ständig weiterbildenden Ärzteschaft ist da schon passender. Er las, so scheint es, jeden Tag. Klassiker und Moderne. Mit großer Akribie verfolgte er auch die Neuerscheinungen, um sich ein Urteil über sein Umfeld zu bilden. Und es ist manchmal rührend nachzulesen, wie er selbst Autoren gegenüber fair zu bleiben versucht, die er nicht gut fand, und das sind fast die meisten: Autoren, über die heute, nur zwanzig Jahre später, auch in Spanien kein Mensch mehr spricht, die aber erschienen, in den Zeitungen besprochen wurden und deshalb von Chirbes gelesen werden mussten.

1998 zieht er irgendwann einen offensichtlich aus bitterer Erfahrung gewonnenen Vergleich. Die Kritiker verstünden sich selbst als die Garde der Architekten, als Anreger und Konstrukteure von Richtungen, Entwicklungen, Strömungen in der Literatur, als diejenigen, die wissen, wo es langgeht, während sie die dazu unverzichtbaren Schriftsteller als notwendiges Übel, als die Handwerkerklasse der Maurer verstünden und entsprechend behandelten. Ein durchaus selbstbewusst gemeinter Vergleich: Der Klasse der mit den Händen arbeitenden Menschen, aus Kindheit und Jugend vertraut, fühlte Chirbes sich stets näher als denen, die er als herrschaftsbedürftige Ideologen verstand, und die Kritiker rechnete er, mitunter ungerecht, dazu. Verständlich immerhin, denn über seinen Erstling *Mimoun* – das Buch wurde noch im Jahr nach seinem Erscheinen ins Deutsche übersetzt und erschien danach in mehreren anderen Sprachen – hatte ein Kritiker geschrieben, es sei »eines der schlechtesten in letzter Zeit veröffentlichten Bücher«.

Chirbes hatte seine Favoriten, seine großen und mittelgroßen Favoriten, die er immer wieder las, mit Genuss, aber stets auch, um sich durch sie auf neue Gedanken bringen zu lassen oder – im Falle des Ozeans namens Balzac, unter seinen schriftstellerischen Vorbildern besonders hell leuchtend – um zu versuchen, alles zu lesen, was sie geschrieben hatten. Es scheint, dass er bei Balzac sehr weit gekommen ist. Der Autor der gigantischen *Comédie humaine*, der gnadenlose Porträtist der französischen Bourgeoisie in ihrer besonders habgierigen und hässlichen Ausformung Mitte des 19. Jahrhunderts, war eine ideale Ergänzung zu dem literarisch unergiebigen Marx, den Chirbes während seiner Zeit als Geschichtsstudent in den letzten Jahren unter Franco gelesen hatte. Balzac begegnet man in diesen Tagebüchern auf Schritt und Tritt.

Ein anderer, eher überraschender Favorit ist Dostojewski. Vielleicht ist es eine europäische Zeitverschiebung, die es mit sich brachte, dass der russische Autor, den meine eigene deutschsprachige Generation am Ende der Schulzeit mit gesträubten Haaren las, für den jungen Chirbes, eingesperrt im katholischen Käfig namens Franco-Spanien, erst am Ende des Studiums infrage kam. Und er liest ihn auch danach immer wieder. Das Schlusskapitel aus dem *Idioten*, in dem Fürst Myschkin mit seinem Freund Rogoschin an der Leiche von Nastassja Filippowna wacht, die dieser soeben umgebracht hat, wofür ihm Myschkin mit tiefem Mitgefühl die Hand auf die Schulter legt, schildert er ganz ergriffen. Statt Dostojewski hätte ich eher den nüchtern soziologischen Tolstoi zu seinen Vorbildern gerechnet. Aber Tolstois aristokratisches Personal kam für den aus proletarischem Elternhaus stammenden Rafael Chirbes, wenn wir von Identifikationsfiguren reden, weniger infrage als die verzweifelt suchenden und in die Irre gehenden, eher dem Bürgertum, der kleinen Beamtenklasse oder dem verarmten Adel entstammenden Protagonisten der *Dämonen* und der *Brüder Karamasow*.

Auch hier lässt Chirbes sich jedoch nicht festlegen. Das überaus aristokratische Personal in Prousts *Recherche* hat ihn nicht daran gehindert, dieses Werk, wenn ich richtig gezählt habe, allein bis 2005 dreimal zu lesen. Schon 1973, als er in einer kleinen Buchhandlung in Madrid arbeitete, um sich sein Studium zu finanzieren, verstand er sich, wie er sich später erinnert, »als proustianischer Leninist«.

Fast auf jeder Seite der Tagebücher stehen Lektüreerlebnisse, hinzu kommen Überlegungen zu Filmen, die er gesehen hat, zur Kunst, die ihn immer wieder literarisch inspiriert hat. Der Maler Francis Bacon faszinierte ihn, aber ebenso die spanischen Klassiker, El Greco, Ribera, Goya, so wie er sie aus dem Prado und aus Toledo kannte. Ich kenne kein anderes Tagebuch, in dem der Lektüre, dem Lektüreerlebnis und der Reflexion über das Gelesene – und Gesehene – so viel Raum gegeben wird. Fast liest es sich wie ein persönlich akzentuiertes, erschöpfendes Verzeichnis europäischer, vor allem französischer und spanischer Literatur – vom 16. (Rabelais, Montaigne, Quevedo, Mateo Alemán) bis zum 19. Jahrhundert, mit dem von ihm geliebten, jenseits der Pyrenäen verständlicherweise eher wenig bekannten Benito Pérez Galdós, aber auch den Romantikern, Larra und Espronceda, und den Lyrikern der Generation von 1927, von denen er besonders Luis Cernuda liebt. Am 27. Juni 2004 schreibt er: »Du denkst, du kennst ihn besser als jeder andere, weil er stundenlang mit dir geredet hat, aber dann stellt sich heraus, jeder kennt ihn besser als du. Du weißt, was er dir ins Ohr flüstert, die anderen wissen, wer er ist.« Es gibt ein unvergleichlich schönes Gedicht von Luis Cernuda, »La sombra«, das mir einfiel, als ich diese Zeilen las, die nebenbei auch resümieren, warum Rafael Chirbes später im Leben jenen Bindungen misstraute, denen er in früheren Jahren, auf der Suche nach Liebe und Anerkennung, manchmal so verzweifelt hinterhergelaufen war.

Warum aber las er Hermann Broch? Was findet er an Ernst Jünger, dessen *Heliopolis* ihn fasziniert, obwohl er es als pures Stück Ideologie bezeichnet? *Pasenow*, den ersten Teil von Brochs *Schlafwandler*-Trilogie, liest er dreimal! Zuerst als Student, in den achtziger Jahren, zuletzt 2004. Die Frage beantwortet er ausführlich, und am Ende bringt er Broch und Robert Musil zusammen: »Broch ist, wie Ulrich aus Musils Roman, ein Mann ohne Eigenschaften, der Konzepte entwickelt, die ihn wie Barrieren vor dem eigenen Ich schützen sollen.« Das schreibt er ausgerechnet auf einer Reise nach Florenz und in die Toskana. Aber an Italien haben ihn sowieso eher die Städte, ihre Architektur und die darin aufbewahrte Kunst interessiert. Caravaggio, seinem schwulen Bruder, in dessen Leben, vor allem aber in dessen Kunst die im Sex aufgehobene Gewalt eine so ungeheure, kaum sublimierte Präsenz beansprucht, hat er aus Anlass einer Reise nach Neapel ein paar beeindruckende Seiten gewidmet. Keine Spur indes von Lampedusa, von Manzoni, von Natalia Ginzburg, Moravia, Elsa Morante, Pavese, Calvino. Es war offenbar nicht die italienische, mediterrane Literatur, die ihm lag, sondern ausgerechnet die deutschsprachige. Warum?

Betrachtet man die Lebenszeit dieses Autors von hinten, von seinen letzten beiden großen Werken *Krematorium* und *Am Ufer* her, beides tief pessimistische Romane, die sich den Kräften der Selbstzerstörung in der spanischen Gesellschaft widmen – der inneren, also der Zersetzung des Wertekostüms der Individuen im Zeitalter der spanischen Nachwende-Demokratie, und der äußeren, dem unvorstellbaren Immobilien-Boom, der Spaniens einst schöne Mittelmeerküste entstellt und zerstört hat –, so muss man vielleicht sagen, dass Chirbes sein eigenes Leben als Spiegelbild eines Wegs nach unten betrachtete. Vom oberflächlichen Hurra, politisch wie alltäglich, im Spanien nach dem Ende der Franco-Zeit ließ er sich nicht blenden. Hermann Brochs Soziologie des inneren Verfalls im wilhelminischen Deutschland, gegen den letztlich am besten die Uniform schützt, empfand er vielleicht als Leitfaden, auch wenn er eine Uniform nie getragen hat. Auch seine eigene Lebenszeit empfand Chirbes als Zeit des Verfalls, obwohl er gerne lebte, aß, trank und – sicher zunehmend mit Abstrichen – Sex hatte. Sein Eindruck, dass der immer hemmungslosere Kapitalismus der neunziger und frühen nuller Jahre bei sensiblen Zeitgenossen ein inneres Ruinenfeld hinterlassen musste, verließ ihn nie, und als hilfreiche Kommentare und Wegbegleiter empfand er da die großen deutschsprachigen Romanciers. Neben Broch las er immer wieder begeistert in Musils *Mann ohne Eigenschaften*, den er aber, wie so viele aus seiner eigenen kritischen, nicht nur dem hemmungslosen Neoliberalismus ringsum, sondern auch den einstigen linken Überzeugungen mit zunehmend melancholischer Skepsis begegnenden Generation, niemals bis ans – nicht vorhandene – Ende las. Der bittere letzte Teil seiner Spanien-Trilogie, *Alte Freunde*, thematisiert diesen Verfall mit besonderer Intensität.

Von Rafael Chirbes' schwierigem Verhältnis zur Kritik war bereits die Rede. Deshalb mag es auf den ersten Blick verwundern, dass er dem deutschen Großkritiker Marcel Reich-Ranicki ein paar respektvolle und dankbare Passagen widmet. Aber Reich-Ranicki hatte seine Bücher im *Literarischen Quartett* ungewöhnlich begeistert gelobt, und beide verband die Neigung zu Thomas Mann, aber auch zu Alfred Döblins *Berlin Alexanderplatz*, den Chirbes der *Manhattan-Trilogie* von John Dos Passos an die Seite stellte. Von Döblin überliefert er die Sentenz, Thomas Mann fabriziere Literatur mit Bügelfalte. Von Reich-Ranicki den Satz, dem zufolge das Schönste an Deutschland sei, dass man es jederzeit verlassen dürfe.

4.

Im September 2004 begibt sich Rafael Chirbes wieder einmal auf Lesereise nach Deutschland, und man kann hier nachlesen, was für eine Zumutung diese für einen zeitgenössischen Schriftsteller obligatorisch gewordene Werbetour schon zu jener Zeit war. Endlose Zugfahrten, schlechte Hotels oder – schlimmer noch – private Unterkünfte bei angeblich gleichgesinnten Gastgebern, die sich im Licht des bekannten Gastes sonnen, mit denen er sich aber nichts zu sagen hat und wo dem schon nicht mehr ganz fitten Autor der Lift in die Dachmansarde fehlt, der ihn sonst ins anonyme Hotelzimmer bringt, wo er aber wenigstens ungestört ist. Er begegnet Landsleuten, für die Literatur ein exotischer Zeitvertreib ist und die nicht glauben wollen, dass er ohne Frau unterwegs ist. Und immer wieder: schlechtes Essen, schlechte Weine. Und dabei reiste er doch so gerne, vom guten Essen und Trinken ganz zu schweigen. Im Radio wird er gefragt, was er zuletzt an deutschsprachiger Literatur gelesen hat, und wieder zeigt sich, wie fleißig Chirbes seine Hausaufgaben macht: Bernhard Schlink, Marcel Beyer, Ingo Schulze, Uwe Timm (von dem er gleich zwei Romane nennt), Tilman Spengler, der seine Lesung in Zürich moderiert.

Von den Depressionen, die Rafael Chirbes mit zunehmendem Alter immer wieder heimsuchten, zusammen mit jenen lästigen und zuzeiten alarmierenden Schwindelanfällen, war schon die Rede. Zum ersten Mal überfielen sie ihn bei einer solchen Lesereise in Deutschland. Es ist ihm oft schlecht ergangen. Als junger Mann hat er sich nicht geschont, als Fünfzigjähriger erlebt er wiederholt tiefe Täler. Ein resignierter Mensch ist Rafael Chirbes dennoch nie gewesen. Mut zum Überleben gab ihm – Cervantes, Galdós, Balzac, Proust, Broch, Musil, Thomas Mann beiseite – sein vollkommen unbürgerliches Lebensgefühl. Und im Gegensatz zu vielen anderen Intellektuellen seiner Zeit hatte er eine halbwegs sichere Einkommensquelle. Seinen früh feststehenden Lebensplan, Schriftsteller zu werden, konnte er, ebenfalls im Gegensatz zu vielen seiner schreibenden Zeitgenossen, mit einer Arbeit finanzieren, die nicht nur ein Job war, sondern eine zumal in den achtziger Jahren durchaus ungewöhnliche

Tätigkeit beinhaltete, die ihm die Welt jenseits der spanischen Grenzen erschloss und ihm ein stets aufs Neue mit tiefer Befriedigung empfundenes Sensorium für die guten Dinge des Lebens gab: Zusammen mit Freunden hatte Chirbes 1984, als er sich die Nächte von Madrid um die Ohren schlug und den aufschlussreichen Sonntagsspaziergang im Retiro unternahm, eine Zeitschrift gegründet, in der in erster Linie weder von Politik noch von Literatur die Rede war, sondern vom guten Essen und Trinken. Die Zeitschrift heißt bis heute *Sobremesa* (Nachtisch) und ist auf ihrem Feld zu einer der angesehensten in Spanien geworden. Als Chirbes 2015 mit sechsundsechzig an einem Lungenkrebsleiden starb, widmeten seine Redaktionskollegen ihm als einem ihrer Gründungsdirektoren einen bewegenden Nachruf mit dem Titel: »Abschied von einem Genie mit gutem Geschmack«.

Dank der Arbeit für *Sobremesa* konnte Chirbes reisen, schon früh, immer wieder nach Frankreich, Paris, Bordeaux, um Restaurants zu prüfen und der Qualität angesagter Weingüter kritisch auf den Grund zu gehen. So kam er mit der Zeit weit über den iberischen Tellerrand hinaus. In seinem Tagebuch kann man nachempfinden, welche Befreiung für ihn in der Tatsache lag, die spanischen Grenzen hinter sich lassen zu können, und als welches Glück er es empfand, immer wieder nach Spanien, nach Madrid oder aber an die Mittelmeerküste bei Valencia, wo er herkam, heimzukehren. Besonders zeigt das jene Passage auf dem Rückflug von Istanbul nach Spanien, als er das Mittelmeer überfliegt, Neapel unter sich erblickt, Sardinien und Korsika, und fast ekstatisch das

Glücksgefühl empfindet, als Bewohner des Mittelmeerraums geboren zu sein.

Im November 2004 ist er in Rom, fährt weiter nach Neapel und stellt fest, in wie ungewöhnlicher Weise sich die Stadt verwandelt, wenn die Sonne fehlt. Es ist eine schöne Passage, denn sofort hat er Vergleiche zur Stelle: Paris, das er im Regen und bei schlechtem Wetter manchmal als klarer und ehrlicher empfindet als unterm Sonnenschein. Santiago hingegen benötigt ihm zufolge den galicischen Nebel: »Im Nebel verwischen die Grenzen der Stadt, und wir haben das Gefühl, durch ein endloses Bühnenbild zu laufen. Der Besucher malt sich weitere Plätze hinter denen aus, die er sieht, und glaubt, verborgen hinter den Vorhängen aus Nebel, erwarteten ihn weitere Bühnendekorationen, weitere architektonische Perspektiven. Sonne und klare Luft zeigen das wahre Gesicht der Stadt. Es ist nur eine kleine Provinzstadt.«

2005 sammelte er seine Reiseberichte und veröffentlichte sie in einem Band mit dem Titel *Der sesshafte Reisende*, ein literarisches Porträt der über den gesamten Planeten verstreuten Städte, die er kennenlernte. Ein eindrucksvolles Buch, vor allem, weil man mit ehrfürchtigem Erstaunen feststellt, dass Chirbes tatsächlich in der ganzen Welt unterwegs war, ohne dass er jemals viel Aufhebens davon machte. Als das Buch erscheint, nimmt er dennoch halb entrüstet, halb amüsiert zur Kenntnis, dass eine Rezension im Reiseteil erscheint. Wieder einmal fühlt er sich unter Wert, von oben herab behandelt.

5.

Als der 1949 geborene Rafael Chirbes vier Jahre alt war, starb sein Vater, ein republikanisch gesinnter Eisenbahner. Um dem Sohn das Überleben in den für die Familien republikanischer Arbeiter immer noch existenzbedrohenden fünfziger Jahren zu erleichtern, schickte die Mutter den Achtjährigen auf ein für Waisenkinder von Eisenbahnern bestimmtes, von Priestern geleitetes Internat bei Ávila, weit weg von der Mittelmeerküste, in Kastilien. Der kleine Rafael, der bis dahin das valencianische Katalanisch seiner Kindheit gesprochen hatte, muss eine neue Sprache lernen, *castellano*, die Sprache der Polizisten, der Priester und der feinen Leute – »manu militari«, wie Chirbes in der Erinnerung grimmig anmerkt. Seinen Mitschülern begegnet er, eine besonders berührende und vielsagende Passage des Tagebuchs, fünfzig Jahre später wieder, im Oktober 2004, bei einem Klassentreffen. Einige sind gestorben, mit anderen hat er sich auch nach fünfzig Jahren nichts zu sagen. Der frühere Klassenbeste, den er immer bewundert hatte, ist ein bescheidener, nicht mehr gesunder alter Mann, von dem er erfährt, dass, im Gegensatz zu ihm selbst, sie alle damals schon wussten, dass aus dem Kind mit Namen Rafael Chirbes kein Eisenbahner werden würde, sondern »etwas Besseres«.

Etwas Besseres wurde er. Aber der Richtung, nach der sich auch seine eigene Lebensgeschichte mit Studium, Literatur und dem eigenen schriftstellerischen Erfolg ausrichtete, nach oben also, dieser Richtung hat er misstraut, und das Misstrauen blieb. »Es gibt kein Heilmittel gegen die Klassenherkunft«, schreibt er im Oktober 2004, als er das Treffen mit den alten Klassenkameraden resümiert. Und er fährt fort: »Das erstaunt mich nicht. Als Materialist weiß ich, dass die Seele ein Abbild der Umstände ist, ein komplexes Geflecht aus Formen, Tabus, Hoffnungen, Misstrauen und Groll, das sich in der frühen Kindheit herausbildet.«

Seine soziale Herkunft hat das Gesamtwerk von Rafael Chirbes auf besondere und, wie könnte es bei diesem Autor anders sein, ambivalente Weise beeinflusst. Der spanische Begriff *clase obrera* lässt sich wohl als »Arbeiterklasse« übersetzen, hat aber einen ganz anderen Resonanzraum. Die politische Tradition und Geschichte der spanischen Arbeiterschaft unterschieden sich von derjenigen der in den großen Gewerkschaften und politischen Parteien organisierten Arbeiterklasse im übrigen Europa. Nicht nur weil Anarchismus, vergleichsweise bescheidene Industrialisierung und die entsprechend fließende Grenze zwischen Arbeitern und Bauern in Spanien eine Rolle spielten. Rafael Chirbes beschreibt in den Seiten seines Tagebuchs die Generation seiner Großväter als Menschen, die lange darauf warten mussten, bis sich unter der kurzlebigen Republik Anfang der dreißiger Jahre endlich Träume von Freiheit und bescheidenem Wohlstand zu erfüllen schienen. Zuvor hatte man Diktaturen, morsche Monarchien erduldet, die Kinder wurden in sinnlose, in Katastrophen mündende Kriege gegen die letzten noch verbliebenen Kolonien in Nordafrika geschickt – im Gegensatz zu den Kindern aus wohlhabenden Familien, die sich davon freikaufen konnten. Als dann Freiheit und Wohlstand winkten, kam ein mörderischer, drei Jahre währender Bürgerkrieg, und er kostete wieder Tausende das Leben, ganz zu schweigen von den Hekatomben der noch lange nach dem Ende des Bürgerkriegs umgebrachten und versklavten Republikaner, die meisten Arbeiter und »einfache« Leute, deren sterbliche Überreste erst jetzt aus den über das ganze Land verstreuten Massengräbern geborgen werden.

Für die Generation dieser von der Geschichte so übel behandelten Großeltern, unter denen er aufwuchs, durchaus nicht nur umgeben von Trauer, sondern, wie er sagt, von viel Gelächter, bescheidenem, aber gutem Essen, einem selbstverständlichen Gefühl der Solidarität und einer Achtung für die auf das Nützliche konzentrierte Handarbeit, hat er sich zeitlebens »eine grenzenlose Bewunderung« bewahrt. Eine Bewunderung, die sich auch nährt aus dem Respekt vor der Arbeit all jener, die nicht herrschen, nicht bestimmen wollen. Im Gegensatz zu jener anderen sozialen Schicht, einen Stock höher, die, wie ihm sein Vater erzählte, so jedenfalls meint er sich 1998 zu erinnern, es gewohnt ist, Hilfe und Solidarität für einen käuflichen Artikel zu halten und nicht, wie für Menschen proletarischer Herkunft, für eine aktive, moralische Selbstverständlichkeit.

Die Idolatrie der einfachen Menschen trägt bei Chirbes bisweilen durchaus Züge einer Nostalgie nach den kargen, verarmten, aber in der Orientierung stabilen sozialen Verhältnissen der spanischen Vergangenheit, etwas, das er im Übrigen freimütig zugibt. Auch dafür hat er seine literarischen Zeugen: Benito Pérez Galdós, eine, freilich unverwechselbar spanisch-madrilenische, Mischung aus Maupassant und

Fontane, wenn man einen etwas gewagten Vergleich anstellt. Nicht zu vergessen den republikanischen Journalisten Corpus Barga, dessen dreibändige Memoiren vom Leben in Madrid und Umgebung einer definitiv verschwundenen Epoche angehören, einer, die mit der Ankunft des neoliberalen Kapitalismus, der rasanten Modernisierung und im Zuge der hemmungslosen Immobilienspekulation von der Bildfläche verschwand. *Los pasos contados. Una vida española a caballo en dos siglos (1887–1957)* (Gezählte Schritte. Ein spanisches Leben in zwei Jahrhunderten), geschrieben im peruanischen Exil, ist eines jener Werke, die Chirbes immer wieder las, und eines, das er als vorbildlich empfand: Der Titel, den er seinen eigenen Tagebüchern gab, *A ratos perdidos*, klingt, auf Spanisch, wie eine bittere Hommage.

6.

Ich hatte das Glück und das Privileg, Rafael Chirbes mehrfach persönlich zu begegnen. In Madrid, aber auch auf einer der anstrengenden Lesereisen in Deutschland, von denen schon die Rede war. Nicht auf jener, von der das Tagebuch 2004 eine wunderbare, sehr burleske Chronik enthält, sondern gut zehn Jahre früher, als seine Bücher im Verlag Antje Kunstmann mit immer größerem Erfolg zu erscheinen begannen. Ich erinnere mich an sein stark idiomatisches Spanisch, dem ich manchmal Mühe hatte zu folgen. Von Rafael konnte man viel lernen über die umgangssprachlichen und im Wortsinn populären Reichtümer dieser wunderbaren Sprache. Bei den Lesungen in den Buchhandlungen fürchtete ich das

Ende, wenn die Fragen aus dem Publikum kamen und ich seine Antworten übersetzen musste. Nie, so meine ich mich zu erinnern, habe ich mich so konzentrieren müssen. Kopfschmerztabletten waren obligatorische Reisebegleiter.

Ich betreute ihn als Lektor, und mir ist ein, wie ich finde, für das Persönlichkeitsbild dieses Autors wichtiges Detail in Erinnerung geblieben. Schon in seinem Erstling *Mimoun*, dessen Übersetzung 1990 noch bei Klaus Wagenbach in Berlin erschien, hatte ich den einen oder anderen Satz gestrichen. Aber nur wenig. Als ich die spanische Version des ersten großen Teils seiner Madrider Trilogie, *Der lange Marsch*, las, fand ich, dass dieses im spanischen Original 400 Seiten lange Buch ein paar Eingriffe nötig hatte. Nehme ich mein Exemplar von damals zur Hand, erschrecke ich noch im Nachhinein. Ganze Seiten habe ich gestrichen, um Ergänzungen gebeten, lange Kommentare, kritische Anmerkungen, Bitten um Ergänzungen und Erklärungen für meine Streichungen an den Rand geschrieben. Das Buch erschien dann in einer im Vergleich zum spanischen Original stark lektorierten Fassung. Erwähnen möchte ich das hier, weil ich mich heute noch mit großer Dankbarkeit an die Reaktion des Autors erinnere. Er war von der Nachricht, dass da jemand für die deutschsprachige Ausgabe eines schon in Spanien gedruckten Buchs Veränderungen und Streichungen vorschlug, zunächst nicht begeistert. Aber vielleicht auch wegen der ungewöhnlich konstruktiven Kritik von Ignacio Echevarría in der Tageszeitung *El País*, der das Buch – kritisch, aber durchaus zutreffend – als *novela mural* bezeichnet hatte, als einen Roman in der Tradition der großen mexikanischen Wandbilder von Rivera, Siqueiros und Tamayo, war Rafael bereit, sich das Ergebnis des Lektorats anzuschauen. Danach rief er mich an, jagte mir zunächst einen Schreck ein, als er sagte, er habe so etwas noch nie erlebt. Dann – ich glaube, er hatte meinen Schrecken bemerkt und sich darüber gefreut – sagte er, er sei mit allem einverstanden und dankbar, dass ein Verlag so viel intensive und konstruktive Arbeit auf einen Text verwandt hatte, den er selbst als auf diese Weise noch einmal verbessert empfand.

Ich habe andere spanischsprachige Schriftsteller kennengelernt. Wer auf der Iberischen Halbinsel als Autor zu Ruhm kam, durfte sich lange als etwas Besonderes fühlen, in Lateinamerika waren mitunter sogar diplomatische Karrieren oder gar Präsidentschaftskandidaturen damit verbunden. Roberto Bolaño, dem ich als Übersetzer für den letzten Teil seines großen Romans *Die wilden Detektive* ein paar Änderungen vorgeschlagen hatte, verbot mir in einer frostigen Mail kategorisch, auch nur ein Komma zu streichen oder zu verändern. Solche fürstlichen Attitüden waren Rafael Chirbes vollkommen fremd. Seine Herkunft stand auch hier, und durchaus segensreich, im Wege. Die Achtung, mit der dieser Autor jeder ernsthaften Arbeit, körperlicher wie geistiger, auch und natürlich gerade der Arbeit an und mit der Literatur begegnete, wäre mit einer wie auch immer gearteten hoheitsvollen Attitüde gegenüber der Arbeit eines Verlagslektors am Text – etwas, das sich viele Verlage im Spanien der neunziger Jahre immer noch nicht leisten konnten – nicht vereinbar gewesen. Auch die für ihn sicherlich mit zusammengebissenen Zähnen akzeptierten Vorschläge für Veränderungen, Streichungen in seinem ersten großen Roman waren das Ergebnis langer, konzentrierter, vor allem aber solidarischer Arbeit, und das wusste dieser Autor zu schätzen. In den folgenden beiden Romanen, *Der Fall von Madrid* und *Alte Freunde*, gab es nichts mehr zu meckern. Rafael hatte selbst gearbeitet, aufgeräumt. Am Ende dieser Tagebücher hadert er mit den sich noch nicht zusammenfügenden Arbeiten zu seinem nächsten Roman, den er noch nicht nennt, möglicherweise auch noch nicht als Ganzes im Kopf hat. Es handelt sich um *Krematorium*, mit dem ihm endgültig der Durchbruch gelang und der 2007, zwei Jahre nach dem chronologischen Ende dieses Tagebuchs, erscheinen wird. Er fühlt sich, wieder einmal, konfus, weiß nicht, wo es hingeht, sein Leben ist durcheinander, er sehnt sich nach einem Kompass, der ihn irgendwo hinbringt. Und dann ist er wieder da, und wieder ist es die Literatur. Sie arbeitet in ihm, und sie wird ihn, immer wieder und auch dieses Mal, retten: Der letzte Satz des Tagebuchs lautet: »Die Literatur als Putzfrau, die das Haus aufräumt.«

Der Ruinenwächter

Josep Pla und die Katalanen

Wenn man über Josep Pla spricht, so muss zunächst die Rede sein von Katalonien, seiner Heimat, dem Land, für dessen nach dem Bürgerkrieg mühsam wieder erstarktes kulturelles Selbstbewusstsein das Werk dieses Schriftstellers eine nicht zu überschätzende Bedeutung hat. Aber wie mit Josep Pla ist es, von außen gesehen, auch mit den Katalanen nicht ganz einfach.

Es gibt einen Witz, mit dem sich spanische Nicht-Katalanen gern über die Beschränktheit des katalanischen Nationalbewusstseins lustig machen: Eine katalanische Delegation fährt nach China und wird dort von einem Minister empfangen, der noch nie von einem Land namens Katalonien gehört hat. Die empörten Besucher werfen sich in die Brust: »Aber wir sind sechs Millionen!« »Aha«, sagt der Chinese, »und in welchem Hotel wohnen Sie?«

Darin steckt viel Wahres, denn wie alle Nationalisten neigen auch die katalanischen dazu, aufzublasen, was so riesig nicht ist. Und Katalonien ist schließlich nur ein vergleichsweise kleiner Landstrich an Spaniens nordöstlicher Mittelmeerküste, allerdings seit Jahrhunderten eine der wirtschaftlich stärksten Regionen auf der Iberischen Halbinsel. Und es wird hier eine Sprache gesprochen, die mindestens so alt ist wie das universal gewordene *castellano*, das als Spanisch Weltsprache wurde. Die katalanische Sprache hat außerdem seit dem Mittelalter eine beachtliche Literatur hervorgebracht. Als einer ihrer wichtigsten, aber auch schillerndsten, Repräsentanten im 20. Jahrhundert gilt der 1897 in Palafrugell bei Gerona geborene und 1981 in Llofriú gestorbene Josep Pla.

Plas Leben ist eng verbunden mit den Wandlungen, Abgründen und Irrwegen der katalanischen Politik vor und während des Spanischen Bürgerkriegs, dessen Ende er auf der Seite der Sieger erlebte, ohne dass ihm daraus irgendeiner der Vorteile erwachsen wäre, die er sich davon versprochen hatte. Sein Name aber steht auch für die Wiedergeburt des Katalanischen unter den widrigen Bedingungen der Franco-Zeit sowie für die Gründung und Erfolgsgeschichte des Verlags Destino, der nicht nur Plas Verlag wurde, sondern wo die wichtigsten Werke der neueren spanischen Literatur während der Franco-Ära und danach erschienen.

Pla kommt ursprünglich vom Land. Seine Heimat ist der Baix Empordà, das Hinterland der heute vom Massentourismus entstellten, zu seiner Zeit aber noch paradiesischen Costa Brava. Sein Vater war Landvermesser in der Provinzstadt Palafrugell. Wichtigster Familienbesitz war ein mächtiges altes katalanisches Bauernhaus, das Mas Pla, in dem kleinen Flecken Llofriú. In Palafrugell wurde Josep Pla geboren, in Llofriú starb er.

Schon in jungen Jahren ein wilder Kerl, der wegen eines nächtlichen Bordellbesuchs im Alter von fünfzehn Jahren von der Priesterschule flog, wurde der junge Josep zum Jurastudium nach Barcelona geschickt. Er interessierte sich jedoch mehr für die Cafés, wo das literarische Talent des jungen Mannes rasch erkannt und gefördert wurde, und nebenbei auch ein bisschen für die Wirren der katalanischen Politik. Die Lage in Barcelona war zu dieser Zeit weniger von den kriegerischen Ereignissen in Europa als von den bürgerkriegsähnlichen Spannungen in der katalanischen Textilindustrie und in der Landwirtschaft geprägt. Die Polarisierung ergab sich aus der traditionell paternalistisch autoritären Haltung der katalanischen Arbeitgeber und der traditionell anarchistisch geprägten Haltung der Arbeitervertretungen, insbesondere der legendären Gewerkschaft CNT. In diesem Klima absolvierte Pla eher lustlos sein Studium, und immer wieder fuhr er nach Hause an die Costa Brava, wo er sich mehr als irgendwo sonst heimisch fühlte. Das Mittelmeer vor Cadaqués blieb sein ganzes Leben lang eine Art Weltmodell. Überall sonst, auch in Paris, wo er außer in Katalonien am längsten gelebt hat, fühlte er sich fremd.

Plas erste literarische Arbeiten waren kleine realistische Erzählungen und literarische Artikel, mit denen er sich jedoch rasch in den Redaktionen von Barcelona einen Namen machen konnte. Im April 1920 ging er für die Zeitung *La Publicidad* als Korrespondent nach Paris. Damit begann ein Wanderleben, das ihn, immer wieder unterbrochen von Aufenthalten in Barcelona und bei seiner Familie in Palafrugell, kreuz und quer durch

Europa führte. In Paris machte er die Bekanntschaft junger katalanischer Intellektueller, die wie er einen milden, konservativ geprägten katalanischen Nationalismus vertraten. Josep Maria de Sagarra war darunter, aber auch der junge Eugeni d'Ors, das dandyhafte Wunderkind der katalanischen Literatur. Aber hier stellte sich auch schon das Problem, das Pla fast sein ganzes Leben lang begleiten sollte: Für ihn war Journalismus reiner Broterwerb, mit dem er seine literarischen Ambitionen zu finanzieren hoffte. Aber in den Zeitungsredaktionen nahm man darauf keine Rücksicht. Im Januar 1921 wurde er nach Barcelona zurückbeordert und ging als Korrespondent nach Madrid.

Obwohl nur kurz, war diese Zeit wichtig für Pla, denn hier erkannte er erstmals die Beschränkungen und Widersprüche des Katalanismus, von dem er ironisch schrieb, eigentlich müsse er der Natur nach antilegalistisch und revolutionär auftreten, stattdessen sei er ideologisch eher in der Nähe der französischen *Action française*, des rechten Lieblingsblatts der verzärtelten konservativen Intelligenz, angesiedelt, während sich um ihn herum alle, die sich als Spanier bezeichneten, wie wilde Revolutionäre aufspielten.

Dennoch begann in dieser Zeit seine Annäherung an den konservativen Flügel der Lliga Regionalista um den Millionär Francesc Cambó. Wie die meisten politischen Wandlungen in Plas Leben war auch diese weniger von politischen Überzeugungen als von der gemeinsamen empordanesischen Herkunft geleitet, und nicht zuletzt von der manischen Bewunderung des aus eher kleinbürgerlich-provinziellen Verhältnissen stammenden Pla für pompös auftretende Großbürger.

Sein Techtelmechtel mit der Lliga gipfelte 1922 in der Parlamentskandidatur für den Distrikt Baix Empordà. Aber anstatt Politiker zu werden, ging er für *La Publicidad* und für die in Palma de Mallorca erscheinende, von dem liberalen Magnaten Juan March finanzierte *El Día* als Korrespondent nach Italien und berichtete von dort über Mussolinis Marsch auf Rom. Die Erfahrung der faschistischen Machtergreifung in Italien ließ ihn auch bezüglich der Beschränkungen des katalanischen Nationalismus nachdenklich werden: »Wäre ich Franzose, Engländer oder Italiener, ich wäre nicht Nationalist, sondern Internationalist und liberal. Als Katalane aber muss ich Nationalist sein, solange wir unsere eigenen Probleme nicht gelöst haben und unsere Freiheiten nicht garantiert sind. Ist das alles geregelt, streiche ich den Nationalismus aus meinem Leben, denn ich glaube nicht, dass das katalanische Volk so viele Fehler hat, um sich für auserwählt oder für das beste Volk der Welt halten zu müssen. Ich habe den Faschismus eine Zeitlang aus der Nähe erlebt, und ich hege seitdem einen Widerwillen gegen patriotische Lieder; wenn Vaterlandsliebe, um sich bemerkbar zu machen, solche Hurrah-Gesänge braucht, kann ich auf erhabene Vorlieben dieser Art gern verzichten.«

Im Februar 1923 ging Pla als Korrespondent nach Deutschland. Er berichtete über die Besetzung der Ruhr und lebte eine Weile im Berlin der Inflationszeit. Obwohl er als Angehöriger eines Landes mit einer stabilen Währung in einem Land, in dem Geld praktisch nicht mehr existierte, erhebliche materielle Vorteile genoss, deprimierte ihn Deutschland.

In Berlin aber lernte er auch Eugení Xammar kennen, einen der klügsten und interessantesten spanischen Journalisten der zwanziger und dreißiger Jahre, der ebenfalls Korrespondent in Berlin war. Pla schrieb später: »Von Xammar habe ich mehr gelernt als aus allen Büchern, die ich gelesen habe. Er ist der intelligenteste Mensch, den ich je kennengelernt habe.« Zusammen bereisten die beiden das ganze Land. In München interviewten sie den Putschisten Adolf Hitler.[2] Und Pla verliebte sich in eine junge Frau aus Leipzig. Aly Herscovitz war eine attraktive Jüdin, emanzipiert, süchtig nach Rauschgift, Bohème und intelligenter Gesellschaft – für den katalanischen Abenteurer genau das Richtige.

Mit den Deutschen aber kam Pla nicht zurecht. Er empfand sie als bösartig, hart, unintelligent. In seinen Artikeln kam er immer wieder auf dieses Thema zurück: Zu Organisationstalent und Disziplin, den großen Tugenden aus der Vorkriegszeit, sei seit der Niederlage 1918 ein mit Angst und Zügellosigkeit einhergehender anarchischer Wesenszug getreten. Aus Genua, wohin er zwischenzeitlich auf dem Wege über die Schweiz geflohen war, schrieb er: »Im Grunde werden diese Länder, Deutschland, die Schweiz, so zivilisiert, ordentlich und tadellos sie sich auch präsentieren mögen, von mechanischen und automatisierten Menschen betrieben. Deutschland kann man gerade noch aushalten, denn wenn die Deutschen

2 Vgl. Eugeni Xammar, *Das Schlangenei. Berichte aus dem Deutschland der Inflationsjahre*. Aus dem Katalanischen von Kirsten Brandt. Berenberg Verlag, Berlin 2007, S. 145ff.

keine mechanisierten Individuen wären, was dann? Was wäre – einmal abgesehen von der Mechanik – das bestmögliche Deutschland? Eine Wagner-Oper? Es wäre der Gipfel des Lächerlichen.«

Während Pla und Xammar noch mit ihren Redaktionen um eine Reise nach Sowjetrussland feilschten, schwang sich in Madrid General Primo de Rivera zum spanischen Diktator auf. Pla durfte vorerst nur noch Artikel unpolitischen Inhalts nach Barcelona liefern. Alles andere unterlag jetzt der Zensur. Er schrieb nun wieder mehr literarische Sachen, die die inzwischen katalanisierte *La Publicitat* dankbar druckte. Im März 1924 verließ Pla Deutschland und fuhr nach Paris, wo seine besten Jahre vor dem Bürgerkrieg begannen.

Pla bewegte sich in Paris in dem großen Kreis katalanischer Exilanten, die, angeführt von Francesc Macià, einen Aufstand in Katalonien planten, und fühlte sich erstmals in der Fremde ein bisschen zu Hause. Er ging zu den diversen Kaffeehausrunden, machte die Bekanntschaft der spanischen Surrealisten, und er verliebte sich in Adi Enberg, eine Frau norwegischer Abstammung mit spanischem Pass, Tochter des dänischen Generalkonsuls in Barcelona und frisch getrennt von einem französischen Aristokraten – eine selbstbewusste, mondäne junge Frau, die völlig selbstverständlich nicht nur mit ins Café kam, sondern sich sehr eloquent an den Diskussionen beteiligte.

Von Paris aus gondelte Pla im Auftrag der Redaktionen und als Begleiter von reichen Gönnern durch Europa. Im Juni 1925 fuhr er endlich nach Russland, wo er sich von Andreu

Nin, dem Repräsentanten der katalanischen Kommunisten im Exil, der im Spanischen Bürgerkrieg eine besonders tragische Rolle spielen sollte, Moskau zeigen ließ, und Ende des Jahres erfüllte sich ein weiterer Wunsch: Er konnte, als Angestellter eines katalanischen Korkfabrikanten, nach Großbritannien gehen, das Land, dessen Regierungsmodell er für das vernünftigste und beste in Europa hielt. Hier blieb er bis 1927, immer wieder unterbrochen von Reisen nach Paris, wo er weiter mit den katalanischen Exilanten konspirierte und sich immer heftiger verliebte.

1927 konnte er Adi Enberg schließlich zwar nicht heiraten, denn ihre katholisch geschlossene Ehe war unauflöslich. Über einen Freund der spanischen Botschaft in London erreichte er jedoch, dass sie in ihren Pässen als Ehepaar erschienen, andernfalls hätten seine Eltern nie akzeptiert, dass er mit einer Frau zusammenlebte. Adi Enberg wiederum hatte ihr Verhältnis mit Pla unter anderem deshalb nicht legalisiert, weil ihr Vater sich einer Heirat mit »einem Schuhputzer und Bohemien« rigoros verweigerte.

Mit dem Bild, welches sich der in der Provinz aufgewachsene Pla von Frauen machte, hatte die Art, in der Adi Enberg lebte, nicht viel zu tun. Er erwartete von Frauen, dass sie in der Küche und im Haus blieben und sich nicht in die Angelegenheiten der Männer einmischten, vor allem nicht im Kaffeehaus mitdiskutierten. So funktionierte diese Ehe von Anfang an mehr schlecht als recht, zumal sich die pikante Lage ergab, dass Pla vom Geld seiner Frau lebte. Mit seinen Artikeln allein konnte er diese Ehe nicht finanzieren. Und auch seine ersten Bücher, zumeist hervorgegangen aus Artikelsammlungen, wie *Coses vistes*, warfen nicht viel Geld ab.

Politisch führte sein Weg in den Jahren nach dem Ende der Diktatur und dem Beginn der Zweiten Spanischen Republik weiter nach rechts. Seit dem operettenhaften Putschversuch von 1926, als Francesc Macià an der Spitze von achthundert Gefolgsleuten im Pyrenäendorf Prats de Mollò nach Katalonien einmarschieren wollte, um dort die Macht zu übernehmen, hatte er sich von seinen Freunden von der Esquerra, der Partei Maciàs, distanziert. Er schrieb jetzt für die Zeitung der Lliga Catalana von Cambó, *La Veu de Catalunya*, er war sich nicht zu schade, Cambós Biographie zu schreiben, und der Ton seiner Artikel wurde während der Jahre vor dem Bürgerkrieg immer düsterer.

Die katalanische Rechte hatte in der nationalen Politik an Einfluss verloren. Trotz Prats de Molló war es jetzt die Esquerra Republicana unter Macià, die den Ton der katalanischen Politik in Madrid angab und 1932 ein Autonomiestatut durchsetzen konnte. Pla ließ sich davon nicht beeindrucken. Einer der wesentlichsten Gründe, warum er sich mit den linken Republikanern aus Katalonien nicht befreunden konnte, war seine Überzeugung, trotz der legitimen Autonomiebedürfnisse dieser wirtschaftlichen Schlüsselregion sei eine Abspaltung Kataloniens von Spanien eine Dummheit, denn damit verzichte das Land freiwillig auf seinen großen Einfluss in fast allen Belangen der spanischen Politik. Den Staatsstreich, mit dem Lluís Companys, Maciàs Nachfolger als Chef der Esquerra und als katalanischer Regierungschef,

1935 versuchte, die einseitige Unabhängigkeit Kataloniens auszurufen, kommentierte er mit ätzendem Sarkasmus. Von den in Spanien immer aggressiver um die Macht rivalisierenden Parteien stand er zu dieser Zeit der rechtskatholischen CEDA von Gil-Robles nahe.

Merkwürdigerweise erschienen während dieser Jahre zwei Bücher von Pla, die zu seinen politischen Vermächtnissen gehören, weil sie frei sind vom demagogischen Ton seiner Tagespublizistik. Ende der zwanziger Jahre hatte er die Tagebuchnotizen, die er sich während seines ersten Aufenthalts 1921 in Madrid gemacht hatte, durchgesehen, ergänzt, umgeschrieben und unter dem Titel *Madrid 1921. Un Dietari* (Madrid 1921. Ein Tagebuch) veröffentlicht. Und 1933 erschien das Buch: *Madrid 1931. El Adveniment de la república* (Madrid 1931. Der Beginn der Republik). Beide Bücher gehören zum Besten, was Pla geschrieben hat. Die Momentaufnahmen, Porträts und Stadtbeschreibungen sind wunderbare Pastiches, voller Ironie und von einer Gelassenheit, die Pla im politischen Nahkampf jener Jahre vollkommen verlorenging.

Am 18. Juli 1936 erhob sich die spanische Armee unter Franco. Der Spanische Bürgerkrieg begann. Pla befand sich zu dieser Zeit mit Adi Enberg bei seiner Familie in Katalonien, wo anarchistische und andere linke Milizen in den ersten Wochen die Macht übernahmen. Kirchen gingen in Flammen auf, und vermeintliche »Volksfeinde« wurden zu den berüchtigten *paseos*, den »Spaziergängen«, abgeholt und erschossen. Pla wollte nicht abwarten, bis er, als Sympathisant der Rechten, ins Visier geriet: Wenige Wochen nach Ausbruch des Krieges ging er mit Adi Enberg in Barcelona an Bord eines französischen Dampfers und floh nach Marseille.

Damit war er in einer Sackgasse gelandet: Seine Verbindung mit dem rechten Flügel der Katalanisten war er eher aus sozialem Opportunismus als aus politischer Überzeugung eingegangen. Seine Frau, die sich für Politik kaum interessierte, aber den instinktiven Konservatismus einer Angehörigen der gehobenen Bourgeoisie pflegte, hatte für Cambó als Sekretärin gearbeitet, er selbst sich freiwillig als dessen Biograph missbrauchen lassen. Nun musste er wieder das Land verlassen, dieses Mal allerdings nicht im Auftrag einer Zeitungsredaktion, sondern als politischer Flüchtling.

Um seinen Lebensunterhalt in Marseille zu verdienen, ließ er sich von einer kleinen Gruppe rechter katalanischer Exilanten für einen Spionagering rekrutieren, für den er französische Dampfer mit Ladung für die spanische Republik ausspionierte und für den seine Frau als Sekretärin arbeitete. Als Spion aber war Pla, der gerne und viel mit den Leuten redete, kaum zu gebrauchen, und er hat sich für diese Tätigkeit den Rest seines Lebens geschämt. Eher nach seinem Gusto waren Segeltörns mit reichen Gönnern die französische Riviera entlang.

Paris und Rom, wo Adi Enberg für Cambó arbeitete, waren Stationen des Exils, ehe Pla mit seiner Frau im Oktober 1938 wieder spanischen Boden betrat: Er ging zunächst nach San Sebastián, arbeitete eine Zeitlang für die Zeitung *El Diario Vasco*, ehe er Anfang 1939 in Burgos einen jungen katalanischen Falangisten namens Josep Vergés kennenlernte, der dort eine Zeitschrift namens *Destino* leitete. Im Januar war er wieder in Barcelona, wo er die Leitung der altehrwürdigen katalanischen Tageszeitung *La Vanguardia* zu übernehmen hoffte.

Aber Pla hatte von Anfang an keine guten Karten unter dem neuen Regime. Selbst die katalanische Rechte hatte sich im Exil von Franco zu distanzieren begonnen, der sämtlichen Autonomieaussichten nach siegreicher Beendigung des Bürgerkrieges eine rigorose Absage erteilt hatte. Die Franco-Behörden kannten Plas Biographie genau. Ihnen war nicht entgangen, dass seine rechten politischen Sympathien ein oberflächlicher Firnis auf einer ansonsten in ihrer Lebensführung sehr selbstbewusst liberalen, abenteuerlustigen Persönlichkeit waren. Seine bescheidenen Hoffnungen auf eine Stellung zerschlugen sich schon nach kurzer Zeit, und als 1940 Adi Enberg ihn verließ, blieb ihm nichts anderes mehr übrig, als sich im alten Mas Pla, dem Bauernhaus der Familie in Llofriú, einzuquartieren und fortan das Leben eines inneren Emigranten zu führen.

Es gehört zu den vielen Seltsamkeiten im Leben dieses Schriftstellers, dass Plas Ruhm als einer der bedeutendsten Schriftsteller katalanischer Sprache nun erst begann. Er schrieb zunächst, für den Broterwerb, unzählige Artikel und Bücher, deren Gegenstand nicht mehr die Politik bildete, sondern Katalonien, seine Menschen, seine Landschaften, seine Mentalität, seine Küche, und Bücher von Reisen durch die Umgebung: »Reise durch Katalonien«, »Reise durch Mallorca«, »Costa Brava. Ein Reiseführer«. Politik war verboten, aber

Pla hatte ohnehin jegliche Lust daran verloren. Er begann das selbstgewählte Bild vom einsamen, weltabgewandten Mann zu kultivieren, der ohne Uhr und zeitliches Bewusstsein in einem mittelalterlichen Bauernhaus hockt und es nur verlässt, um mit den Fischern und Bauern seiner ländlichen Umgebung zu plaudern oder zu segeln.

Die wichtigste Freundschaft war in dieser Zeit die mit Josep Vergés, der bereits 1940 den Verlag Destino gegründet hatte, hervorgegangen aus der gleichnamigen Zeitschrift. Hier erschienen in den fünfziger Jahren der Roman *El carrer estret* (*Enge Straße*) und dann, Anfang der sechziger Jahre, *El quadern gris* (*Das graue Heft*), womit Pla zum Klassiker zu Lebzeiten avancierte: Oberflächlich handelt es sich um ein Tagebuch der Jahre 1918 und 1919, das mit Plas erster Reise nach Paris seinen Abschluss findet, tatsächlich aber ist es ein mit leichter Hand geschriebener Palimpsest, in dem sich alle Facetten des politischen, kulturellen und intellektuellen Lebens im Spanien der ersten Hälfte des Jahrhunderts sowie rückschauende und vorausblickende autobiographische Episoden und schließlich unzählige Betrachtungen, Gedanken und immer wieder Landschaftsbeschreibungen seiner Heimat abwechseln, durchdringen, verschränken. Das Buch schließt sich in der Form an seine besten Sachen an, die kleinen Tagebücher aus Madrid, die er Ende der zwanziger und Anfang der dreißiger Jahre veröffentlichte. Es ist eines der Hauptwerke der spanischen Literatur.

Außer den *Cinc històries del mar* (Fünf Geschichten über das Meer) und *Lo que hem menjat* (Was wir gegessen haben), einem Handbuch der iberischen Küche, das in seiner Genauigkeit und Detailversessenheit ein Museum einer in großen Teilen untergegangenen mediterranen Esskultur ist, erschien seit den fünfziger Jahren in loser Folge eine Reihe von Porträts berühmter katalanischer Zeitgenossen unter dem Titel *Homenots* (Große Menschen). Neben belanglosen Auftragswerken – Pla konnte nicht lassen von seiner schlechten opportunistischen Angewohnheit, sich von Leuten, die er für bedeutend und einflussreich hielt, zum dienstbaren Narren zu machen, in der Hoffnung, sie könnten etwas für ihn tun – erschienen in dieser Reihe ein paar glänzende biographische Essays über den Architekten Gaudí, den großen Cellisten und Franco-Gegner Pau Casals und über Salvador Dalí, dessen Familie seit Plas Jugendtagen zu den Nachbarn aus der weiteren Umgebung gehört hatte und dessen Werk und dessen Bildersprache Pla als ein spezifisches Produkt des Lichts und der Landschaft an der katalanischen Küste beschreibt.

Der Reiz des Dalí-Essays besteht in der doppelten Perspektive, unter der Pla den Maler sieht: Er hat ihn als surrealistisches *enfant terrible* in Paris kennengelernt, sich aber von dem Exzentriker Dalí nicht blenden lassen, denn er kennt, wie kaum ein anderer, die Wurzeln, aus denen seine Kunst entstanden ist: Nicht aus den psychoanalytischen Phantasien, von denen Dalí selbst immer wieder geredet hat, sondern aus der Landschaft und dem Licht über der Costa Brava, aus der Provinz also. Und so kann Pla hinter dem Pseudorevolutionär und genialen Techniker einen in Wahrheit konservativen Künstler entdecken, mit dem er im Übrigen vieles gemein hat:

Was er als die Quintessenz Dalís diagnostiziert, das Nebeneinander von Lokalpatriotismus und Kosmopolitismus, gilt in gleichem Maße für ihn selbst.

Seit Beginn der sechziger Jahre begann Pla wieder ins Ausland zu reisen. Er reiste mehrmals nach Südamerika, meist, und zu seinem wachsenden Missvergnügen, an Bord eines rostigen Tankers der spanischen Erdölgesellschaft, deren Direktor er zu seinen Bekannten zählte. Daneben kümmerte er sich mit großer Besessenheit um die Herausgabe seiner *Gesammelten Werke* im Verlag Destino. Mit Josep Vergés, vom dandyhaften Falangisten zu einem der bedeutendsten Verleger Spaniens aufgestiegen, in dessen Haus immer mehr Werke francokritischer Schriftsteller erschienen, stritt er sich endlos um Abrechnungen und Korrekturen, aber hier erschien am Ende sein Gesamtwerk auf Katalanisch. 1981 starb Pla. Er hatte noch die Demokratisierung Spaniens erlebt und auch die Einsetzung der ersten autonomen und demokratischen katalanischen Regierung unter Josep Tarradellas.

In einem klugen, 2003 in der *Revista de libros* erschienenen Essay über Pla und sein merkwürdiges Verhältnis zu Spanien hat der Essayist Luis M. Linde Pla einen »Ruinenwächter« genannt. Pla war, aus welchen Gründen auch immer, zurückgekehrt in das, was von Katalonien nach Ende des Bürgerkriegs noch übrig war. Die meisten Mauern standen, aber das Innenleben Kataloniens war ruiniert. Die Franco-Diktatur, deren markantester Zug, neben der zivilen Repression, die ungeheure verordnete geistige Dumpfheit war, legte sich wie ein Grabstein auf das ganze Land.

Pla hat unter diesen Bedingungen einen Großteil seines Werks geschrieben. Vor allem jene bedeutenden literarischen Texte und biographischen Essays, für die er berühmt geworden ist. Es gibt im Spanien des 20. Jahrhunderts viele merkwürdige Lebensläufe, aber wenige, die so seltsam verliefen wie Plas Biographie. Er muss das gewusst haben, denn für das Festhalten des biographischen Moments hat er während seiner journalistischen Laufbahn vor und seiner schriftstellerischen Karriere nach dem Bürgerkrieg einen sehr genauen literarischen Sinn entwickelt. Im *Quadern gris* finden sich viele jener Scheidewege, an denen eine Biographie ihren Lauf nimmt, und nicht nur seine eigene. Und seine Lust, das Leben großer Zeitgenossen wie Dalí in langen, anekdotenreichen Essays zu skizzieren, zeugt ebenfalls von dieser Vorliebe. Hervorstechendes Merkmal dieses Werks, das unter schwierigen Bedingungen entstand, ist der klare, einfache Stil, der Witz, die Lust an der Abschweifung, der Sinn für das Detail und die tiefe Verwurzelung in der mediterranen Provinz. In Deutschland ist Pla deshalb, wenn überhaupt, als Verfasser von Reiseführern und Beschreibungen von Land und Leuten bekannt geworden. Das ist zu wenig.

Der 11. September des Roberto Bolaño

Für Margit Knapp und Bruno Montané

Mit wenig hat sich der 1953 in Chile geborene und 2003 in Barcelona verstorbene Roberto Bolaño so intensiv beschäftigt wie mit den Vexierbildern der eigenen Biographie. Zwar sind seine Lebensdaten gesichert, aber über viele Zäsuren existieren verschiedene Versionen, für die er zumeist selbst gesorgt hat. Unzählige Teile, Absätze, Kapitel, Erzählungen und Interviews, die er gegeben hat, sind auch Beiträge zu dieser Spurenverwischung. Selbst zu der vielleicht bedeutendsten Zäsur seines Lebens, dem chilenischen Militärputsch vom 11. September 1973, gibt es noch bis in späte Prosafragmente reichende, auch topographisch ganz verschiedene Versionen von diesem Ereignis, bei dem Bolaño, das wiederum ist verbürgt, nicht nur zugegen war. Er kam mit knapper Not davon. Ob der eine mit dem anderen Ich-Erzähler in diesen vielen Prosazeugnissen mit dem jungen Bolaño identisch ist? Wer weiß. Wer also war dieser Roberto Bolaño? Und worüber hat er wirklich geschrieben?

1.

Mitte der neunziger Jahre schickte mir eine befreundete Kollegin das Buch eines unbekannten chilenischen Autors und bat mich um meine Meinung. Sollte es mir gefallen, könnte ich es auch übersetzen. Ich las den Klappentext, in dem vor allem von jungen Dichtern die Rede war, die in Schreibwerkstätten beschäftigt gewesen seien, als der chilenische Putsch über sie hereinbrach. Allerdings ging es in diesem Roman offenbar weniger um Zeitgeschichte als um die Selbstbespiegelung angehender Jungschriftsteller. Ich fand das uninteressant und gab der Kollegin das Buch zurück.

Ein halbes Jahr später sprach mich Jorge Herralde an. In seinem Verlag Anagrama in Barcelona war das Buch erschienen, und er sagte, ich hätte da etwas falsch verstanden. Herralde war schon damals eine der singulären Gestalten im internationalen Verlagsgeschäft, und er gab mir das Buch ein weiteres Mal. Gehorsam las ich einige Seiten, auf denen tatsächlich jugendliche Schriftsteller in Schreibwerkstätten auftauchten, und immer noch wollte mir das alles nicht einleuchten. Mein Vorurteil muss wirklich ziemlich eisern gewesen sein. Auf der vorderen Klappe blickte der Autor mit Namen Roberto Bolaño den Betrachter aus einem ziemlich coolen Foto in einer Mischung aus misstrauischer Neugier und leiser Verachtung an. Darunter stand, was er sonst noch geschrieben hatte: ein Roman mit dem Titel *La literatura nazi en América.* Wie man über ein solches Thema einen Roman schreiben konnte, das interessierte mich dann doch. Ich hatte zu jener Zeit angefangen, für einen Münchener Verlag nach Büchern und Autoren zu suchen, ließ mir das Buch kommen, las es während einer Zugfahrt von München nach Berlin, eilte nach dem Aussteigen in eine Telefonzelle, rief Antje Kunstmann an und sagte ihr, sie solle von diesem Autor alles kaufen, was es gebe, und das Buch, das ich gerade gelesen hätte, wolle ich auch gleich übersetzen.

Die Geschichte muss hier erzählt werden, denn ohne sie wäre ich nicht einem Autor begegnet, in seinen Büchern und persönlich, den kennengelernt und übersetzt zu haben zu den Glücksfällen meines Lebens gehört. Der Verdacht allerdings, der sich bei meiner Lektüre des Klappentextes zu dem Roman *Estrella distante* gemeldet hatte – unter dem Titel *Stern in der Ferne*, übersetzt von Christian Hansen, erschien er als zweites Buch von Bolaño auf Deutsch –, dieser Verdacht erwies sich als durchaus begründet. Von nichts nämlich ist in Bolaños Büchern so häufig und ausführlich die Rede wie von Literatur und den mit ihrer Verbreitung und Propagierung beschäftigten meist jungen Menschen. In einigen seiner Romane und Erzählungen sind das er selbst und ein Freund, mit dem zusammen er in den siebziger Jahren in Mexiko eine radikale literarische Avantgarde-Gruppe gegründet hatte, um zu bekämpfen, was er für schlechte Literatur hielt – also praktisch alles bis auf eine Handvoll dem großen Publikum meist unbekannter spanischer, lateinamerikanischer, französischer und US-amerikanischer Lyriker. Ständig wird in Bolaños Büchern gelesen, sogar unter der Dusche, werden Autoren beschimpft, in den Himmel gehoben, gegeneinander abgewogen. Freilich ist für diesen Autor die Literatur kein erbauliches Terrain, auf dem man Noten verteilen kann, je nach Gefallen, auf dem sich plaudern lässt über gute oder schlechte Literatur. Literatur ist für diesen Autor eine Frage auf Leben und Tod.

2.

Einer verbreiteten Ansicht zufolge schreiben große Schriftsteller immer über ein und dasselbe Thema. Bei Bolaño scheint der Fall ganz klar. Es gibt kaum ein Werk dieses Autors, in dem nicht die Literatur, das Schreiben oder die Schriftsteller, bei Bolaño Dichter im emphatischen Sinne, wenn nicht die Hauptrolle, so doch zumindest eine tragende Nebenrolle spielen. *Die Naziliteratur in Amerika*, sein erstes auf Deutsch erschienenes Buch (1999), besteht aus lauter erfundenen, teils monströsen Lebensläufen von rechtsradikalen Lateinamerikanern, Mittelamerikanern und Nordamerikanern. Aber es sind alles Dichter, der Literatur ebenso bedingungslos ergeben wie ihren rassistischen, kriegerischen oder einfach kriminellen Gewaltphantasien. Die ungeheuerliche und mitunter sehr komische Phalanx dieser Poeten gipfelt in der Erzählung vom Luftwaffenhauptmann Ramirez Hoffman, einem Folterer und Ästheten, der mit einer Messerschmitt-Maschine aus dem Zweiten Weltkrieg über den Straflagern der chilenischen Militärjunta um 1973 mit Kondensstreifen Gedichte in den Himmel schreibt. Eine Konstellation, von der Bolaño so fasziniert war, dass er sie zum Thema seines nächsten Romans machte: *Estrella distante*, genau der, welcher mich ursprünglich so wenig interessiert hatte.

Als Nächstes schrieb Bolaño den großen Roman *Die wilden Detektive*, zusammen mit dem nachgelassenen *2666* sein gewiss bedeutendstes Werk. Wovon handelt es? Zwei junge Leute scharen in der mexikanischen Hauptstadt der siebziger Jahre eine bunte Gruppe gleichgesinnter Avantgardedichter um sich und begeben sich, begleitet von einer Prostituierten und gejagt von deren Zuhälter, auf die Suche nach einer vermeintlichen Dichterin, von der bis zum Schluss unklar bleibt, ob sie existiert. Hinter den Protagonisten, Arturo Belano und Ulises Lima, verbergen sich Bolaño und sein in den achtziger Jahren tödlich verunglückter Freund Mario Santiago. Der nächste Roman *Amuleto* war schon wieder eine verlängerte Episode aus dem großen Vorgänger: Eine Frau, die sich als die »Mutter aller lateinamerikanischen Dichter« bezeichnet, wird auf einer Toilette in der Universität von Mexiko davon überrascht, dass die Armee 1968 den Campus besetzt. Sie bleibt sitzen und erzählt, für die Dauer des Romans, ihre Geschichte und die zweier Freunde, bei denen es sich wiederum um Belano und Lima, die beiden Hauptfiguren aus den *Wilden Detektiven* handelt.

In *Nocturno de Chile (Chilenisches Nachtstück)*, Bolaños vorletztem zu Lebzeiten erschienenem Roman (1999), fehlen direkte autobiographische Bezüge. Der Roman besteht aus dem Monolog eines jesuitischen Geistlichen und zugleich prominenten Literaturkritikers zur Zeit der beginnenden chilenischen Militärdiktatur, den die politische Realität einholt. Nicht nur, dass er sich darauf einlässt, mit Nachhilfestunden in Marxismus der Militärjunta um General Pinochet zu helfen, den politischen Feind besser zu verstehen. Am Ende zeigt Bolaño in einer seiner finstersten Inszenierungen, wie Literatur schuldig wird: Sein Protagonist verirrt sich in der Villa einer ehrgeizigen, mit einem US-Amerikaner verheirateten Dichterin, wo Chiles literarische Elite rauschende Partys feiern darf, auf der Suche nach einer Toilette in den Keller und entdeckt, dass hier der Hausherr Regimegegner foltern lässt, während sich oben amüsiert wird.

3.

Das sind keine erbaulichen Themen. Und auch das nachgelassene Hauptwerk *2666* kennt in dieser Hinsicht kein Pardon: Als der Roman 2007, vier Jahre nach dem Tod des Autors erschien, hätte niemand gewettet, dass dieser über eintausend Seiten lange Wälzer die Bestsellerlisten stürmen würde. Dies war schließlich kein Thriller, allenfalls in einem sehr indirekten Sinne. Die Hauptfiguren sind Literaten, Büchermenschen, auf der Suche nach einem, natürlich vollkommen unbekannten, deutschen Schriftsteller namens Benno von Archimboldi. Freilich: Sie rasen durch ihr Leben auf Du und Du mit Wahnsinn und Verzweiflung, und Gewalt ist ihr steter Begleiter. Entweder kommen sie selbst damit in Berührung oder sie leben in Angst davor. Frauen tauchen häufig als Sexualobjekte auf, entweder lebendig, manchmal sehr selbstbewusst, oder als tote Frauen vom Rande der Gesellschaft, Prostituierte, ermordet in einer Stadt, die im Drogenkrieg an der Grenze zwischen Mexiko und den USA traurige Berühmtheit erlangt hat: Ciudad Juárez, wo seit Anfang der neunziger Jahre Hunderte Frauen teils bestialisch ermordet wurden und immer noch werden, und wo sich trotzdem eine eindrucksvolle, nicht zuletzt von Frauen initiierte Zivilgesellschaft behauptet hat. Im Roman heißt diese Hölle Santa Teresa, und das schreckliche Kapitel »Der Teil von den Verbrechen« spielt dort, der Roman kehrt immer wieder dorthin zurück. Archimboldi selbst nimmt erst im letzten Teil Gestalt an. Man sieht ihn als Hans Reiter im Rückblick durch den Russlandfeldzug geistern, eine surreale Szenerie aus Mord und Totschlag, durch die Menschen wie vor sich hin redende Roboter torkeln. Am Ende ist Reiter alias Archimboldi ein Schriftsteller, der Weltkrieg ist aus, er fliegt nach Mexiko – nach Santa Teresa.

Der riesige Roman verbindet die scheinbar harmlos idealistische Suche von vier Literaten, hier sind es bereits gestandene Wissenschaftler, nach einem verschollenen Schriftsteller nicht nur mit einem Ausflug in die Schlachten des Zweiten Weltkriegs. Die allgegenwärtige Gewalt beschränkt sich nicht auf die geschilderten Ereignisse und die im genannten Kapitel aus Santa Teresa dokumentierten Femizide. Niemand ist vor ihrer Versuchung gefeit. Irgendwann landen die vier Wissenschaftler auf ihrer Suche nach dem Phantom Archimboldi in einem Taxi in London, dessen Fahrer sie nach einem eskalierenden Wortwechsel aus seinem Auto zerren, zusammenschlagen und halbtot auf der Straße liegen lassen. Dichtung und Literatur zeigen sich einmal mehr als alles andere als unschuldige Kategorien.

Auch hier also steht wieder ein Dichter im Zentrum, jedoch in monströser Überhöhung. Nicht nur Archimboldi, auch dic Freaks, die Forscher, die Journalisten und Neurotiker, die hinter ihm her sind, hat Bolaño hier zu Denkmälern für jenen Dichter stilisiert, der in fast allen seinen Werken durch eine sexbesessene, gewalttätige Welt wandert, die er nicht verändern kann und nicht verändern will. Er wandert aber trotzdem. Ein Romantiker war Bolaño in gewisser Weise sicherlich, ein Optimist war er nicht.

Man könnte meinen, ein solches Opus könne es dem Leser nur schwermachen. Aber oh Wunder: Bolaño lesen, das gilt auch für das von Christian Hansen bewunderungswürdig übersetzte *2666*, ist ganz leicht. Er verzichtet auf hochtrabende Stilistik und geht seinen Lesern nie mit überlegener Besserwisserei auf die Nerven. Für politisierendes Predigen, intellektuelles Lamento, hatte dieser Schriftsteller, der sein Werk den Nöten von Schriftstellern gewidmet hat, nur Spott übrig. Sein Stil ist glasklar, der Sound dieses Chilenen unverwechselbar.

Warum wird so ein Buch ein Bestseller? Für seine eigene Generation in Lateinamerika hat Bolaño die große Leistung vollbracht, die politischen Auseinandersetzungen der siebziger und achtziger Jahre immer wieder zu thematisieren, sie aber von allen romantisierenden Ideologien zu befreien. Politik interessierte ihn eigentlich nicht. Denen aber, die in jenen Jahren zu Tausenden starben und verschwanden, hat er sein Werk als einen, wie er einmal sagte, »Abschiedsbrief an meine Generation« gewidmet. Und sein letzter Roman, *2666*, ist er nicht ein dunkler Spiegel unserer scheinbar noch halbwegs intakten abendländischen Kultur? Wer es liest, mag sich identifizieren mit den melancholischen Helden, die in ihrem freien, getriebenen Leben zwischen Sex, Gewalt und elitärem Avantgardebewusstsein den Eitelkeiten westlicher Intelligenz entgegenkommen. Gleichzeitig aber wird jeder spüren, wie brüchig der Boden ist, auf dem man mit ihnen wandert. Darunter lauert die schlummernde Nachtseite, die man dieser Tage an vielen Enden der Welt Exzesse feiern sieht, nicht nur in Santa Teresa. Und dieser Abgrund, das wird jeder spüren, der Bolaño liest, ist eiskalt. Das unterscheidet *2666* von gefälligen, effektbesessenen Inszenierungen in Hollywoodfilmen oder nordamerikanischen Romanen. Es macht die Verzweiflung seiner Helden glaubwürdig. Und noch etwas: Auch dieser Roman hat, wie alle Bücher Bolaños, keine Pointe. Bolaño bietet viel, aber keine Welterklärung, kein gutes Ende, auch kein schlechtes. In unseren moralisch aufgeplusterten, zugleich entfesselt gewaltbereiten Zeiten ist die Tatsache, dass so viele Menschen dieses tief wahrhaftige Buch gelesen haben, ein gutes Zeichen.

4.

Es gibt einen Band mit Prosafragmenten aus Bolaños Nachlass, der 2020 auf Deutsch unter dem Titel *Cowboygräber* erschien. Der Leser begegnet darin dem Autor als jugendlicher Held, gewissermaßen noch im Stande der Unschuld. Mit dieser Unschuld allerdings ist es auch hier nicht weit her. Denn die Lektüre führt mitten ins Geschehen um den Militärputsch vom 11. September 1973. Bolaño hat in seinen Büchern über viele andere Dinge geschrieben. Trotzdem kam er auf diesen 11. September immer wieder zurück.

Von dieser Nacht bieten die autobiographischen Skizzen mit dem Titel »Vaterland« und »Cowboygräber« unterschiedliche Versionen. Es ist nicht einmal klar, ob Roberto Bolaño erzählt oder aber jemand anderes, ein Eindruck, der sich übrigens auch bei der Lektüre des dritten Teils dieser Textsammlung, »Komödie vom Schrecken von Frankreich«, einstellt. Dieser Text spielt in Französisch-Guyana, einem Teil Lateinamerikas, den Bolaño meines Wissens nie betreten hat. Zwar trägt der junge Mensch, der sich in einem nächtlichen Telefongespräch als bedingungsloser Anhänger des Surrealismus bekennt, die Züge jenes jugendlichen Tors, der zu Beginn von »Vaterland« in der Nacht des 11. September auf einen Schemel steigt und ein Gedicht von Nicanor Parra vorträgt, während um ihn herum die Zuhörer unter dem Eindruck der ersten Nachrichten vom Putsch in Panik auseinanderlaufen. Aber ist das wirklich Bolaño?

Verlässlicher wirkt die Version in den »Cowboygräbern«: Das erste Kapitel erzählt von den Versuchen der Familie Bolaño, 1968 von Chile nach Mexiko zu reisen. »Der Wurm« ist die Prosaversion eines Gedichts aus der Lyriksammlung *Die romantischen Hunde*, die Geschichte eines Clochards, den der junge Bolaño in Mexikos Hauptstadt kennenlernte. Ein Text voller raunender Anspielungen auf den mexikanischen Norden und die Schauplätze von Bolaños Hauptwerk *2666*. Dann geht es zurück nach Chile: »Die Reise« schildert eine Etappe von Bolaños Rückkehr in die Heimat, im Sommer 1973. Sie enthält eine der witzigsten und boshaftesten Science-Fiction-Satiren, die Roberto Bolaño über die USA geschrieben hat.

Das letzte Kapitel mit Titel »Der Staatsstreich« schildert die Putschnacht, in deren Verlauf der jugendliche Bolaño bei einer sozialistischen Aktivistenzelle landet und dort zum Zeugen der hilflos-konspirativen Reaktionen im Moment ihres, wahrscheinlich auch physischen, Verschwindens wird. Aber war es so, wie hier geschildert? Ist dies die Quintessenz dessen, was Bolaño über jenen Putsch zu sagen hatte, der als 11. September der Lateinamerikaner zu einem traumatischen Datum für den ganzen Kontinent wurde?

In seiner Dankesrede anlässlich der Verleihung des Premios Rómulo Gallegos für *Die wilden Detektive* erklärte Roberto Bolaño 1999, wie bereits erwähnt, sein Werk sei ein Liebesbrief an seine Generation. Gemeint sind damit jene Lateinamerikaner, die in den sechziger und siebziger Jahren einen bitteren Opfergang antraten. Geleitet vom Vorbild der von Fidel Castro und der Revolutionsikone Che Guevara angeführten Kubanischen Revolution, nahmen sie den Kampf auf gegen die bis heute unverändert herrschende soziale Ungerechtigkeit in Lateinamerika, gegen ungerechte Landverteilung, gegen die Parteien genannten Korruptionsverbände der Bourgeoisie, gegen die Macht der Großgrundbesitzer-Familien. Ihr Kampf richtete sich gegen die mit diesen Verhältnissen einhergehende Armut, gegen die allgegenwärtige Präsenz der USA, die in Lateinamerika ihren wirtschaftlichen und politischen Interessen gemäß nach Belieben schalten und walten konnten, und gegen deren verlängerten Arm: die Armeen. Es ist bekannt, wie dieser Kampf ausging: Zwischen 1964 und dem Ende der achtziger Jahre übernahmen in Brasilien, Uruguay, Argentinien, Chile, Bolivien, Guatemala, Honduras und El Salvador Militärregimes das Kommando, in deren Folterkammern Tausende junge Menschen verschwanden.

Bolaño hat ihnen in seinen Romanen durchaus ein Denkmal gesetzt. Aber es ist kein Heldenmonument. Das emphatischste Bild ist das Schlusstableau im Roman *Amuleto*. Am Ende hat die Protagonistin einen Traum, eine Vision, in der die Jugend Lateinamerikas als heroischer Zug auf einen Abgrund zuläuft, der sie verschlingen wird. Ein tief pessimistisches Bild, in dem auch zum ersten Mal im Zusammenhang mit einem Friedhof der Zukunft die Chiffre 2666 auftaucht.

Den politischen Kämpfen seiner Generation begegnete Bolaño mit Sympathie, aber auch mit Ambivalenz. Die damit einhergehende spezifisch lateinamerikanisch-antifaschistische Folklore, inkarniert in ponchobekleideten Latinos, die in den achtziger Jahren vor Europas Kaufhäusern ihre Lieder sangen, hat er nicht nur abgelehnt, sondern auch verspottet. Dem Bild des traurigen Lateinamerikaners, der im kalten Exil seiner verlorenen Heimat nachweint, hat er in einem lesenswerten Essay über die lebensrettende Gnade des Exils, »Literatur und Exil«, entschieden widersprochen. Am prägnantesten zeigt sich seine Distanz in dem Begriff der *guerras floridas*, der Blumenkriege, den Bolaño wiederholt im Zusammenhang mit den politischen Kämpfen seiner Generation fallenlässt. Damit verbindet sich ein eigenartiges Stück präkolumbianischer Geschichte. Jedes Jahr wurden im Reich der Azteken mit üppigem Blumenschmuck ausstaffierte Ritualkriege ausgetragen, die der Unterdrückung der tributpflichtigen Völker ebenso dienten wie der Beschaffung von Gefangenen zum Zweck ihrer Opferung. Als Rituale mit tödlichem Ausgang betrachtete Bolaño auch die politischen Kämpfe, in denen sich Lateinamerikas Jugend in den sechziger und siebziger Jahren opferte.

5.

Dass er dennoch ein Vorbild wurde, dem die jungen Schriftsteller seiner Generation folgten und den sie wenige Wochen vor seinem Tod auf einem Kongress in Sevilla zum bedeutendsten lebenden Schriftsteller ihres Kontinents kürten, liegt an Bolaños radikal unbürgerlichem Gestus, der kompromisslosen Freiheit und Unerschrockenheit, die seine Texte atmen, auch noch die finstersten. Es ist vor allem eine Freiheit von allen moralischen oder politischen Vorgaben. Darin ist Bolaño ein radikaler Individualist. Der einzige Kanon, der seine Welt vereinigt, ist die Literatur.

Darin allerdings ist er bisweilen sehr weit gegangen, denn zu diesem Universum gehören auch die vermeintlichen Bewohner der politischen Finsternis. *Die Naziliteratur in Amerika*, vordergründig ein virtuos burleskes Tableau ausgedachter Figuren in allen schillernd rechtsradikalen Verkleidungen, vereint ihre oft am Rande des Wahnsinns lebenden Figuren unter dem Signum der Literatur, der Dichtung, der sie ausnahmslos mit einem Ernst nachgehen, der dem der Marihuana rauchenden, fröhlichen und sex- und literaturbegeisterten Avantgardisten aus den *Wilden Detektiven* und vielen von Bolaños Erzählungen in nichts nachsteht. Freilich mit anderen

Ergebnissen. Am Ende steht der Sadist und Ästhet Ramirez Hoffman, alias Carlos Wieder, wie er in *Stern in der Ferne* heißt, mit einem »Hauptwerk«, das er am Steuer eines alten Nazi-Flugzeugs in den Himmel über den mit Regimegegnern gefüllten chilenischen Straflagern malt. Übrigens zitiert Bolaño hier das spektakuläre Kunstprojekt eines chilenischen Kollegen, *Anteparaíso*: 1982 schrieb der chilenische Lyriker Raúl Zurita mithilfe eines Flugzeugs Gedichtzeilen in den Himmel über Manhattan. Wie sehr Bolaño von diesem Motiv beeindruckt blieb, kann man hier in den Kapiteln »Messerschmitt« und »Das kleine Juwel der Luftwaffe« nachlesen.

Man hat Bolaño wiederholt verdächtigt, nicht nur Figuren aus der rechten Ecke in seinen Werken auftreten zu lassen, sondern auch mit ihnen zu sympathisieren. Im *Chilenischen Nachtstück* hat Ernst Jünger, von dem Bolaño zweifellos fasziniert war, einen Auftritt. In *2666* ist der letzte Teil des Romans, wie schon erwähnt, der Anabasis des phantomartigen Helden Hans Reiter alias Denis de Archimboldi in den Wirren des Zweiten Weltkriegs gewidmet. Bolaños Faszination für die Deutschen war ausgeprägt, obwohl er nicht ein einziges Wort Deutsch verstand, und er hat hier gewiss eine Menge Fährten gelegt.

Dennoch erscheint es mir verfehlt, dieses Spiel mit dem uferlosen Gewaltrepertoire in der Geschichte des 20. Jahrhunderts mit ideologischen Faszinationen oder gar Sympathien irgendwelcher Art zu verwechseln. Bolaño war fasziniert von der Gewalt und davon, dass ihr niemand entkommt, sei es in der Wirklichkeit oder aber in der Phantasie. Er benutzt sie immer wieder auch als ein Mittel der Stilisierung, und immer wieder, ein auffälliger Zug, geht sie ins Leere. Die Handlung seines letzten zu Lebzeiten veröffentlichten Werks, dem *Lumpenroman*, mündet in den schwarzen Schlund eines vermeintlichen verbrecherischen Ungeheuers, von dem aber niemals klar wird, ob es existiert und ob es überhaupt gewalttätig ist. Die Leser von *Amuleto* werden sich an den Gangsterkönig erinnern, dem Arturo Belano in den Eingeweiden von Mexikos Hauptstadt gegenübertritt – ohne dass ihm je ein Haar gekrümmt würde. Die Erzählung »El Ojo Silva« enthält eine von Bolaños kompliziertesten und wüstesten Gewaltinszenierungen, entfernt vergleichbar mit der, welche Franz Kafka in seiner Erzählung »In der Strafkolonie« inszeniert. Es ist aber am Ende, wie so oft bei Bolaño, nicht klar, was Phantasie, was Vision, was Realität ist. Auch der nachgelassene Roman *Das Dritte Reich* verlegt die Gewalt, die wie eine schwarze Wolke über dem Geschehen schwebt, auf den Bildschirm seiner Figur Udo Berger und seinen Kriegsspielfreaks. Bleibt Carlos Wieder, alias Ramirez Hoffman, der seinen Sadismus tatsächlich auslebt und dafür vom Ich-Erzähler gejagt und zur Strecke gebracht wird. Die meisten anderen Gewaltphantasien in Bolaños Romanen münden in der charakteristischen Pointenlosigkeit dieses Autors. Dass in *2666* ein deutscher Reitergeneral, der im letzten Teil des Romans durch den winterlichen Russlandfeldzug irrlichtert – auf der, selbstverständlich vergeblichen, Suche nicht nach einem Dichter, sondern nach Feindberührung –, meinen Namen trägt, empfinde ich nicht nur dankbar als ein Zeichen unserer Freundschaft. Es ist auch ein ironisch gewendeter Hinweis, dass dieser Autor, ansonsten einer der ernsthaftesten, die ich kennenlernte, zwar gerne immer wieder mal der Gorgo tief in die Augen sah, sich aber nie von dem, was er dort sah, mitreißen ließ, um seine Leser zu überwältigen.

Ich selbst übrigens habe Roberto, trotz der wilden Legenden, die vor allem über seine frühen Jahre kursierten und die er mit Hingabe befeuerte, als einen überaus vorsichtigen Menschen kennengelernt, der gegenüber Freunden von großer Zärtlichkeit sein konnte. Er kam mehrere Male zu Besuch nach Berlin. Deutsch konnte er wie gesagt nicht, aber er liebte die sanft gewalttätige, guttural unterlegte Sprachmelodie. Die damals in ganz Europa populäre Fernsehshow *Big Brother*, die er schon aus Spanien kannte, genoss er auch vor unserem Fernseher. Er verstand kein Wort – und doch alles. Als ich ihm bei einem Spaziergang erzählte, es sei mein Wunsch, einmal die mexikanische Hauptstadt zu besuchen, blieb er stehen, sah mich besorgt an und meinte: »Serias un blanco predilecto.« Im Spanischen kann *blanco* ein Weißer sein, aber auch das Ziel eines Angriffs. Sieben Jahre nach seinem Tod besuchte ich Mexiko-Stadt, auch die Calle Colima im Stadtteil Condesa, wo einige der schönsten, witzigsten und friedlichsten Episoden seiner *Wilden Detektive* spielen. Niemand hat mir dort ein Haar gekrümmt, obwohl ich sogar einmal mit der U-Bahn fuhr, allerdings beschützt von Alma Guillermoprieto, einer eindrucksvollen Freundin, Autorin und ortskundigen Mexikanerin.

6.

Von seiner Kanonisierung zum Bannerträger der neueren lateinamerikanischen Literatur hielt Bolaño nicht viel. Es gibt kaum einen Schriftsteller, der so konsequent dem Rat von Groucho Marx gefolgt ist, dem zufolge man nie in den Club eintreten solle, der einen als Mitglied haben will. Und doch gilt auch hier wieder das Gegenteil: Immerhin hat er sich als Arturo Belano zusammen mit seinem Freund Mario Santiago alias Ulises Lima nicht nur zum Chef eines verschworenen Clubs avantgardistischer Dichter aufgeschwungen, er hat in dieser Eigenschaft auch darüber befunden, was richtige und was falsche Literatur sei. Was aber ist darunter zu verstehen?

Eine der sympathischsten und tragikomischsten Figuren im unerschöpflichen Reigen der *Wilden Detektiven* ist der Architekt Quim Font, der, als Herr des Hauses in der Calle Colima, der Gruppe um Belano und Lima nicht nur seine Töchter Maria und Angélica überlässt, sondern dem Belano und Lima auch das Auto klauen, mit dem sie in den mexikanischen Norden fahren, auf der Suche nach der verschollenen Dichterin Cesárea Tinajero. Quim Font landet stattdessen in der Psychiatrie. Und während er dort über sein Los nachdenkt, spricht er auch über die Literatur und den literarischen Geschmack der beiden jungen Leute, die ihm so übel mitgespielt haben: Literatur, so sagt Quim Font, sei doch eigentlich etwas Schönes und Tröstliches, während die Literatur, der diese jungen Leute nachhingen, eine »Literatur der Verzweiflung« sei, eine, wie er sagt, bei deren Ausübung »der Verstand in eisigen Sturzbächen das Gehirn verlasse«.

Im Roman hat Quim Font zweifellos recht. Was die jugendlichen Helden Belano und Lima in den siebziger Jahren fordern, ist eine Literatur nach der Art, die später etwa der von Bolaño geschätzte Argentinier Osvaldo Lamborghini, die durch Selbstmord umgekommene argentinische Lyrikerin Alejandra Pizarnik oder auch sein Landsmann, der Chilene Pedro Lemebel, schrieben: Literatur wie ein Schrei, auch ein Schrei der Verzweiflung. Sicher war der große Freund seiner frühen Jahre, Mario Santiago, einer, der diese Art radikale Literatur, von der Quim Font spricht, für die einzig wahre und gültige hielt. Bolaño selbst aber schöpfte, zum Glück für seine Leser, noch aus anderen Quellen. Ein Verzweifelter war dieser Chilene nicht. Dazu war ihm die Gegenwart, die gelebte und die in seinen Büchern geschilderte, nicht verlässlich genug, nicht auf eine Weise verbindlich, als dass sich daraus ein Auftrag, ein Ideenkostüm, ein schriftstellerisches Konzept, geschweige denn eine Moral ableiten ließe.

Kommen wir deshalb zum Schluss auf den Surrealismus zu sprechen. Diese ebenfalls in ihren Anfängen radikale, später ungeheuer vielschichtig gewordene Kunstbewegung ist es, die Bolaños frühe Romane inspirierte, und er ist ihr immer treu geblieben. *Monsieur Pain*, seine Hommage an den sterbenden peruanischen Dichter César Vallejo, ist ein perfekter surrealistischer Roman, den Louis Aragon, dessen *Der Pariser Bauer* Bolaño darin mehrmals zitiert, nicht besser hätte schreiben können. *Amuleto* ist voller Anspielungen auf die spanisch-mexikanische surrealistische Avantgarde. Und jene eigentümliche Pointenlosigkeit, mit der Bolaño seine Leser immer wieder am Ende zurücklässt – erinnert sie nicht an ein Lieblingsmotiv des von ihm geschätzten Luis Buñuel: der verbotene Zugang, für den es keine Begründung gibt? André Breton, der Säulenheilige des Surrealismus, verkündete einst, die wahre Aktion eines Surrealisten bestehe darin, auf die Straße zu gehen und in die Menge zu schießen. Es ist nicht bekannt, dass er oder ein anderer Surrealist jemals irgendjemandem ein Haar gekrümmt hätten. Auch Roberto Bolaño, den die Gewalt in seinem Werk so sehr beschäftigte, blieb friedlich.

Góngora in Leipzig

Eine Erinnerung an die sozialistische Spätantike

Westdeutsche Studenten sahen sich in den siebziger Jahren bekanntlich mit einem Regenbogen aus linken, manchmal absurd linken Gruppierungen konfrontiert, bei denen sich die Radikalität der Verlautbarungen immer in umgekehrt proportionalem Verhältnis zu ihrer Bedeutung bewegte. Ich studierte in Hamburg, und hier gab eine Gruppe mit dem Namen Marxistischer Studentenbund Spartakus den Ton an, die Studentenorganisation der Deutschen Kommunistischen Partei. In den Seminaren waren die Mitglieder nicht zu übersehen, denn sie hatten besonderes Talent, sich bei Professoren und Assistenten einzuschmeicheln und Tutoren-Stellen zu okkupieren. Das nannten sie Bündnispolitik. Außer ein paar radikal klingenden Slogans waren sie eigentlich sehr brav. Zur Bündnispolitik gehörte auch, dass sie gerne mit zum Biertrinken kamen, aber es störte die Monotonie, mit der sie von der Sowjetunion und der DDR schwärmten, beides Länder, die man damals nur aus Zeitung und Fernsehen kannte oder von den unangenehmen Transitfahrten nach Westberlin.

Zu Beginn der achtziger Jahre lernte ich die DDR plötzlich sehr genau kennen. Ich war nach Westberlin gezogen, denn ich hatte, als des Spanischen mächtige Konkursmasse eines pleitegegangenen Frankfurter Verlages, einen Posten als Volontär im Verlag Klaus Wagenbach ergattert – die Verwirklichung eines Lebenstraums. Als Schüler hatte ich Wolf Biermanns frühe, in diesem Verlag erschienene Gedichtbände gelesen. Jetzt gehörte ich plötzlich dazu und fuhr auch noch dauernd nach Ostberlin. Dort nämlich lebten nicht nur Autoren des Verlages wie der etwas undurchsichtige, aristokratisch wirkende Stephan Hermlin oder der Lyriker Adolf Endler (Wolf Biermann und Günter Kunert waren längst über alle Berge), sondern ich lernte da auch unvermutet jemanden kennen, dem ich eine Beschleunigung meiner damaligen Beschäftigung mit der spanischsprachigen Literatur verdankte. Es war der Schriftsteller Fritz Rudolf Fries, den ich zwischen 1983 und 1989 häufig besuchte. Dazu musste man am Bahnhof Friedrichstraße die S-Bahn Richtung Strausberg nehmen und in Petershagen aussteigen, wo Fries am Ende einer sandigen Schlaglochpiste in einer alten Villa mit verwunschenem Garten residierte, umgeben von seinen Büchern und der ehrfurchtgebietenden Sammlung seiner Jazz-Platten.

Das öffentliche Erscheinungsbild der DDR kam mir spießig und vor allem sehr deutsch vor. Mir schien es, als ob man hier wie in einem Freilichtmuseum am eigenen Leib erfahren konnte, wie sich das früher angefühlt haben mochte: Leben in einem deutschen Obrigkeitsstaat. Die Reitstiefel und die Breeches, in denen die Grenztruppen am Bahnhof Friedrichstraße bedrohlich auf den Galerien der Bahnhofshalle patrouillierten, taten ein Übriges. Fries allerdings war überhaupt nicht spießig. Sein Roman *Der Weg nach Oobliadooh* gehört für mich bis heute zu den wenigen bleibenden Büchern aus der und über die DDR, in der er übrigens verboten war. Ein Dissident war Fries jedoch nicht. Er machte sich zwar gern über den Staat lustig, verdankte ihm andererseits aber auch die Möglichkeit, immer wieder in jenes Ausland zu reisen, dem, als 1935 in Bilbao Geborenem und als Schüler des Leipziger Romanisten Werner Krauss, seine ganze Liebe gehörte – Spanien und Lateinamerika. Für dieses Privileg zahlte er einen hohen Preis, denn er berichtete im Gegenzug der Stasi über seine Reisen, wie auch über seine Westkontakte – mich selbstverständlich eingeschlossen. Damals ahnte ich zwar so etwas, aber es war mir egal. Die Bespitzelung war ein logischer Bestandteil dieses Spießerstaats, fand ich. Dass auch intelligente, urban versierte Menschen wie Fries etwas mit dieser Art zwischenmenschlichem Umgang zu tun haben konnten, verdrängte ich.

Im schönen Garten der Villa Fries bin ich oft gewesen. Und es waren manchmal sehr interessante Gäste da. Die Redaktion der Zeitschrift *Sinn und Form* kam regelmäßig. Auch Carlos Rincón lernte ich dort kennen: ein kolumbianischer Professor, der im sandinistischen Nicaragua gelebt und gearbeitet hatte und der damals, glaube ich, schon in Westberlin am Lateinamerika-Institut der FU unterrichtete. Ein Mann, der große Höflichkeit, Freundlichkeit und gute Laune mit einem immensen literarischen Wissen verband, wie ich noch sehen sollte. Zu seinen und den Bekannten von Fries gehörte auch Karlheinz Barck, dem ich im Sommer 1985 im Fries'schen Garten begegnete. Meine große Leidenschaft, wie erwähnt, gehörte schon damals Spanien, Lateinamerika, ihrer Literatur, Kultur und Geschichte. Daran hat sich bis heute nichts geändert. Aber zu jener Zeit war mein Wissen noch begrenzt, und ein Mann wie Karlheinz Barck war der Richtige, es zu erweitern. Als wir uns das nächste Mal sahen, es war im November 1985, schenkte er mir ein Buch mit einer Widmung. Es war eine zweisprachige Taschenbuchausgabe der von ihm herausgegebenen und von Erich Arendt übersetzten *Soledades* des spanischen Dichters Luis de Góngora, den ich kannte, weil die Autoren der Generation 27, um Federico García Lorca und Rafael Alberti, ihn auf einem legendären Kongress in Sevilla 1927 zu ihrem Säulenheiligen erkoren hatten. Erschienen war das unscheinbare Taschenbuch im Leipziger Reclam Verlag. Ich glaube, es war meine erste Begegnung mit einem DDR-Verlag, den ich bald näher kennenlernen sollte.

1985 fuhr ich zum ersten Mal zur Leipziger Buchmesse, in Begleitung von Klaus Wagenbach, der das genauso exotisch fand wie ich, denn er hatte Ende der sechziger Jahre wegen der Veröffentlichung von Biermanns Gedichten von der DDR ein Durchreiseverbot aufgebrummt bekommen, das erst kürzlich wieder aufgehoben worden war. Der Weg nach Leipzig führte zunächst zum Grenzübergang Dreilinden. Am Tresen des Kassenhäuschens der Staatsbank der DDR, wo uns der Mindestumtausch von fünfundzwanzig Mark in Ostgeld ausgehändigt wurde, war ein Schild festgeschraubt, auf dem stand: »Bei Luftzug Geldbetrag und Reisedokument festhalten!« Ich erinnere mich, dass Klaus Wagenbach einen solchen Lachanfall bekam, dass ihn die Grenzer fast wieder nach Hause geschickt hätten.

Die Messe war einerseits – von der Größe her – ein Witz, andererseits fast interessanter als die riesige Frankfurter Buchmesse. Wir teilten uns auf und verabredeten als Treffpunkt den riesigen Stand der Sowjetunion, an dem nie ein Mensch zu sehen war. Nur einmal wurden wir unsanft verscheucht von der Entourage eines offenbar hohen Herrn, der uns herablassend aus dem Augenwinkel musterte. »Typisch Höpcke«, kicherte Wagenbach. Und als ich stutzte: »Na, der Höpcke, dem ich mein Durchreiseverbot verdanke. Damit wird man (später) Kulturminister.« Wagenbach hatte zwar über zehn Jahre die DDR nicht betreten dürfen, aber als Bobrowski- und Biermann-Verleger, Kafka-Experte und unabhängiger Geist war er hier in Leipzig eine Berühmtheit. Er musste viele Hände schütteln und stellte mich vielen Leuten vor, darunter auch Hans Marquardt, dem Chef des Reclam Verlages, in dem jenes kleine Buch erschienen war, das mir Karlheinz Barck bei Fries in die Hand gedrückt hatte. Was für ein Verlag das wirklich war, erfuhr ich allerdings erst später.

Es war kein alltäglicher Vorgang, dass ein Mensch aus Ostberlin an einem helllichten Freitag im Wagenbach Verlag auftauchte, zumal ein junger wie Stefan Richter. Er hatte Verwandte in Westberlin und über irgendwelche Kanäle ein Visum bekommen. Die Verwandtschaft schien aber nicht so wichtig, denn Stefan fuhr von unserem Büro zum Flughafen, von wo aus er nach Paris flog, um dort ein romantisches Wochenende zu verbringen. Am Sonntagabend war er wieder da, und die Grenzer konnten ihn in Empfang nehmen, im Glauben, er habe seine Großmutter besucht. Das fanden wir cool, wie man heute sagen würde. Richter war Lektor bei Reclam. Als Student hatte er sich im Zusammenhang mit der Biermann-Ausbürgerung den Zorn der Behörden zugezogen. Marquardt war auf ihn aufmerksam geworden, hatte gemerkt, dass dies ein neugieriger und unruhiger Geist war, und ihn sofort nach Leipzig geholt. Anscheinend sammelte er solche Leute.

Mit Stefan freundete ich mich an, eine Verbindung, die bis heute gehalten hat. Wir trafen uns nun öfter, und ich lernte die Innenwelt des Verlagslebens in der DDR aus ganz anderer Perspektive kennen als bisher. So konnte ich sehen, dass bei Reclam eine Gemeinschaft aus unabhängigen Köpfen zusammengefunden hatte, unterstützt von einer ganzen Entourage aus meist alles andere als regimefreundlichen Dichtern, Intellektuellen, Wissenschaftlern, Publizisten. Sie sorgten für ein Verlagsprogramm von einer Vielfalt und Originalität, wie ich sie bis dahin in der DDR nicht für möglich gehalten hatte. Im Reclam Verlag erschienen Taschenbücher, Lizenzausgaben von Büchern anderer, manchmal sogar westdeutscher Verlage, aber auch Originalausgaben. Interessant waren vor allem die Anthologien – literaturhistorisch, philosophisch, kunstgeschichtlich – und die literarischen Auswahlbände. Damit sie auf ihr Lesepublikum losgelassen werden konnten, mussten sie mit Nachworten bewehrt sein, die den Leuten sagten, wo es eigentlich langzugehen habe, auch wenn in den Texten davor von parteipolitisch unkorrekten Dingen die Rede war. Das Nachwort von Karlheinz Barck zu den *Soledades* von Góngora, in Wahrheit ein fast fünfzig Seiten langer Essay, verdient in dieser Hinsicht einen kleinen Exkurs.

Góngora, ein Dichter an der Wende vom 16. zum 17. Jahrhundert, dem sogenannten Goldenen Zeitalter, hat ein unerhört vielgestaltiges poetisches, in seinen metrischen Verzweigungen virtuoses Œuvre hinterlassen. Die beiden *Soledades*, sein Hauptwerk, entstanden um 1620, galten lange als das Unverständlichste, was die spanischsprachige Literatur zu bieten hatte: syntaktische Kunstwerke von allerhöchster Komplexität, in denen die Geschichte von einem gestrandeten Jüngling an antiken Gestaden erzählt wird, und wie er von der dortigen, pastoral gestimmten bäuerlichen Bevölkerung empfangen wird. Ansonsten aber verschließen sich diese Verse dem geistig unbewaffneten Leser. Auch ich verstand zunächst nur Bahnhof, obwohl die Reclam-Ausgabe sich den selbst unter den unkomplizierteren westdeutschen Publikationsbedingungen nicht unbeträchtlichen Luxus der Zweisprachigkeit erlaubte. Das war schön, denn Góngoras Spanisch ließ sich wie eine geheimnisvolle Musik vor sich hin sprechen, auch wenn man gern mehr kapiert hätte.

Das Nachwort, das ich damals las, ist da so hilfreich, wie man es sich nur wünschen kann. Allerdings wirkt es beim Wiederlesen zunächst einmal wie eine Fahrstuhlreise ins sozialistische Altertum. Zuerst wird alles politisch schön sauber eingeordnet. Ganz wichtig dabei: jene unerlässlichen Gabelungen, an denen der geschulte Marxist ganz genau erkennt, wo es nach links, in die sozialistische Zukunft, oder nach rechts, in den kapitalistischen Abgrund, geht – egal, ob im frühbarocken Spanien oder bei den alten Römern. Ist das überstanden, kann der Text sich den Dingen widmen, auf die es eigentlich ankommt. In Barcks Einleitung waren dies für mich die Erläuterung des mythologischen Hintergrunds, die Entschlüsselung der rätselhaften »Handlung«, die metrische Analyse und hier besonders der Hinweis auf das aus Petrarcas Italien überlieferte Versmaß der »Silva«, eines der komplexesten in der spanischen Metrik. Da aus dem lateinischen *silva* (der Wald) im Spanischen *selva* wird (damit ist nicht nur der Wald, sondern auch die Wildnis konnotiert), leitet Barck daraus die Wildnis ab, in der sich der Mensch normalerweise einsam fühlen mag. Mit Einsamkeit haben die *Soledades* zwar nichts zu tun, aber der wörtliche Sinn ihres formalen Rahmens, des Versmaßes, der Silva eben, enthält als gewissermaßen mitgenommenes Sinnstück die Assoziation der *soledad* (Einsamkeit), die schon für die alten Spanier zum wilden, unübersichtlichen Wald nun einmal dazugehörte. Heute wird das Wort nicht für Wald (der auf Spanisch *bosque* heißt), sondern für den Dschungel verwendet. Ist all dies einmal bekannt, kann man sogar die *Soledades* lesen und über den dunklen Wortlaut dieser großartigen Verse hinaus etwas verstehen.

Formalistischer geht's doch nicht, müsste der geschulte Marxist mit eisernem Tunnelblick nun ausrufen. So weit mag ein gebildeter Geist wie Barck nicht gehen. Aber um der Pflicht Genüge zu tun, verwendet er trotzdem immer wieder brav jene Textbausteine, mit denen der Marxist Gut und Böse voneinander scheidet, fortschrittliche und reaktionäre Kräfte sortiert und »die Verhältnisse einzuschätzen« weiß, um der Zensur zu signalisieren, dass alles in Ordnung ist. Zur Sicherheit wird auch immer mal wieder der alte Leierkasten von der »ursprünglichen Akkumulation« angeworfen.

Der parteikonforme Drahtverhau (dessen Ingredienzien Barck und viele andere unabhängige Köpfe in der DDR vermutlich wie bei einem Getränkeautomaten auf Knopfdruck sprudeln lassen konnten, wenn es die Umstände erforderten) erfüllte hier die Funktion einer Schutzmauer für ein literarisches Kleinod, das normalerweise im Arbeiter- und Bauernstaat nicht ohne weiteres hätte erscheinen können. Nicht nur waren ja hier die in elitärer Weise mythologisch verschlüsselten Strophen eines vorabsolutistischen Verseknechts zu lesen. Der Übersetzer – und die Übersetzung ist ein Wunderwerk – hieß auch noch Erich Arendt: ein weltläufiger Dichter und Kommunist, aber mit einer alles andere als konformen politischen Biographie; Übersetzer der Werke von Pablo Neruda und eben jener Dichter, die, angeführt von Federico García Lorca, um 1927 aus Protest gegen den verknöcherten literarischen Akademismus in ihrer spanischen Heimat Góngora neu aus der Taufe gehoben hatten – Luis Cernuda, Vicente Aleixandre, Jorge Guillén und Rafael Alberti. In der DDR fristete Arendt nicht erst, seit er gegen die Ausbürgerung Biermanns protestiert hatte, ein Leben im Abseits.

Solche Publikationen mussten offenbar gut abgesichert werden. Und dazu gehörte nicht nur das Nachwort. Es mussten wohl vorher auch jede Menge Gutachten verfasst werden. Einer der Góngora-Gutachter war Carlos Rincón gewesen, und es macht Spaß, nachzulesen, wie schlau er im Jahr 1971 auf die implizite »Fortschrittlichkeit« von Góngoras Text hinwies, dessen Hervorhebung des bäuerlich-pastoralen Milieus einer der potentiell revolutionären Kräfte des vorindustriellen Zeitalters, nämlich der ausgebeuteten Agrarbevölkerung, ein bleibendes Denkmals setze.

Mit dem Góngora-Band hat der Reclam Verlag Publikationsgeschichte geschrieben. Und noch ein paar mehr gehören in diese Kategorie. Zum Beispiel die heute noch brauchbare Anthologie *Die Französische Revolution im Spiegel der deutschen Literatur*; aber auch ein Buch, das schon Mitte der achtziger Jahre nicht mehr in einem westdeutschen Verlag ohne weiteres hätte erscheinen können, weil es dafür kein Publikum mehr gab: *Appellation an das Publikum … Dokumente zum Atheismusstreit Jena 1798/99*, eine Schatzkiste für jeden, der in Originaltexten nachlesen möchte, wie sich die Zeit zwischen Frühromantik und Vormärz anfühlte. Auch die 1986 erschienene Anthologie zum *Surrealismus in Paris* (Herausgeber Karlheinz Barck), eigentlich für linientreue Marxisten ein schlimmer Ketzerpfuhl, konnte hier erscheinen. Nicht zu vergessen die mit vierfarbigen Abbildungen glänzende, von Andreas Hüneke besorgte Textsammlung *Der Blaue Reiter*. Nicht zu vergessen auch eine hervorragende Lope-de-Vega-Biographie von meinem alten Bekannten Fries, die schon 1977 erschienen war. Im Jahr der Wende – von der niemand etwas ahnte – publizierte Reclam noch eine selbstverständlich zweisprachige Auswahl mit Gedichten von Arthur Rimbaud (Herausgeber natürlich Karlheinz Barck), beschützt nicht nur von einem Nachwort, sondern von einer ganzen Corona aus Texten und Gedichten, zu deren Autoren, neben politischen Feigenblättern wie Johannes R. Becher oder Stephan Hermlin, auch Verfemte wie Adolf Endler, Wolfgang Hilbig, Rebellen wie Thomas Brasch und einige der besten unter den vielen großartigen Lyrikern der DDR gehörten: Volker Braun, Richard Pietraß, Heiner Müller. Ebenfalls 1989 erschien eine Lizenzausgabe der ursprünglich bei Claassen in Düsseldorf erschienenen Beuys-Biographie von Heiner Stachelhaus. Spätestens da hätte man sich denken können, dass neue Zeiten angebrochen waren.

Als die Mauer fiel, war nicht nur Schluss mit der DDR. Dass auch der Reclam Verlag seine Leipziger Existenz, die für ein paar Jahre in meinem Kopf mehr Raum eingenommen hatte als die Reclam-Hefte aus Stuttgart, die meine Schulzeit und einen Teil meines Studiums begleiteten, irgendwann aufgeben würde, war abzusehen. Stefan Richter avancierte nur für kurze Zeit zum Verlagsleiter. Hans Marquardt wanderte ins Stasi-Purgatorium. Ich erinnere mich noch an eine turbulente Versammlung zur Leipziger Buchmesse im Keller des Academixer-Kabaretts, 1991, als Stefan mit Freunden und Kollegen versuchte, eine eigenständige Existenz für den Verlag zu sichern. Wie man weiß, waren sie damit nur vorübergehend erfolgreich.

Aber wie es im Pflanzenreich die Scheinblüte gibt, bei der ein Organismus kurz vor dem Erlöschen noch einmal die kräftigsten und farbenfrohesten Blüten treibt, so erschienen auch jetzt noch ein paar wirklich erstaunliche Titel. *Aisthesis* zum Beispiel, herausgegeben von einem Quartett, wie es nur die anarchischen Zustände der Vorwende zusammenwürfeln konnten. Hier durfte Karlheinz Barck, der »Góngora-Zöllner«, seinen franzosentheoretischen Neigungen freien Lauf lassen. Ihm zur Seite standen, neben Stefan Richter, Heidi Paris und Peter Gente, die Merve-Verleger, in deren kleinem Westberliner Verlag die ersten Texte von Michel Foucault auf Deutsch erschienen waren. Die beiden hatte Stefan schon vor der Wende kennengelernt, und jetzt plante er mit ihnen eine ganze Reihe von Projekten. Zwei Jahre später gelang dem Lektor Thorsten Ahrend mit der Entdeckung des Romans *Schlafes Bruder* von Robert Schneider ein epochaler Bestseller. Spätestens da müssen in Stuttgart die Alarmglocken geschrillt haben.

Irgendwann bin ich mal wieder umgezogen, und mir grauste vor den Bücherkartons, die dann zu packen waren. Also: aussondern, was man nicht mehr braucht. Seit meiner Studentenzeit verstaubten oben im Regal fünf Bände der MEW-Ausgabe, die ich Ende der siebziger Jahre in einer Hamburger DKP-Buchhandlung erstanden hatte. Sie erschienen mir in der Ästhetik ihres Erscheinungsbildes sowieso immer als eine Art Pendant zum merkwürdigen Neobarock der heutigen Karl-Marx- und einstigen Stalinallee, und jetzt hatten sie ausgedient. Aus Schulzeiten besitze ich noch alte Kröner-Ausgaben mit den Marx'schen Frühschriften und einer Auswahl aus dem *Kapital*, Letzteres ein Weihnachtsgeschenk mit einer warnenden Widmung – die wollte ich behalten. Und jene Reclam-Bände, die in den achtziger Jahren ins Haus schneiten und meinen Horizont erweiterten? Die bleiben auch.

Out of Urfeld
Über Richard von Schirach

Für Christiane Schmidt

Im Frühjahr 2011 besuchte mich eine Kollegin, um mich für ein Buchprojekt zu interessieren. Sie hatte sich schon länger angekündigt, ich kannte sie als überaus professionelle, gut vernetzte und sorgfältig-kritische Leserin und war deshalb gespannt auf unser Gespräch. Dass daraus für den Verlag ein am Ende sehr erfolgreiches Buch werden sollte, ahnte ich nicht, aber die Hoffnung ist ohnehin fast immer da. Wäre ich allerdings über die damit verbundenen, fast abenteuerlichen Komplikationen im Voraus informiert gewesen, ich hätte sicher abgewinkt. Aber mir schwante nichts.

Weil mir bis heute Mathematik und alle angeschlossenen naturwissenschaftlichen Fächer Probleme bereiten, ist mir eine manchmal unangemessene Bewunderung für alle Menschen geblieben, die nicht nur souverän, sondern auch kreativ damit umzugehen verstehen. Deshalb war ich sofort interessiert, als meine Kollegin meinte, es gehe bei diesem Projekt um den Kreis der deutschen Physiker um Werner Heisenberg, Carl Friedrich von Weizsäcker, den Chemiker Otto Hahn, seine geniale Kollegin Lise Meitner und noch viele andere, darunter jede Menge Nobelpreisträger. Endgültig gefangen war ich durch den zeitgeschichtlichen Rahmen: Es ging um die Versuche deutscher Wissenschaftler, bis in die letzten Tage des Zweiten Weltkriegs für das seinem Ende entgegentaumelnde Nazideutschland im letzten Moment noch eine Atombombe zu entwickeln.

Der Autor, so erfuhr ich, sei Richard von Schirach. Ich bin alt genug, so dass meine Frage lautete, ob er etwas mit Hitlers einstigem Reichsjugendführer zu tun habe. Es war sein Vater. Die altersbezogene Klarstellung erwähne ich hier, weil ich später häufig von sehr viel jüngeren Zeitgenossen gefragt wurde, ob Richard von Schirach etwas mit dem Bestsellerautor zu tun habe. Mir gefiel das, denn ich fand es gut, dass nicht immer nur reflexhaft die fatale deutsche Zeitgeschichte in den Sinn kommen muss. Es darf manchmal auch etwas Cooleres sein. Und in der Tat: Ferdinand von Schirach, so stellte sich heraus, ist sein Neffe. Schon das waren interessante Filiationen. Weiteren sollte ich begegnen. Zunächst aber signalisierte ich mein Interesse, meine Kollegin fuhr wieder nach Hause, und ich wartete. Dann kamen Manuskripte.

Es gibt Autoren, die ein bis auf Punkt und Komma fertiges Manuskript abliefern, an dem nicht mehr viel gemacht werden muss. Es gibt Autoren, die ihr Manuskript stückchenweise abliefern. Handelt es sich um Essaybände oder Ähnliches, ist das verständlich und manchmal auch sinnvoll.

Richard von Schirach machte weder das eine noch das andere. Er schickte als Erstes einen weit ausgreifenden, ziemlich ungegliederten, zwischendurch immer wieder abbrechenden und in ganz neuem Kontext wieder ansetzenden Text, in dem aber seltsamerweise bereits zahlreiche faszinierende Fotos mit langen, sorgfältig ausgearbeiteten Bildlegenden auffielen. Teilweise enthielt dieser Text bereits perfekt anmutende Passagen von großer dramaturgischer Verve, die aber immer wieder wie lose Fäden endeten und an anderer Stelle wieder aufgenommen wurden – oder aber nicht. Ein irgendwie zusammenhängendes Buch war das jedenfalls noch nicht. Eher eine unter dem Strich inhaltlich eindrucksvolle, aber chaotische Material- und Textsammlung. Trotzdem wollte der Autor auf dieser Grundlage einen Autorenvertrag aushandeln und verlangte vorsorglich auch eine Menge Geld. Obwohl das Material so ungeordnet war, ließ sich dennoch, für mich zumindest, erkennen, dass daraus ein eigentlich tolles Buch werden musste, und so schlossen Richard von Schirach und der Verlag im März 2012 einen Vertrag mit dem für unsere Verhältnisse nie dagewesenen Vorschuss von 10.000 Euro.

Ein Manuskript, ein zusammenhängendes, eines, das als Vorlage für ein Buch getaugt hätte, gab es aber immer noch nicht. Der Autor versprach es wieder und wieder. Stattdessen jedoch kamen weiter Ergänzungen zu den *bits and pieces*, die er bereits geschickt hatte. Das alles ähnelte mit der Zeit mehr einem Palimpsest als einer gegliederten Vorlage, mit der unsere Gestalterin und die Herstellerin etwas Vernünftiges hätten anfangen können. Dabei hatte sich am faszinierenden

Inhalt nichts geändert, und ein ansatzweise gegliedertes Bild konnte wenigstens im Kopf schon entstehen.

Richard von Schirach hatte sein wie konfus auch immer zusammengeworfenes Material schon in den frühen, chaotischen Manuskriptversionen wie in ein spannendes Filmskript in Szene gesetzt: von der Klavier-Matinee im Hause Weizsäcker, als Werner Heisenberg, angehender Star der deutschen Nuklearphysik und beachtlicher Pianist, mit dem wissenschaftlichen Wunderkind Carl Friedrich von Weizsäcker zusammentraf, um nie wieder auseinanderzukommen, bis zu jenem fast komischen Augenblick, als die Restbestände des nazideutschen Nuklearprojekts in der Jauchegrube neben dem schwäbischen Weinkeller entsorgt wurden, wo die deutschen Wissenschaftler bis zuletzt mit Uranklötzchen hantiert hatten. Roter, immer wieder aufgenommener Faden der Geschichte ist die Zeit, die die deutschen Wissenschafts-Stars um Heisenberg, Weizsäcker und Hahn, Max von Laue, Kurt Diebner, Paul Harteck und andere als im April 1945 verhaftete Gefangene der Alliierten bis zum Januar 1946 auf dem englischen Landsitz Farm Hall verbrachten. Am frühen Abend des 6. August 1945 mussten die Wissenschaftler dort einsehen, dass sie nicht nur als Deutsche den Krieg, sondern als Wissenschaftler auch einen entscheidenden Wettlauf verloren hatten, denn an diesem Tag fiel die amerikanische Atombombe auf Hiroshima.

Um diese Zeit in der vergleichsweise luxuriösen Internierung der deutschen Forscher herum und immer wieder zu ihr zurückkehrend, erzählt Schirachs Buch ihre Geschichte. Was das Buch so faszinierend macht, ist die mit beachtlicher literarischer Verve gelungene Mischung aus Dokumentation, Erzählung und historischer Rückschau. Richard von Schirach entwirft ein europäisch-wissenschaftshistorisches Panorama, das bis in die Zeit vor dem Ersten Weltkrieg zurückgeht.

Auch die Erzählung des Manhattan-Projekts war schon in Ansätzen zu erahnen. Ein zyklopisches Unternehmen, zu dem sich unter der wissenschaftlichen Leitung von Robert Oppenheimer viele der von den Nazis vertriebenen einstigen jüdischen Kollegen von Heisenberg & Co. zusammenfanden, um in kaum vorstellbarer Geschwindigkeit (und mit bis heute nachwirkenden ökologischen Kollateralschäden in den USA) jene Bombe zu bauen, die eigentlich für die in Treue bis zuletzt bei ihrem Führer verharrenden Deutschen gedacht war. Aber am 8. Mai war der Krieg in Europa zu Ende, Heisenberg, Hahn, Weizsäcker, Laue und ihre Kameraden waren da schon eingesammelt und nach England verfrachtet worden, wo sie von den Engländern über ein halbes Jahr lang minutiös abgehört wurden – eine für die Wissenschaftsgeschichte segensreiche Aktion.

Bis es allerdings so weit war, dass das fertige Buch in Satz gegeben werden konnte, musste ich den Autor besuchen. Im Sommer 2011 reiste ich nach München, lieh mir ein Auto und fuhr in eine der schönsten europäischen Gegenden, das Blaue Land zwischen Murnau, Garmisch und Kochel am See, das die Künstler um Gabriele Münter, Wassily Kandinsky und

Franz Marc zum geographischen Hintergrund ihrer für die moderne Kunst bahnbrechenden Tätigkeit gemacht hatten. Dort fuhr ich hin, quartierte mich in Kochel in einem Hotel am See ein und ging zum verabredeten Treffpunkt in ein kleines Café gleich neben dem Bahnhof. Hier erwartete mich Richard von Schirach in einem Hinterzimmer – seinem Arbeitsplatz. Er selbst wohnte im ersten Stock eines Bauernhofs im Dorf. Dort wollte er mich lieber nicht empfangen, ich verstand.

Was mir als Erstes auffiel, war sein Laptop. Es war ein älteres Modell, die Zwischenräume zwischen den noch existierenden Tasten erschienen mir fast bemoost, mir war unbegreiflich, wie er damit schreiben und arbeiten konnte, aber irgendwie ging es anscheinend. Freilich bekam ich keine Zeit, um dieses oder irgendetwas mit dem Buch Zusammenhängendes zu besprechen, denn Richard von Schirach drängte schon nach wenigen Minuten zum Aufbruch und meinte, wir würden jetzt erstmal einen Ausflug in die deutsche Zeitgeschichte unternehmen.

Wir stiegen ins Auto, Schirach dirigierte mich aus dem Ort hinaus und die berühmte Kesselbergstraße hinauf zum Walchensee. Nicht nur für Motorradfahrer ist die Strecke ein – historisches – Vergnügen. Daneben kann man immer wieder einen Blick auf die den Hang hinabstürzenden Röhren des Kraftwerks erhaschen, das vor hundert Jahren gebaut wurde, um den Höhenunterschied zwischen dem Walchensee als natürlichem Speichersee und dem zweihundert Meter tiefer liegenden Kochelsee zu nutzen. Die Naturwissenschaften haben sich dieser Gegend eindrucksvoll eingeschrieben.

Bevor die Straße den Walchensee erreicht, geht sie über einen kleinen Pass, hinter dessen Höhe schon bald der See auftaucht. In einer der letzten Kehren kommt man an einem Goethe-Denkmal vorbei, das man in dieser Gegend eher nicht vermutet. Es steht aber ganz richtig, denn der Dichter war auf seinem Weg nach Italien im September 1786 hier vorbeigekommen. Dann kommt der Walchensee in Sicht, und man ist in Urfeld.

Wir stiegen aus, und Schirach zeigte mir zwei idyllische, weitgehend aus Holz erbaute Häuser am Hang rechts der Straße. Eines, so sagte er, sei bis 1945 das Sommerhaus der Schirachs gewesen, in dem zuletzt der den Nazis herzlich verbundene Reiseschriftsteller Colin Ross wohnte. Er nahm sich zusammen mit seiner Frau das Leben, als die amerikanischen Fahrzeuge die Kesselbergstraße hinaufkamen. Im Haus daneben wartete Werner Heisenberg mit seiner Frau darauf, von den Siegern verhaftet zu werden. »Hier hat er zum letzten Mal mit ›Heil Hitler‹ gegrüßt«, sagte Schirach.

Wir gingen den See entlang. Es war ein wolkenloser Tag, das Wasser blinkte, und Schirach fotografierte, etwas, womit er bereits einige beachtliche Ausstellungen bestritten hatte. Unser Weg endete an mehreren vom See aus talabwärts gelegenen Gehöften, Richtung Jachenau. Dort, sagte er, habe er mit seinen beiden Brüdern, einer Schwester und der Mutter einen Teil seiner frühesten Kindheit verbracht.

Richard von Schirach wurde 1942 geboren. Sein Vater, der Reichsjugendführer Baldur von Schirach, wurde im Nürnberger Kriegsverbrecherprozess 1946 zu zwanzig Jahren Haft verurteilt, die er, gemeinsam mit dem ehemaligen Reichsrüstungsminister Albert Speer, bis zum letzten Tag verbüßte. Seine Mutter Henriette war die Tochter des Hitler-Fotografen Heinrich Hoffmann. Sie blieb, wie die meisten der hinterbliebenen Ehefrauen der Nazi-Größen, nach 1945 in Freiheit, ließ sich scheiden, tat sich mit einem undurchsichtigen, bei den Kindern wenig beliebten Kaufmann zusammen und verlegte sich aufs Filmgeschäft. Sollte sie tatsächlich, wie ihr Sohn mir versicherte, dabei mitgeholfen haben, dass Filme der berühmten italienischen Neorealisten und sogar Fellinis *La Strada* in den fünfziger Jahren ihren Weg in die bundesdeutschen Kinos fanden, wäre dies eine bizarre Fußnote zur frühen bundesdeutschen Filmgeschichte. Für die Erziehung der Kinder jedenfalls blieb offenbar wenig Zeit, auch weil die Mutter in den ersten Nachkriegsjahren doch immer wieder mal verhaftet wurde und in US-amerikanischen Gefangenenlagern landete.

Wie man als Kind von Kriegsverbrechern aufwächst, wie das Verhältnis zu einem zwanzig Jahre lang inhaftierten, lange unbekannten Vater sich entwickelt und verändert, darüber hat Richard von Schirach eine Autobiographie geschrieben. Das 2005 erschienene Buch trägt den Titel *Der Schatten meines Vaters*, und Richard von Schirach schenkte es mir am Morgen nach unserem Ausflug an den Walchensee mit einer Widmung, als wir uns wieder im Café Barbara trafen. Ich hatte mir zuvor bis spät in die Nacht eine Gliederung für seinen Palimpsest ausgedacht. Ein Gerüst, klassische Lektoratsarbeit, das akzeptiert wurde. Wir besprachen noch einige Dinge, und ich fuhr wieder zurück nach Berlin. Nicht ohne zuvor dem Autor meinen Laptop zu überlassen.

Nachzulesen, wie es sich lebt als junger Mensch in der bundesdeutschen Nachkriegszeit, nicht nur im Schatten, wie der Titel des Buchs nahelegt, sondern vor allem auch im Dunstkreis eines Vaters, der auch nach seiner Entlassung wie seine gutbürgerlichen Spießgesellen keinerlei Einsicht in das erkennen ließ, was er in seinem Leben angerichtet hatte, diese Lektüre ist nicht unbedingt ein Vergnügen. Man erkennt, dass die Nazizeit in Deutschland am 8. Mai 1945 noch nicht zu Ende war. Nicht nur für Richard von Schirach dauerte sie bis weit in die sechziger Jahre hinein, denn aus dem Schatten seines Vaters konnte er erst treten, als er ihn nach dessen Entlassung 1966 erleben, beurteilen und endlich hinter sich lassen konnte.

Dass sich der junge Richard von Schirach dennoch den Ansatz eines inneren und äußeren Refugiums schaffen konnte, ein animistisch getöntes Reich, in dem im Walchensee gewaschene Steine wichtiger waren als das um ihn herum weiterhin vor- und nachgebetete Nazi-Gerede, das ist anrührend und beeindruckend. Offenbar verstand er es, sich diese Jugend als etwas Eigenes einzurichten. Mit eigener Lektüre, eigenen Gewohnheiten, eigenen Freunden – und Geschwistern –, die ihn nicht zuletzt vor den Zumutungen der menschlichen Restbestände der Nazizeit zu schützen vermochten, die ihre Haut und ihr Weltbild in die bundesdeutsche Wirklichkeit der fünfziger Jahre retten konnten, wo Juden nach wie vor an allem schuld waren. Sogar die weit über tausend Briefe, die ihm der Vater aus Spandau schrieb, konnten diesen jungen und relativ schutzlosen jungen Menschen am Ende zumindest an der Verfolgung eines eigenen Lebensplans nicht hindern. Welche psychischen Folgen das Erlebnis dieser Zeit nach sich zog, lässt sich nicht einmal erahnen.

All dies schildert Schirach, ohne jemals in einen anklagenden, adjektivüberfrachtet richtenden Ton zu verfallen. Es ist dieser fast fröhlich gestimmte Verzicht auf deklamatorisch moralische Urteile, der die Lektüre der Erzählung einer eigentlich kaum als unbeschädigt vorstellbaren Kindheit und Jugend so eindrucksvoll macht.

Die Familie von Schirach stammt aus Weimar, und in welchem Maß der altgedient bildungsbürgerliche Kontext ein bis heute gern verdrängtes Element war, das die Nazipartei für die bürgerlichen Schichten attraktiv machte, lässt sich hier mit fast komisch wirkender Intensität nacherleben. Pompös ahnungsloses Gerede über die – wehrlosen – Heroen um Lessing, Goethe und Schiller steht neben dem längst vor 1914 bereits scharf antisemitisch unterlegten Nietzsche- und Wagner-Kult. Man erkennt, wie dieses arrogant vorgetragene, in steriler Andacht erstarrte Halbwissen als willkommener Dünger für die Kultur- und Universitätspolitik der Nazis wirken konnte, die in der Person von Goebbels und Hitler bereits in den frühen zwanziger Jahren im Hause Schirach häufige, gern gesehene Gäste waren.

Zur Schule wurde der junge Richard in den fünfziger und früheren sechziger Jahren in die fränkische Kleinstadt Ansbach geschickt, wo er sich, umgeben von Fachwerk, Barock, Gutbürgerlichkeit, untergeschlüpften Kriegsverbrechern und ihren Helfern, mit dem US-amerikanischen Radiosender AFN trösten konnte. Die Mutter einer Schulfreundin, eine ortsansässige geschätzte Ärztin, »war während der NS-Zeit die Leiterin der Heil- und Pflegeanstalt Ansbach gewesen. Diese im Verborgenen blühende Anstalt, eine Nachfahrin der ›Kretinen- und Blödenanstalten‹, die der Markgraf Karl Alexander von Ansbach-Bayreuth für missratene Untertanen errichtet hatte, hatte auch an der stillen Vernichtung ›minderwertigen‹ Lebens mitgewirkt.« Wohnen musste er bei Parteigenossen, rabiaten Antisemiten, die der untergegangenen Zeit nachtrauerten, aber eifersüchtig auf den Belohnungen beharrten, die man vom bundesdeutschen Staat erwartete. Ein schöner Satz lautet: »Den Rentenansprüchen jedenfalls hatte der Bombenhagel nichts anhaben können.«

1966 wird der Vater aus Spandau entlassen. Zusammen mit dem einstigen Rüstungsminister Albert Speer. Aber auch andere kamen frei: »Dönitz war schon seit zehn Jahren in Freiheit und bezog eine Admiralspension. Auch ›Nummer drei‹, Konstantin von Neurath, Außenminister und einstiger Protektor von Böhmen und Mähren, war nach seiner vorzeitigen Entlassung wieder in Ehren aufgenommen worden. Bundespräsident Heuss hatte ihm brieflich, mit einem Zungenschlag, der in der Presse Befremden und Kritik hervorrief, seine Erleichterung darüber ausgesprochen, dass das ›Martyrium dieser Jahre für sie zu Ende gegangen ist‹. Auch (Bundeskanzler) Adenauer hatte seine ›aufrichtige Freude‹ über die Entlassung telegraphiert.« Und einige Seiten zuvor heißt es: »Neuraths Tochter, die sich so rührig für ihren Vater eingesetzt hatte, besuchte uns eines Tages und erzählte, wie die Bewohner des kleinen Dorfes im Südwesten Baden-Württembergs dem Heimkehrenden auf der Straße mit Blumengirlanden entgegenkamen. Als die alte Exzellenz mit Tränen in den Augen seine neunundsiebzigjährige Frau und seinen Bruder in die Arme schloss, läuteten die Kirchenglocken.«

Auch sie kommen ins Bild: die freundlichen, vermeintlich harmlosen, die Kulturpolitik des Nazireichs bis ganz zuletzt in vorderster Reihe repräsentierenden Größen. Im Burgtheater hatte Baldur von Schirach als Gauleiter von Wien 1941 nach dem Kriegsausbruch mit Russland einen Vortrag über »das Schöne« gehalten, umrahmt von den Wiener Philharmonikern unter Karl Böhm. Ein Abgesandter jenes weltberühmten Orchesters suchte den Vater nach der Entlassung aus Spandau 1966 auf, »um dem Entlassenen in bewegten Worten eine Replik des ihm von den Wiener Philharmonikern seinerzeit verliehenen Ehrenrings und eine Schallplatte mit den späten Quartetten von Schubert zu übereichen«. 1943 sitzen sie mit dem Gauleiter in der Opernloge: Richard Strauss (Patenonkel von Richard) einträchtig Seite an Seite mit Gerhart Hauptmann. Schirachs Jugend-Autobiographie schließt mit der Schilderung der Aufführung von Wagners Götterdämmerung, die sein Vater in den letzten Apriltagen 1945 in den telegraphisch vernetzten Bunkern des schon von der russischen Armee belagerten Wien als ganz eigene Note dem »Untergang« Deutschlands hinzuzufügen gedachte. Das

Spektakel wurde gefilmt und aufgenommen, samt dazwischen tönender Bomben und Granaten.

Um sich dieser so weit in die Nachkriegszeit reichenden Familien-Katastrophe zu entziehen, machte Richard von Schirach etwas Vernünftiges: Er suchte sich ein Studienfach aus, so weit entfernt wie möglich vom deutschen Dunstkreis: Neben Geschichte und Germanistik (so viel Treue zu den ihm von Kindesbeinen in den Ohren dröhnenden Tönen musste wohl sein) schrieb er sich für das Hauptfach Sinologie ein. 1978 gründete er ein Beratungs- und Dienstleistungsunternehmen für die Volksrepublik China. Der geschäftliche Erfolg blieb leider aus. Ein bedeutendes Produkt seiner als Versuch zur Austreibung böser Geister erfolgten Hinwendung zu China aber ist geblieben: 1973 übersetzte Schirach die Erinnerungen des letzten Kaisers Pu Yi, 1987 von Bernardo Bertolucci verfilmt.

Auch *Die Nacht der Physiker* ist in gewisser Weise ein spätes Beispiel jener exorzistischen Übungen. Obwohl das Buch die Entwicklung der bis heute schlimmsten Waffe, die sich Menschen ausgedacht haben, zum Thema hat, ist es ein von pazifistischen Überzeugungen getragenes Werk. Es erschien 2012. Am Abend bevor es in der bis auf den letzten Platz gefüllten Schwabinger Buchhandlung Lehmkuhl vorgestellt wurde – ein längeres Fernsehinterview hatte bereits für großes Interesse gesorgt –, trank ich mit Richard von Schirach gegenüber noch einen Kaffee und erfuhr, dass er soeben eine Einladung zu Günther Jauchs Talkshow abgesagt hatte. Er sah, wie ich mühsam meine Enttäuschung über ein paar tausend entgangene Exemplare hinunterschluckte, und bat um Verständnis: Er habe keine Lust, wieder und wieder als Nazi-Sohn eingeladen und aufs Podium gesetzt zu werden. Götz George, der andere Talkshow-Gast, werde das als Sohn des nationalsozialistischen Hofschauspielers Heinrich George sicher auch allein gut hinbekommen.

Ich bekam an diesem Schwabinger Abend nicht nur einen Eindruck vom großen Freundeskreis dieses Autors. Auch seine Geschwister waren erschienen, und ich konnte erfahren, wie sehr das Erlebnis einer weitgehend vaterlosen Kindheit und Jugend, im Schatten der deutschen Geschichte und der damit verbundenen Rolle der Eltern, unter diesen Menschen und offenbar auch unter deren Nachfahren ein starkes Gefühl für Zusammenhalt und Solidarität entstehen ließ.

Auch ohne Talkshow ist *Die Nacht der Physiker* ein erfolgreiches Buch geworden. Wir haben uns danach noch ein paarmal gesehen. Und Richard von Schirach rief auch gerne an, um sich über vermeintliche und tatsächliche Irrtümer bei den Honorarabrechnungen aufzuregen – für mich ein verständliches, anrührendes Anzeichen für das kurz aufflackernde Misstrauen, mit dem dieser Autor, der sich unter solchen Mühen und mit wie viel Erfolg auch immer von seiner Herkunft emanzipieren musste, mitunter Menschen begegnete, von denen in welche Abhängigkeit auch immer zu geraten ihm nicht angenehm gewesen sein dürfte. Und wie sollte es anders sein?

Für das mir in seiner Tragweite bis dahin nicht bekannte Kapitel Wissenschaftsgeschichte aus dem nationalsozialistisch gestimmten Deutschland, das er mit diesem Buch aufgeschrieben und inszeniert hat, bin ich Richard von Schirach, der 2023 gestorben ist, bis heute dankbar. Für Verleger·innen ist es ein Privileg und das Beste, was sie tun können: von Autoren dazuzulernen. Je schwieriger und abenteuerlicher die Begleitumstände eines solchen Lernprozesses sein mögen, umso intensiver schreibt er sich ein.

2024

News

Finanzen für die gebildeten Stände

Es muss etwa um 2009 gewesen sein. Die Krise der internationalen Finanzwirtschaft, die, von den USA aus, die ganze westliche und auch die nichtwestliche Welt in schwere Bedrängnis gebracht hatte, war mit Mühe überstanden. Die Schäden waren noch nicht vollständig zu übersehen. Diesem Verlag aber flatterte irgendwann in jenem Jahr ein Manuskript ins Haus, in dem der Versuch einer Bilanz dieser wirtschaftlichen Ereignisse auf interessante, nämlich fast literarische Weise in ein Buchprojekt gegossen worden war.

Es war ein früher Versuch, und es erschien mir, als sei er mit so heißer Nadel gestrickt worden, dass die Ereignisse binnen kurzem große Teile dessen, was dort gesagt und geschrieben worden war, um- und unterpflügen würden. Ich schrieb dem Autor, wie immer, mit höflichem Bedauern, das in diesem Fall tatsächlich groß war, denn das Thema interessierte mich nicht nur. Ich hatte das Gefühl, hier könne mir jemand wieder einmal an meinem Schwachpunkt, dem Verständnis wirtschaftlicher Zusammenhänge, Wichtiges vermitteln. Trotzdem fand ich: nichts zu machen.

Es dauerte ein knappes Jahr, da kam wieder Post von diesem Autor, dessen Name sowieso nicht ohne weiteres zu vergessen war. Dem Adel stehen in diesem Verlag nicht automatisch alle Türen offen, auch wenn der Verleger das Paradox eines hamburgischen Industrieadels (siehe S. 167f.) sein Eigen nennen kann. Der Adel hat einfach, neben anderen, auch das Privileg, dass man sich die Namen seiner Angehörigen schon allein aufgrund ihrer Blumigkeit besser merken kann.

Sein Manuskript, so schrieb mir Georg von Wallwitz, habe er mit gebührender Enttäuschung, aber Verständnis für meine Entscheidung zurück in Empfang genommen. Er habe sich jedoch, darüber bin ich bis heute froh, durch meine Ablehnung nicht abgeschreckt, sondern ganz im Gegenteil motiviert gefühlt, alles vollständig zu überarbeiten. Das habe gedauert. Ob es jetzt passe?

Das Manuskript trug nun den Titel *Odysseus und die Wiesel. Eine fröhliche Einführung in die Finanzmärkte*. Ich las es, und ein halbes Jahr später, im Herbst 2011, wurde es ein Bestseller unseres Programms. Ein Buch, das auf tatsächlich gut gelaunte und, wie der Titel richtig insinuierte, fröhliche Weise von etwas handelte, das zu diesem Zeitpunkt einer großen Anzahl von Menschen in Europa den Angstschweiß auf die Stirn hatte treten lassen – das war toll. Es handelte sich, wie die *FAZ* schrieb, um »ein leicht verständliches Buch über Finanzmärkte, das auf Fachchinesisch verzichtet, aber durch Geist und Sprache anspruchsvolle Leser zufriedenstellt«. Der *Spiegel* schrieb: »Stilistisch glänzend, mit dem Esprit eines Schöngeistes, gibt Wallwitz Einblick in eine Branche, die oft mehr verantwortet, als ihr gut tut.« Der immense Erfolg dieses Erstlings erklärte sich nicht nur aus den begeisterten Reaktionen. Dahinter verbarg sich auch die schockierende Hemmungslosigkeit, mit der das, was man unter Finanzen oder Finanzmärkten versteht, längst ohne um Erlaubnis zu fragen in das Alltagsleben aller Menschen eingedrungen war, die sich seitdem damit herumschlagen müssen, egal ob sie etwas davon verstehen oder nicht. Sie sind ihnen ausgeliefert oder mit ihnen konfrontiert und müssen etwas dafür tun, um sich diesem Eindringling zu stellen. Dafür gab ihnen dieses Buch auf bis dahin ungewohnt menschenfreundliche Weise ein paar verständnisfördernde Werkzeuge an die Hand.

Was mir, als ins Literarische verirrtem Spross eines Hamburger Bankhauses, immer aufgefallen war, wenn ich mich, gehemmt durch die eigene Ahnungslosigkeit, der Ökonomie näherte, von der während meines Studiums und danach so viele kritische Kommilitonen und intellektuelle Freunde gemeint hatten, sie wüssten genau, worüber sie sprächen, wenn sie von Profit, Pleite oder Monopolkapitalismus redeten, das war die Bilderarmut der Wirtschaft. Bis heute lässt sie sich beobachten: Es gibt Fotos von Menschen, die arm sind, es gibt Fotos von solchen, die reich sind, es gibt Börsenkurven, aber es herrscht in der Wirtschaft große Armut an, im besten Falle, transzendierenden Momenten alter und neuer Bilder und ihrer Ausstrahlung: immer nur Kurven, nach oben, nach unten, immer nur die Ansicht von Börsenparketten oder Fabriken. Keine Gesichter, außer die meist in Szene gesetzten Porträts von beschlipsten Chefs. Diese ikonographische Dürre hat ihre Parallele in der uninspirierenden, uninspirierten Art, in der üblicherweise (vielleicht notwendigerweise?) darüber geschrieben wird.

Es war – und ist es bis heute – deshalb eine Offenbarung, dass jemand über diese für nicht ausgebildete Spezialisten und Schöngeister nicht leicht zu durchdringenden Mechanismen und Strukturen unterhaltsam und gebildet zu schreiben versteht. Denn was Georg von Wallwitz weiß, das vermittelt er mit stilistischen und geistigen Mitteln, die der Literatur und der Philosophie näher sind als seiner eigenen finanzwirtschaftlichen Domäne, wo immerhin das Geld verdient wird, das nicht nur Steuern in Hülle und Fülle abwirft und damit neben den anderen Zweigen der Privatwirtschaft für Wohlstand sorgt, sondern das auch der Philosophie und der Literatur letztlich den Steigbügel zur Verfügung stellt. Philosophie aber ist das passionierte Geheimnis dieses Autors. Denn weder hat er die betriebswirtschaftlichen oder volkswirtschaftlichen Mühlen der betreffenden Studienfächer über sich ergehen lassen, noch hat er Banklehren oder Volontariate in den Tempeln der Geldvermehrung hinter sich. Georg von Wallwitz ist studierter, promovierter Philosoph. Dass er auch studierter Mathematiker ist, hat ihm die Pforten der Finanzwirtschaft und die Chance eröffnet, nicht als Poet oder Denker sein Geld verdienen zu müssen. Die Leidenschaft für Zahlen und die logischen Gebäude darüber haben ihn dorthin geleitet, wo er heute, als selbständiger und überaus erfolgreicher Fondsmanager, sein Geld verdient. Und ich wage es zu behaupten: Die Philosophie, die schöne Literatur und das Wissen um die unendlichen Weiten, in denen sich die logischen Wunderwerke der Mathematik erstrecken, das alles ermöglicht ihm eine produktive Distanz nicht allein zu den geschwätzigen Marktplätzen des Geistesgeschehens, sondern auch zu seinen eigenen Leuten, den Investoren, denen er unverdrossen versucht zu vermitteln, dass es sich lohnt, nicht nur Börsenkurse, Kurven und vielleicht den *Economist*, sondern manchmal auch Thomas Mann, Kant, Schopenhauer, Platon oder Thukydides zu lesen.

Wer sich auf die antikisierende Website seines Unternehmens traut, wird dort unter der etwas versteckten Rubrik »Publikationen« das *Börsenblatt für die gebildeten Stände* finden. Das ist ein Online-Periodikum, wie es sonst nirgends existiert. Stets anhand eines historischen, literarischen oder philosophischen Aufhängers, gern auch alles zusammen, kann der Leser hier das aktuellste Finanz- und Börsengeschehen, aber auch die vorherrschenden politischen und konjunkturellen Windgeschwindigkeiten mittels ebenso informierter wie tiefsinniger Erörterungen lernen. Hat man es gelesen, weiß man besser Bescheid. Fast immer steht am Anfang eine Geschichte oder Anekdote aus dem Luftreich des Geistes, verbunden mit der mehr oder weniger schlingernden Gegenwart. Sei es, dass die wirtschaftlich wenig fundierten, nichtsdestotrotz für den Gang der philosophisch unterlegten Geistesgeschichte fundamentalen und politisch gerechtfertigten Ideen eines Jean-Jacques Rousseau einem Reality-Check ausgesetzt werden. Es kann auch so klingen: »Der durch die Wahl von Donald Trump aufgewirbelte Staub beginnt sich zu legen. Die schlimmsten Befürchtungen beziehungsweise die schönsten Träume sind wahr geworden, und der Alltag kann weitergehen. Irgendjemand muss am nächsten Morgen ja doch die Brötchen holen und mit dem Hund Gassi gehen. Die Aufregung um die Wahl weicht der Gewöhnung und der Routine – eine Beobachtung, die Alexis de Tocqueville schon in der ersten Hälfte des 19. Jahrhunderts in seinem Buch *Über die Demokratie in Amerika* gemacht hat.« Und dann geht es weiter mit Schopenhauer, »dem Trump unter den Philosophen«.

Die Leidenschaft, die er den Zahlen entgegenbringt, ist bei diesem Autor beharrlich in der Nachbarschaft der Literatur und des guten Schreibens geblieben. Deshalb ist Georg von Wallwitz ein so wertvoller Autor dieses Verlages geworden, dem er, darin anders als erfolgsverwöhnte Kollegen aus der Wirtschaft, wo Loyalitäten oft genug von Gewinn und Verlust skandiert werden, die Treue gehalten hat.

Vier Bücher sind von ihm erschienen. Nach dem Erstling begann er ein geistes- und ideengeschichtlich dickeres Brett zu bohren, ohne dabei die gute Laune zu verlieren. *Mr. Smith und das Paradies* ist eine Darstellung der Grundlagen unseres Wohlstandes, die in raffinierter und alternierender Weise wirtschaftliche Ideengeschichte, von Adam Smith über David Ricardo und John Maynard Keynes bis zu Joseph Schumpeter, mit der Darstellung von höchst unterhaltsamen und lehrreichen historischen und aktuellen Wirtschaftskrisen verbindet: Sei es die niederländische Tulpenkrise des 17. Jahrhunderts, die Entstehung des modernen Geldhandels aus dem Geiste unerschrockener Betrüger wie Mr. Law im achtzehnten. Bis zur längst schon wieder vergessenen Island-Krise, immerhin ein veritabler Staatsbankrott mitten in – nun ja am Rande von – Europa vor noch nicht einmal fünfzehn Jahren.

Vor fünf Jahren schrieb Georg von Wallwitz endlich über eine wahre Leidenschaft, und mir als des Mathematischen eher unkundiger Zeitgenosse wurde aufgrund des Themas himmelangst. David Hilbert, der zu seiner Zeit berühmteste Mathematiker, mit dessen Name der Weltruf Göttingens in der Zeit vor der Machtübernahme der nicht nur des Mathematischen restlos unkundigen Nazis verbunden ist, steht im Zentrum eines Buchs mit dem schönen Titel *Meine Herren, dies ist keine Badeanstalt*. Mit diesem trockenen Hinweis wies der große Hilbert, der die Relativitätstheorie mit Einstein durchrechnete, ehe sie das Licht der Welt erblickte, Ende der zwanziger Jahre ein paar Männer seiner Fakultät zurecht. Sie hatten der hochbegabten Emmy Noether, vielleicht dem größten Genie, das diese an phantastischen mathematischen und physikalischen Genies reiche, aber kurze Blütezeit hervorbrachte, den Zugang zu höheren akademischen Weihen verweigern wollen – einer Frau halt.

Das Buch ist ein echter Longseller geworden. Bevor neue Auflagen gedruckt wurden, mussten alle in schöner Regelmäßigkeit eintreffenden Korrekturen nicht nur des Autors, sondern seiner mathematisch inspirierten Leser eingearbeitet werden. Das Buch enthält viele »Fußnoten für Fortgeschrittene«, wo Laien die Instrumente gezeigt werden und Spezialisten gefragt sind. Inzwischen stimmt möglicherweise alles, es sei denn, ein weiterer dieser im Übrigen stets beispielhaft höflichen kritischen Leser entdeckt wieder eine Verwechselung von Plus und Minus oder eine falsch gezogene Wurzel.

Zuletzt schwang sich Georg von Wallwitz zu einer Darstellung eines deutschen Traumas auf. Pünktlich zum hundertsten Jubiläum erschien 2023 *Die große Inflation. Als Deutschland wirklich pleite war*. Die Pandemie im Einklang mit einer zu teuren Ausstattung hat den großen Erfolg dieses grundlegenden Buches ein wenig behindert. Es beschreibt nicht nur das, wovor die Deutschen seit 1922 vielleicht am meisten Angst haben – die Auflösung des Geldes in Luft. Die kundige Begeisterung dieses Autors für historische Zusammenhänge schenkte diesem Buch nicht zuletzt auch eine genaue Darstellung dessen, worum sich Historiker in der Regel weniger kümmern: warum Krieg, in diesem Falle der Erste Weltkrieg, einfach zu teuer ist. Wie immer bei diesem Autor fehlen nicht die ebenso vorsichtigen wie optimistischen Einordnungen wirtschaftshistorischer Bilanzen in den aktuellen Bestand des wirtschaftspolitischen Gegenwartstreibens. Das versteht er wie niemand anders.

Seit wir uns kennen, führe ich mit Georg von Wallwitz einen mit den Jahren freundschaftlich gewordenen Austausch von Korrespondenzen. Er hat das wirtschaftliche Gedeihen – und auch das Wehe – dieses Verlags wohlwollend, solidarisch und kenntnisreich begleitet. Ob irgendwann mal ein Buch geschrieben wird über den gebildeten Investor? Oder gar eines über die produktiven Herausforderungen, denen sich das träge gewordene, unproduktiv und regulativ erstarrte Europa aus der Richtung der USA und Asiens gegenübersieht, samt der daraus nötigen Konsequenzen? Mir fällt niemand ein, der so etwas mit leichter Hand und gewichtigem Sachverstand besser zustande brächte als Georg von Wallwitz.

2025

Hamburger Internationalismus

Am 1. Oktober 2024 wurde am Londoner Woburn Square das Warburg Institute, nach umfangreichen Renovierungen, neu eröffnet. Mit diesem Institut, das inzwischen prominenter Bestandteil der University of London ist, verbindet sich eine Geschichte, die nicht nur Deutschland und Großbritannien miteinander verbindet, wenn auch auf für die deutsche Seite, wie könnte es anders sein, nicht nur schmeichelhafte Weise. Auch dieser kleine Verlag ist indirekt mit der Geschichte dieses Instituts verbunden.

Mit den Beständen aus der 1933 unter abenteuerlichen Umständen nach London transferierten berühmten Kulturwissenschaftlichen Bibliothek des längst weltberühmten Hamburger Kulturwissenschaftlers Aby Warburg wurde einst das Londoner Institut gegründet. In seinem Foyer hängt das Porträt eines gut aussehenden, exzellent gekleideten jungen Mannes, der mit ernster Miene den Betrachter mustert. Es ist Eric Warburg, Aby Warburgs Neffe. Unterstützt von seinem Vater, dem Hamburger Bankier Max Warburg, war der junge Eric Warburg an erster Stelle verantwortlich für die glückliche Rettung der in der Hamburger Heilwigstraße gelegenen Bibliothek seines Onkels. Über diesen jungen Mann, der 1990 in Hamburg gestorben ist, erschien in unserem Verlag 2022 ein Buch von Jeanette Erazo Heufelder. Da mich persönlich mit der Familie Warburg ein dünner, allerdings durchaus fester familiärer Faden verbindet, möchte ich hier ausnahmsweise etwas in eigener Sache vorwegnehmen.

Ich lebe seit 1982 in Berlin, komme aber aus Hamburg. Meine Eltern, obwohl gewissermaßen zu den Hamburger Patriziergeschlechtern gehörig, wohnten weder an der Elbchaussee noch in Harvestehude, sondern in Niendorf, einem Stadtteil, der in meiner Kindheit noch dörflich geprägt war, mit einer Straße namens Tibarg, an der sich drei Bauernhöfe aneinanderreihten (bei Hinsch, ganz hinten, fand jedes Jahr im Sommer ein schöner Jahrmarkt statt), mit einer Gärtnerei, einem Kino namens Palmengarten, der Fahrradschlosserei Buck (existiert noch), dem Schlachter Kramer (existiert leider nicht mehr) und ein paar Geschäften, die weg sind, weil sich die Straße mit der Zeit in einen U-Bahnhof mit angeschlossenem Einkaufszentrum verwandelt hat.

Schmuckstück dieses Stadtteils, der sich inzwischen dank der großen Schlafstätten am Ende der Paul-Sorge-Straße (wo ein Mathe-Nachhilfelehrer wohnte) in einen der von der Einwohnerzahl her größten Stadtteile Hamburgs gewandelt hat, ist bis heute der sehenswerte spätbarocke Zentralbau einer Dorfkirche aus dänischer Zeit geblieben sowie das sich daran anschließende Niendorfer Gehege, ein waldiges Naherholungsgebiet, das sich bis ins benachbarte Stellingen und

Eidelstedt erstreckt. An der Straße gleichen Namens steht noch das Elternhaus und das einer russischen Datscha nachempfundene Haus der Großeltern.

Zur Zeit meiner Kindheit, bis 1965, gehörte der an Kirche und Friedhof anschließende Park, mit einem Teich, der im Winter zugefroren war, und ein paar abschüssigen Rampen, auf denen man Schlitten fahren konnte und von denen eine »Todesbahn« hieß, noch unserer Familie. Obwohl aber an den abschließbaren Pforten in schwarzer gotischer Schrift auf weißem Grund »Privatbesitz. Zutritt verboten« stand, durfte im Winter die Dorfjugend auf dem Teich Schlittschuh fahren und sich auf der Todesbahn die Hälse brechen. Wir auch.

Hier wuchs ich auf. Das Familiengeschäft, eine Bank, die mein Vater als vorläufig Letzter in einer viele Generationen umspannenden Reihenfolge von Vorgängern leitete, sah ich selten von innen. »Berenbergs konnten noch nie rechnen«, verkündete dieser Vater in einer schwachen Minute, als ich schon in der Volksschule mit dem entsprechenden Schulfach Mühe hatte. Das nahm ich – leider – wörtlich. Lesen wurde wichtiger. Fremdsprachen ebenfalls. Englisch sowieso. Auch Spanisch war ein wichtiges Thema. Der Vater hatte in Argentinien 1938 »die schönste Zeit meines Lebens« verbracht, hatte 1935 auf einer Kaffee-Hacienda in Guatemala ein halbes Jahr ausgeholfen und war auf Maultieren geritten, die husteten, wenn giftige Schlangen auf dem Weg lagen. So lernte ich früh, dass die USA, gern von provinziellen transatlantischen Schlaumeiern, die es besser wissen sollten, als »Amerika« bezeichnet, nicht mal die Hälfte davon bilden. Meine Westbindung bezieht sich bis heute auf den südlichen Teil des Kontinents. Und bei meiner schon im Elternhaus von politischen Streitereien am sonntäglichen Mittagstisch befeuerten Beschäftigung mit den historischen und politischen Verhältnissen dort konnte ich auch feststellen, wie schief die Ebene ist, von der herab die moralischen Prinzipien verkündet werden, die sich mit dem heute wieder wichtigtuerisch und durchaus übergriffig beschworenen »Wertesystem« des »freien Westens« verbinden.

Mein Vater war ein konservativer Mensch, der aber in der Welt herumgekommen war, gerne Brite oder US-Amerikaner geworden wäre, seinen Landsleuten eher misstrauisch begegnete, aber am Ende, wie es sich für so viele Hamburger seiner Generation gehörte, das Familiengeschäft übernehmen musste und das auch gerne tat. Die schon erwähnte Privatbank, die er von seinem Vater erbte, hatten flämische Vorfahren, die vor den Spaniern geflohen waren, 1590 als Schiffshandlung gegründet. Das Gebäude dazu befand sich in den sechziger Jahren noch an der Ecke Alter Wall, Adolphsbrücke. Mein Großvater war ebenfalls ein konservativer Skeptiker. Er hatte dazu allen Grund, denn während seine Vorfahren das Geschäft im 18. und 19. Jahrhundert zu einem reichen Bankhaus gemacht und ein Familienvermögen angehäuft hatten, waren die Zeiten, in denen er selbst die Geschäfte führen musste, schlechter. Zwar hatte sein Vater aufgrund seines Engagements für die Gründung des Hamburger Freihafens von den davon profitierenden Preußen einen erblichen Freiherrentitel verpasst bekommen, aber diese Sorte Industrieadel – auch noch preußisch! – war bei seinen patrizischen Mitbürgern nicht gut angesehen (auch nicht überall in der Familie: »um Gottes willen, unser guter Name!«) und viel kaufen konnte man sich davon auch nicht. Durch die Inflationsjahre kam man noch einigermaßen hindurch, aber mit der Weltwirtschaftskrise war erstmal Feierabend: Die Bank musste schließen. Ein Büro behielt dieser bemerkenswerte Bankier im Haus am Alten Wall. Von dort aus sorgte er dafür, dass während der 1933 anbrechenden Zeiten ein paar Vermögenswerte jüdischer Freunde und Kollegen, die noch mit knapper Not weggekommen waren, die Jahre unbeschadet überdauern konnten, in denen die Deutschen es sich mit den Nazis schön machten.

Die Tagebuchaufzeichnungen meines Großvaters, soweit noch vorhanden, denn seine Frau, die aus Russland stammte und mit politischer Gewalt sehr unmittelbare Erfahrungen verband, vergrub und vernichtete vorsorglich einige seiner radikaleren Tiraden über jene niederträchtigen Leute, die auch im angeblich so liberalen Hamburg 1933 die politischen Zügel in die schmutzigen Hände nahmen, befinden sich im Hamburger Stadtarchiv. Die Historikerin Renate Hauschild-Thiessen hat vor Jahren einen instruktiven dokumentarischen Essay darüber geschrieben. Ein Teil wurde von den Kollegen des Wallstein Verlags in einem Sammelband mit einer Auswahl aus drei Hamburger Tagebüchern aus der beginnenden Nazizeit in Hamburg veröffentlicht.

Zwei schöne Anekdoten verbinden sich für mich mit diesem Großvater: Als Mitte der dreißiger Jahre Abgesandte der SS bei ihm auftauchten, um ihm die frohe Botschaft zu überbringen, man beabsichtige, den großen Sommersitz der Familie in dem beschriebenen Park als Ausbildungszentrum zu nutzen, ließ er den im Übrigen auf Abbildungen ohnehin ziemlich scheußlich wirkenden Kasten zügig abreißen. Ein Hitler-Porträt hingegen, das ein eifriger Mitarbeiter um diese Zeit in der Bank aufhängen wollte, warf er aus dem Fenster ins Alsterfleet, ohne zu bedenken, dass es im Winter zugefroren war und über die benachbarte Adolphsbrücke dauernd singende Nazis zogen. Ein Mitarbeiter zog es mit dem Kanthaken wieder ins sichere Kellergeschoss.

Zu den bleibenden Verdiensten dieses Hamburgers gehört sein Beitrag zur Rettung von Fritz Warburg, der 1938 im Konzentrationslager Fuhlsbüttel gelandet war, als er unvorsichtigerweise aus dem skandinavischen Exil nochmals in Deutschland etwas erledigen wollte und an der dänischen Grenze verhaftet worden war. Mithilfe von Beziehungen, die der Großvater hatte, und entschlossenem Auftreten bei den SS-Chargen und Gestapo-Leuten in der Berliner Albrechtstraße konnte er gerettet werden. Eine freundschaftliche Verbindung zwischen beiden Familien bestand schon. Aber nicht zuletzt durch dieses Engagement blieb sie auch nach 1945 bestehen.

Den Großvater habe ich nicht mehr miterlebt. Er starb 1953. Zu jener Zeit war Fritz Warburgs Neffe Eric – als amerikanischer Verhöroffizier einer der Ersten, die mit den Nazi-Schurken reden konnten, die sich noch nicht umgebracht hatten – aus dem New Yorker Exil nach Hamburg zurückgekehrt. Mit ihm, nach anfänglichem Zögern aus verständlicher

Furcht vor den unheimlichen Deutschen, seine Frau Dorothea mit ihren Kindern Marie, Erica und Max. Das Hamburger Bankhaus wurde neu aufgestellt. Aber auch für die Zementierung der sogenannten »Westbindung« der entstehenden Bundesrepublik engagierte sich Eric Warburg, nachdem er die amerikanische Uniform ausgezogen und wieder in seine alte Heimatstadt umgesiedelt war. In diesen Zusammenhang fällt die Gründung der »Atlantik-Brücke«, einer wirtschaftlich-politischen Lobbyorganisation, um die Verantwortlichen der Bundesrepublik fest an die Prinzipien der amerikanischen Außenpolitik zu binden. So weit, so verkürzt.

Jeanette Erazo Heufelder hat im Programm unseres Verlags schon mehrere Bücher veröffentlicht. Zuerst, vor schon fast zehn Jahren, eine Biographie über den jüdischen Bankier Felix Weil, ohne dessen finanzielles und organisatorisches Engagement die berühmte Frankfurter Schule um Horkheimer und Adorno nicht existiert hätte, *Der amerikanische Krösus*. Vor ein paar Jahren erschien dann ein politisch-historisch-ethnographisches Meisterstück über die US-mexikanische Grenze, *Welcome to Borderland*, das sich, aus welchen Gründen auch immer, miserabel verkaufte.

Ihr jüngstes Werk ist ein Buch über den jungen Eric Warburg. *»Alle Guten gehören zu uns!«* – der Titel nimmt ein Diktum auf, mit dem Eric Warburg nach Kriegsende, mit einigem Erfolg, versuchte, durch die Nazizeit zerstörte wirtschaftliche und politische Bindungen wiederherzustellen. Zwischen 1900, dem Jahr, in dem er geboren wurde, und 1952, dem Jahr der Gründung der Atlantik-Brücke, mit dem das

Buch endet, hat dieser Hamburger Jude ein paar Dinge vollbracht, die immer noch zu wenig bekannt sind, nicht zuletzt deshalb, weil er selbst später darüber lieber geschwiegen hat. Persönliche Eitelkeit war ihm fremd. Zuallererst zu nennen wäre die Rettung der heute weltberühmten Bibliothek seines Onkels Aby. Das Kapitel, in dem beschrieben wird, mit welch cooler Chuzpe der junge Eric dieses kulturwissenschaftliche Juwel aus dem weit aufgesperrten Rachen der Nazis und ihrer vielen willigen Gehilfen im akademischen Betrieb nach London rettete, lohnt allein die Lektüre. Auch nachzulesen, mit welch unerschütterlicher Energie Vater Max Warburg und Sohn Eric Vermögenswerte ihrer jüdischen Mitbürger mithilfe kompliziertester, selbst unter den eigenen Verwandten umstrittener Methoden ins Ausland leiten konnten, ersetzt ohne weiteres die Lektüre eines Agententhrillers.

Dass ein Buch über ein prominentes Mitglied der Familie Warburg in unserem Verlag erscheinen kann, ist kein Zufall. Im Gründungsprogramm 2004 erschien ein autobiographischer Essay von John Maynard Keynes mit dem Titel *Freund und Feind.* Der Feind, mit dem sich Keynes während der Versailler Friedensverhandlungen befreundete, war Carl Melchior, selbstverständlich jüdischer Teilhaber des Hamburger Bankhauses Warburg und Mitglied der deutschen Waffenstillstandskommission in Versailles 1919, der einzige damals in Zivil auftretende Herr unter lauter schmissentstellten Pickelhauben, der fließend Englisch sprach. Die Freundschaft mit Keynes dauerte bis zu Melchiors zu frühem Tod 1933. Beide trugen ein Hauptmaß an Verantwortung für die Tatsache, dass zu jenem Zeitpunkt die Last der Reparationen, welche die Siegermächte den Deutschen in Versailles törichterweise aufgebürdet hatten, praktisch kaum noch existierte. Leider hatte es sich nicht herumgesprochen unter den Deutschen, die 1933 mit großer Mehrheit die verlogenen Angebote der Nazis annahmen und ihnen bis zuletzt die Treue hielten.

Keynes' Buch, gewissermaßen das Ur-Buch unseres Verlagsprogramms, von Joachim Kalka meisterhaft übersetzt, ist bis heute lieferbar. Dorothea Hauser, Historikerin, die sich um das Archiv der Familie Warburg kümmert, hat ein exzellentes, wirtschaftshistorisch instruktives Vorwort geschrieben.

Für mich ist es ein glücklicher Zufall, dass ein Buch über ein prominentes Mitglied der Familie Warburg in diesem Verlag erschienen ist. Der Name leuchtet, in London ohnehin, wo Aby Warburgs kulturwissenschaftliches Vermächtnis auf so eindrucksvolle Weise gerade wieder der Öffentlichkeit zugängig gemacht wird. Ich habe das Institut in den achtziger Jahren für Nachforschungen zu einem Band einer im Wagenbach Verlag damals frisch gegründeten kulturwissenschaftlichen Buchreihe besucht. Aber ich habe auch, als Kind, das weiße Holzhaus auf dem Rissener Kösterberg ein paar Mal gesehen. Und ich besitze ein von meinem Vater geerbtes Exemplar der aus Bescheidenheit nur als Privatdruck erschienen Lebenserinnerungen von Eric Warburg, mit einer freundschaftlichen Widmung. Auch in der Eingangshalle des renovierten Londoner Warburg Institutes wird man hoffentlich weiterhin Eric Warburgs elegantes Porträt betrachten können.

2024

Im teuflischen Paradies

In den späten achtziger Jahren bin ich ein paar Mal in Neapel gewesen. Grund war allerdings ein anders Reiseziel namens Capri, die berühmte Insel, die in Sichtweite der großen Stadt unter dem Vesuv jene Bucht abschließt, die aus Neapel und seiner geographischen Umgebung eine der schönsten Stadtanlagen Europas, wenn nicht des ganzen Planeten bildet.

Schon das erste Mal war unvergesslich. Ich hatte in Roma Termini einen Zug bestiegen, und während wir durch Latium fuhren, saß ich im Speisewagen und aß in aller Ruhe gut zu Mittag, bis wir in Neapel landeten. Nicht am Hauptbahnhof, sondern in Mergellina, einem vergleichsweise kleinen, aber dafür umso pompöser mit allen Insignien der Belle Époque geschmückten Bahnhof. Von dort waren es nur wenige Minuten zu Fuß zum nahen Hafen, wo die damals als letzter Schrei angepriesenen Tragflächenboote russisch-sowjetischer Bauart zu den Inseln abfuhren, auch nach Ischia, Procida und nach Sorrent, das ich vom Boot auf der Überfahrt betrachten konnte.

Es war der Tag vor Silvester, und ich wurde am Hafen von meinem damaligen Chef Klaus Wagenbach und seiner Frau

Barbara erwartet, mit denen ich zusammen hier den Jahreswechsel erlebte – unterhalten von der zu diesem Datum in großer Zahl angereisten neapolitanischen Jeunesse dorée. Ort der Silvesterparty war eine Bar namens Piranha-Club. Den Neujahrstag begingen wir mit einem Mittagessen in Marina Piccola. Zur Feier des Tages stieg, wie jedes Jahr, direkt vor dem Restaurant, eine Dame, wie wir erfuhren aus bekannt einheimischer Familie, ins Meer. Ich fand es zu kalt, wurde aber belehrt, dass es sich um ein Tradition gewordenes Ritual handele, auf das sich die bei Weißwein und Spaghetti Vongole ausharrenden Gäste Jahr für Jahr freuen dürften. Nicht nur aufgrund solcher Erlebnisse war alles ziemlich neu und aufregend. Danach fuhr ich mit den sowjetischen Booten – deren Mannschaft Klaus Wagenbach damals noch samt und sonders für Faschisten hielt – wieder nach Neapel zurück und verbrachte noch einen Nachmittag in den Museen, soweit geöffnet, und eine Nacht im Hotel. Die Stadt blieb eine schöne Durchgangsstation.

Wer wie ich das Glück hatte, viele Jahre für Klaus Wagenbachs Verlag zu arbeiten, konnte einiges über Italien lernen und erfahren. Kurioserweise bezog das den Süden, zu dem Neapel gehört, eher weniger ein. Capri blieb eine Ausnahme. Das Wagenbach'sche Italienbild, verschwenderisch ausgestattet mit norditalienischer und toskanischer Lebenskultur und Kunst, reichte Anfang der neunziger Jahre im Wesentlichen bis Rom, der Stadt Pasolinis und Gaddas, um nicht nur deren Verbreitung der Berliner Verlag sich die bekannten Verdienste erworben hat.

Aber zum Glück lernt man nie aus. Der Journalistin, Autorin und Italien-Kennerin Maike Albath bin ich erst später begegnet. Mit *Bitteres Blau. Neapel und seine Gesichter* ist im Herbst 2024 schon zum vierten Mal ein Buch über Italien von ihr in diesem Verlag erschienen. Trotzdem habe ich, glaube ich, an dieser Stelle noch nie über sie geschrieben. Das darf nicht so bleiben.

Es ist keine Übertreibung, wenn ich sage, dass die Bücher von Maike Albath, die Arbeit daran, die Unterhaltungen über ihre Wahlheimat, die Berichte von ihren Fahrten dorthin und immer wieder auch die Begegnungen mit Italiener·innen, die ich als ihre Freund·innen kennenlernen durfte und von denen man in ihren Büchern so vielen begegnen kann, dass all dies mir Italien auf eine vor allem sehr gegenwärtige Weise erschlossen hat. Dass man nicht aus München oder Süddeutschland stammen muss, wenn man über das Land jenseits der Alpen Bescheid wissen will, dafür ist diese Autorin ein schönes Beispiel. Sie stammt aus Braunschweig und spricht ein wunderbares klares Deutsch, in dem zum Beispiel ein Ä tatsächlich so klingt, und nicht wie ein E. Maike ist in jungen Jahren zum Studium nach Italien gekommen und hat längst die kulturelle italienische Staatsbürgerschaft erworben, wenn es denn so etwas geben sollte. Gibt es aber nicht, und wozu auch? Maike ist ein schönes Beispiel dafür, dass weder Pass noch sonstige Akkreditierungen nötig sind, um ein Land und seine Bewohner so kennenzulernen, dass selbst Italiener neidisch werden dürften, weil diese Frau ihr Land mit der Zeit womöglich genauer kennen und erklären gelernt hat als sie selbst.

Seit 2010 sind im regelmäßigen Abstand von vier oder fünf Jahren Bücher von ihr in unserem Verlag erschienen, in auch geographisch klug abgemessenen Schritten – Turin, Rom, Sizilien, Neapel. Es begann mit *Der Geist von Turin. Pavese, Ginzburg, Einaudi und die Wiedergeburt Italiens nach 1943*. Darin beschrieb sie das für die italienische und die europäische Nachkriegsliteratur so folgenreiche Kapitel, mit dem sich Namen wie Natalia Ginzburg, Cesare Pavese, Italo Calvino und der Einaudi Verlag verbinden. Die *Literarische Welt* fand es »fulminant«.

Als Nächstes erschien vor genau zehn Jahren *Rom, Träume. Moravia, Pasolini, Gadda und die Zeit der Dolce Vita*. Ein Buch über Rom zur Zeit seiner vielleicht glänzendsten kulturellen Blüte nach 1945: Fellini, Anna Magnani, Silvana Mangano, Anita Ekberg, Mastroianni, Pasolini, Elsa Morante, Gadda, Moravia – Dolce Vita zwischen Cinecittà und Via Veneto. Denis Scheck drehte eine Folge für seine Literatursendung und beschrieb das Buch als »geglückten Zwitter zwischen geistfunkelnder Kulturgeschichte, amüsanter Anekdotensammlung und hinreißendem Klatsch«.

Vor fünf Jahren dann ein Buch über Sizilien: *Trauer und Licht. Lampedusa, Sciascia, Camilleri und die Literatur Siziliens*. Gewiss: Sonnendurchflutete Melancholie am Beispiel von Lampedusa (und Visconti!) gab es da zu besichtigen. Aber auch glänzende Reportagen aus der Gegenwart über hierzulande unbekannte mutige Frauen wie die Fotografin Letizia Battaglia, die Verlegerin Elena Sellerio und ihren Kampf gegen die Mafia sowie Fluch und Segen der Migration, die damals bereits Siziliens Küsten erreicht hatte. An »ein schöneres, sizilianischeres Buch über Sizilien« konnte sich die *FAZ* nicht erinnern.

Und nun? Immer wieder heißt es, Neapel sei die schönste Stadt Europas. Wer sie an einem wolkenlosen Tag erlebt hat, womöglich noch bei über dem Vesuv herabsinkender Sonne, könnte diesem Urteil ohne weiteres zustimmen. Herumgesprochen hat sich aber auch, dass die Stadt ein wildes Pflaster ist. Nicht nur der Name Camorra steht dafür. Vielleicht hatte der Neapolitaner Benedetto Croce, einer der klügsten Italiener nicht nur im 20. Jahrhundert, sondern überhaupt, ganz recht, als er seine geliebte Heimatstadt, deren Bewohner ihn unter Krokodilstränen und massenhafter Anteilnahme 1952 zu Grabe trugen, nachdem sie ihn zur Zeit des Faschismus geflissentlich ignoriert oder beschimpft hatten, »ein von Teufeln bewohntes Paradies« nannte. Maike Albath hat dem Hausherrn im Palazzo Filomarino in ihrem Buch ein berührendes Kapitel gewidmet.

Der Literatur, so zeigen schon ihre Untertitel, kommt in Maikes Büchern eine Hauptrolle zu. Tatsächlich ist es so, dass sich darin oft über die eigentlich für Fiktion, das klug Erfundene, zuständigen Frauen und Männer, die in Turin, in Rom, Neapel und Sizilien schreiben, überhaupt erst die zeitgenössische Realität dieser Orte erschließt. Üblich, wenn auch notorisch unzuverlässig, ist ja die umgekehrte Reihenfolge: Die Literatur bildet (angeblich) die Realität ab. Nun ist es nicht so, dass die Bücher von Ermanno Rea, von Fabrizia Ramondino, Anna Maria Ortese, Elena Ferrante, von Raffaele La Capria,

Domenico Starnone, Roberto Saviano oder Erri De Luca für die Wirklichkeit des neapolitanischen Stadtbilds und der darin lebenden »Schauspieler« verantwortlich sind. Aber dafür, wie man sich in diesem uralten, seit der Antike gewachsenen städtischen Palimpsest bis heute eingerichtet hat, wie die Bewohner dieser Stadt mit dem »täglichen Erdbeben« zurechtkommen, wie ein kluger Chronist die Alltagserfahrungen genannt hat, denen die Neapolitaner ausgesetzt sind, dafür ist die Literatur ein unverzichtbarer Schlüssel, und dafür sind die Schriftsteller·innen auch dieser Stadt ein unerlässliches Instrument.

Maike Albaths Buch über Neapel ist für mich ihr bisher mit Abstand radikalstes Buch aus Italien. Man braucht deshalb keinen Schreck zu bekommen – diese bewundernswerte Autorin hat weder ihr Outfit noch ihren Habitus, geschweige denn ihren Stil auf eine Weise verändert, dass man sie kaum noch erkennt. Für die Radikalität sorgt hier der Gegenstand. Wer einmal in der Stadt am Vesuv unterwegs war, egal wie kurz, wird bemerkt haben, dass die Vibrationen, die sozialen, die ethnischen, die sprachlichen, die kulturellen und alltäglichen, noch einmal von ganz anderer Natur sind als im Rest Italiens, ob der nun im armen Süden liegt (zu dem die Stadt gehört) oder im satteren Norden. Radikal ist die Wucht, mit der diese Stadt sich ihren aufmerksamen Besucher·innen mitteilt. Man kann in Maikes Buch nachlesen, wie Alltagsphänomene der neuesten Art, Migration, Massentourismus, die hypermodern-endemischen Ausformungen des organisierten Verbrechens, die sozialen Tragödien der Deindustrialisierung und des Scheiterns staatlicher Wohnungsbaupolitik, nicht zu vergessen Trost und Psychoterror namens Fußball, das Gesicht einer Stadt geprägt haben. Und man kann auch nachlesen, und wie stets ist das am Beispiel Italien eine anrührende Geschichte, wie die Menschen, die unter diesen Bedingungen leben, immer wieder in vehementer Eigeninitiative versucht haben, aus diesen Kalamitäten nicht nur das Beste zu machen, sondern tatsächlich auch rettende, helfende Projekte mit erstaunlich positiven Resultaten zu zaubern. Da ist Rosario Esposito La Rossa und sein im Wortsinne unbeschreibliches Kultur- und Buchprojekt La Scugnizzeria im für viele schon verloren geglaubten Problemviertel Scampia. Und nur in einer katholischen Kultur wie Italien, vielleicht noch im hispanischen Universum, dem Neapel so viele Einflüsse verdankt, ist eine sozial und politisch so segensreich wirkende, kirchenunabhängige Instanz vorstellbar wie die des Priesters Don Antonio und seiner für viele von der Spritze geretteten Jugendlichen lebensrettenden Kooperative »La Paranza«, die ganz nebenbei auch noch die weltberühmten Katakomben aus heidnisch antiker Vergangenheit in vorbildlicher Weise pflegt und verwaltet.

Ich habe die Literatur genannt, die Maike Albath in ihren Büchern zu einem Generalschlüssel für das Verständnis Italiens gemacht hat. Davon profitieren alle Leser·innen ihrer Bücher. Es liegt aber auch ein Geheimnis in dieser Art der spannenden und umfassenden Vermittlung literarisch-landeskundlicher Rätsel, und das ist die soziale Begabung dieser Autorin. Nie wird man in Maikes Büchern in die Welt der

Literatur und der Literaten eingeführt, ohne die Vermittlung lebendiger, im Alltagsleben tätiger Personen, die ganz im Hier und Jetzt zu Hause sind. Und man kann lesend miterleben, wie das abläuft, der Besuch im Café oder zu Hause oder am Arbeitsplatz, oder die gemeinsamen Wanderungen, in deren Verlauf diese Autorin aus erster Hand und nicht aus bedrucktem Papier erfährt, worüber sie berichten will.

Es sind immer Vermittler unterwegs in ihren Büchern, die man ebenso gern kennenlernt wie die Romane, die Gedichte, die Artikel, die Kirchen, Paläste. In Neapel allerdings geht es um mehr. Die Gegenwartsprobleme, und zwar die der westlich verfassten und immer wirrer werdenden Zeit, möchte man hinzufügen, hat Maike Albath in dieser Stadt bei ihren zahllosen Erkundungen während der letzten Jahre noch einmal, so jedenfalls liest es sich, auf viel konzentriertere, grellere Art kennengelernt als bei ihren vorangegangenen Stationen. Unter der stilsicheren Oberfläche kann man, zumal hier, am Beispiel Neapel, ganz deutlich erkennen, wie sehr Maike Albath Journalistin ist, wie stark ihr Beruf sie geprägt hat. Die Kapitel in ihren Büchern verwandeln sich an bestimmten Punkten immer wieder in Reportagen, unterhaltsam, spannend, sorgfältig recherchiert, glänzend geschrieben.

Das ist kein Zufall: Maike Albath verdient ihren Lebensunterhalt seit langem als Journalistin und Radiomoderatorin. Vorwiegend für *Deutschlandfunk* und *Deutschlandfunk Kultur* berichtet sie über Literatur und Neuerscheinungen. In der *Süddeutschen Zeitung* und in *Die Zeit* u. a. ist sie regelmäßig zu lesen, zahllose Bücher, nicht nur aus dem Italienischen, sind mit ihren Einleitungen auf die Reise geschickt worden. Wie lange sie in Italien gelernt und gelebt hat, entzieht sich meiner Kenntnis. Es ist auch nicht so wichtig, denn ohnehin wird sie nicht mehr nur auf deutschsprachige Podien eingeladen, um dort über Literatur, und italienische zumal, zu reden. Auch die Italiener haben sie entdeckt und regelmäßig gebeten, auf Podien aufzutreten und sie gar zu moderieren, die sich in Rom, Palermo, Turin und andernorts befinden. Nicht zu reden von den Jurys für italienische Literaturpreise, denen sie ihre immer charmant und nie mit dem Hauch der Besserwisserei vorgetragene Expertise zur Verfügung stellt. Da ist eine Frau, die fühl- und lesbar macht, was für eine zweifelhafte Sache Grenzen geworden sind, zumal auf dem Minikontinent namens Europa, mit seinen kleinen Ländern und all den Völkchen, die sich seit Jahrtausenden produktiv vermischen, durchdringen und seltsamerweise immer wieder auch umbringen, von denen aber immer noch allen Ernstes behauptet wird, es handele sich dabei um Nationen, womöglich noch mit einer Mission.

Grenzen, Begrenzungen, Abgrenzungen gibt es überall, aber sie sind kultureller, ethnischer, sprachlicher und topographischer Natur, und sie sind zum Glück und zur Unterhaltung ständig fließend. Neapel, der aufregende Gegenstand von Maikes neuem Buch, ist dafür ein schlagender Beweis. So wie in Berlin Zehlendorfer oder Steglitzer sich nicht andauernd nach Neukölln oder Friedrichshain wagen, rümpfen die Neapolitaner aus den feineren Gegenden in Vomero oder Posillipo gern die Nase über die Eingeborenen der Sanità, zu schweigen von einem wilden Vorort wie Scampia mit dem Monument städtebaulicher Irrwege namens »Vele« (zu bewundern auf der Umschlagrückseite ihres Buchs). Wie schöpferisch und dynamisch aber diese Begrenzungen wirken, auf welche Weise ihre Bewohner, zumal die kreativen unter ihnen, diese Barrieren immer wieder überwinden und einreißen, um ihre Stadt eben doch durchlässiger, verständlicher und bewohnbarer zu machen, das kann man hier Kapitel für Kapitel nachlesen. Maike ist furchtlos durch das Labyrinth namens Neapel gewandert, durch die schlimmen Stadtviertel und die besseren, durch Vorstädte und Industrieruinen, immer an der Seite ihrer unzähligen Freunde und Bekannten, die sie auch hier gesammelt hat. In ihrem schallenden, wohltönenden Italienisch hat sie sich mit ihnen unterhalten, auch dann, wenn in den Gesprächen plötzlich wieder eine neue Grenze auftaucht: das Neapolitanische, jener Dialekt, der schon fast eine eigene Sprache ist und der die armen wie die reichen Bewohner jener unheimlich brodelnden Gefilde zwischen Vesuv und Phlegräischen Feldern vereint, auf denen die unvergleichliche Stadt namens Neapel bis heute trotz allem stehengeblieben ist.

2024

Anstrengender Autor

In diesen Tagen, in denen aus Israel, Gaza und den palästinensischen Gebieten im Westjordanland schlimme Nachrichten kommen und unsere palästinensische Autorin Adania Shibli für ihr Palästinenserinnendasein unter einen unerträglichen Generalverdacht gestellt wird (siehe S. 198ff.), möchte ich ein paar Worte verlieren über einen anderen Autor.

Man hatte mich vor Igal Avidan gewarnt, weil er ein so »anstrengender« Autor sei. Mich hat das eher interessiert und neugierig gemacht, und ich habe seitdem mit Vergnügen feststellen können, dass die Gerüchte stimmten. Igal Avidan ist wirklich ein überaus herausfordernder und anstrengender Autor und damit etwas, das ich in meinem seit ein paar Jahrzehnten andauernden Verlagsleben immer wieder gewohnheitsmäßig erleben durfte – meist eine Voraussetzung für exzellente Bücher.

Dass Igal Avidan so anstrengend ist, liegt an zwei Dingen: Er ist Israeli, und er hat Bücher über Israel geschrieben; zuletzt bei uns. Das Buch ist eines der wichtigsten, so behaupte ich, die in den vergangenen Jahren über Israel geschrieben worden sind, und er (wir auch!) ist sehr daran interessiert, dass dieses Buch viele Leser findet, weshalb er wie ein Fliegender Holländer seit Monaten Buchhandlungen, Deutsch-Israelische Gesellschaften (übrigens auch – horribile dictu – Deutsch-Palästinensische Freundschaftsclubs) und andere öffentliche Orte heimsucht, um dort über sein Buch zu sprechen. Damit dort alles läuft, meldet er sich ständig und verlangt, dass wir Dinge tun, die wir ohnehin machen: Pressearbeit, Büchertische, gegebenenfalls Hotelzimmer buchen, in denen keine Mäuse unterwegs sind, die Fahrkarten besorgt er sich selbst, und die meisten Locations, wo er seine spannenden und informativen Performances loslässt, sucht er sich auch aus. Manchmal ruft er im Verlagsbüro an und macht alle verrückt und wütend, weil er behauptet, wir würden nichts für ihn tun. Ein anstrengender Autor halt. Ich selbst habe mich allerdings bei mehreren Gelegenheiten davon überzeugen können, dass es kaum spannendere öffentliche Auftritte von Autoren gibt, zumal von solchen, die über Israel schreiben, als die wunderbar bebilderten Performances, die Igal Avidan zu seinem Buch aufs Parkett legt. Und was ist das für ein Buch?

Es heißt *»… und es wurde Licht!« Jüdisch-arabisches Zusammenleben in Israel*, und Igal Avidan hat es nicht in seiner Muttersprache geschrieben, sondern auf Deutsch, das er, nach alles in allem dreißig Journalistenjahren in Deutschland, fließend beherrscht. Für mich und meine Kolleginnen war es trotzdem, gelinde gesagt, nicht ganz einfach, dieses Buch redigierend in die perfekte Passform zu bringen, aber es ist gelungen. Es ist ein Buch mit Reportagen aus Israel, in denen der Konflikt in diesem Land in aller Schärfe sichtbar wird. Es ist darin nachzulesen, auf welche Weise arabische Israelis und Palästinenser seit Jahrzehnten und nach wie vor als Bürger zweiter Klasse in Israel kujoniert werden, weshalb die Rede von Apartheid in Israel kein antisemitischer Schmarrn ist, sondern, auch von Israelis, die keinen Tunnelblick auf das eigene Land haben, als Teil einer immer anstrengender werdenden Wirklichkeit empfunden wird. Es ist auch nachzulesen, mit welcher Brutalität immer wieder von israelischen Arabern auf Israelis eingeschlagen wurde, wenn es wieder lichterloh brannte, in Akko, in Ramle, in Lod, in Haifa, in Jerusalem und an Orten, die üblicherweise nirgends in den Zeitungen stehen und im Fernsehen sowieso nicht. Aber Igal Avidan war da und hat zugehört und nachgefragt.

Es ging ihm darum, zu zeigen, wie sich im nach dem Willen der israelischen Politik ausschließlich für Juden reservierten Staat Israel längst eine arabisch-israelische Zivilgesellschaft gebildet hat, für die sich die Medien und die von verurteilten Straftätern, Steinzeit-Orthodoxen und Radikalzionisten getragene gegenwärtige Regierung allerdings eher wenig interessieren, weil, wie es in einem alten, wunderbaren Text einer Ostberliner Autorin namens Christa Reinig aus den achtziger Jahren heißt: »Frieden und Eintracht, das gibt nicht viel her.« Aber nicht nur um Frieden und Eintracht geht es in Igal Avidans Reportagen, es geht sehr oft um das Gegenteil und andauernd um die unerträglichen, von den politischen Radikalen auf beiden Seiten geschaffenen fatalen

Bedingungen, die ein Zusammenleben zwischen Juden und Arabern in Israel so schwer machen – und oft genug machen sollen! Damit die orthodoxen Ochsen auf beiden Seiten zufrieden feststellen können, dass Juden und Araber hübsch ordentlich Feinde bleiben.

Am 7. Oktober 2023 kamen aus Israel die schrecklichen Nachrichten über die Sendboten der Hamas, die in Anders-Breivik-Manier feiernde junge Menschen erschossen, abschlachteten, die Frauen vergewaltigten (bei dieser Gelegenheit wieder einmal zur Schau stellend, was Islamisten von Frauen halten) und Menschen als Geiseln in ihre Verstecke im Gazastreifen verschleppten. Und dann kam die sinnlos fürchterliche Rache, mit der alle Empörung über den Überfall vom 7. Oktober in einer Orgie aus Gewalt und Zerstörung in Gaza zugeschüttet wurde, die mit Selbstverteidigung wenig, aber mit tiefsitzender pathologischer Wut über Menschen, mit denen man in Israel längst viel besser und intensiver zusammenleben könnte, als es ohnehin schon der Fall ist, offenbar sehr viel zu tun hat.[3]

3 Wie hoch die Zahl der während der israelischen Militäroperationen in Gaza und der Bombardements getöteten Menschen ist, bleibt wie immer umstritten. In der Studie »Traumatic injury mortality in the Gaza Strip from Oct 7, 2023, to June 30, 2024: a capture–recapture analysis«, veröffentlicht in der medizinischen Fachzeitschrift *The Lancet*, heißt es: »Assuming that the level of under-reporting of 41 % continued from July to October, 2024, it is plausible that the true figure now exceeds 70,000.« https://www.thelancet.com/journals/lancet/article/PIIS0140-6736(24)02678-3/fulltext (abgerufen im Januar 2025).

Ich habe seitdem mit unserem anstrengenden Autor telefoniert. Er ist schon wieder unterwegs, war in Bremen und anderswo, wo er die Veranstalter mit seinen Fragen zum Prozedere fast um den Verstand gebracht hat. Offenbar war es dann eine ziemlich legendäre Veranstaltung, und es hat dort niemanden gestört, dass er, auch hier, angesichts der schlimmen Nachrichten aus Israel seine gute Laune nicht verlor und die schwächelnde Abwehr auf der rechten Seite von Werder Bremen mit der von Israel verglich. Als Jude darf er das. Die schwächelnde rechte Seite der Deutschen hat er bei dieser Gelegenheit höflich außen vor gelassen.

Es fällt scheinbar schwer, im Moment für friedliche Töne in Nahost zu werben, von hier aus. Aber tatsächlich sollte es doch eigentlich ganz leichtfallen. Ich frage mich, was im Augenblick Igal Avidans israelische und arabische Freunde machen, die in seinem Buch so bewegend zur Sprache kommen: der gemischte arabisch-israelische Frauenchor in Haifa zum Beispiel. Worüber man im nahe der libanesischen Grenze gelegenen Kibbuz Lochamei haGetaot diskutiert, wo junge Araber sich über die Shoah informieren und jederzeit die Hisbollah hineinschießen könnte. Man fragt sich, was gerade in Uri Buris Restaurant am alten Hafen von Akko los ist, ob der arabische Krankenpfleger Fadi Kassem wieder daran denkt, wie er dem Israeli Mor Ganashvili vor dem Mordversuch arabischer Randalierer das Leben rettete. Und Mahmoud Safadi, der Igal durch die Altstadt von Jerusalem führte, der Jahrzehnte als Terrorist in israelischen Gefängnissen verbrachte und dort lernte, was Israel seinen Nachbarn einst theoretisch hätte beibringen können: Demokratie – was macht der? Igal berichtet mir, dass er fast jeden Tag mit ihm telefoniert und wie dankbar sie beide seien, dass sie einander kennen.

Ich kann mir gut vorstellen, dass auch die unzähligen Gesprächspartner, die Igal Avidan in Israel über das Auseinander und Zusammenleben zwischen Juden und Arabern zum Sprechen brachte, über die Hartnäckigkeit dieses beeindruckenden Journalisten den Kopf geschüttelt haben. Aber er hat ihnen die Zunge gelöst, und das erscheint heute, wo in allen Teilen des Planeten die »Spezies Mensch« nicht nur, wie schon Paul Valéry kopfschüttelnd feststellte, »zum Angriff auf die Natur«, sondern anscheinend auch zum entschlossenen Angriff auf sich selbst angetreten scheint, doch eigentlich als das Wichtigste: Sprechen, Zuhören, Fragen stellen und ab und zu – Menschen auf beiden Seiten nicht nur im Nahen Osten, auch hier, sei es gesagt – die Nase in ein kluges, allen Ernstes der Versöhnung zwischen Arabern und Juden das Wort redendes Buch zu stecken.

Und Adania Shiblis Roman zu lesen, anstatt ahnungslos darüber zu eifern und falsche Behauptungen nachzubeten.

*

Während dieses Buch erscheint, ist der anstrengende Autor weiterhin unverdrossen viel unterwegs in Deutschland. Mal ist er im Radio mit immer wieder neuen Stücken über jüdisches Leben in Deutschland und über Vorgänge in Israel zu hören. Er hält Kontakt zu seinen Kollegen von der Tageszeitung *Haaretz*, die das Geschehen in Israel ebenso kritisch begleiten wie das kritische israelisch-palästinensische Online-Magazin *+972*, das ich auf seine Anregung kennenlernte. Er hält den Kontakt zu dem arabischen Krankenpfleger Fadi Kassem, der, wie im Buch geschildert, einen jüdischen Israeli vor dem Lynchmord durch einen jugendlichen arabischen Mob bewahrte; und er hält Kontakt zum Bürgermeister von Akko, einem konservativen Likud-Politiker, der sich trotzdem für die Entspannung und das Zusammenleben von Israelis und Arabern einsetzt. In Deutschland bleibt Igal im Gespräch mit Palästinenser·innen wie der Ärztin Halima Alaiyan,[4] die, wie inzwischen viele unabhängige israelisch-palästinensische Netzwerke und Initiativen in Deutschland, unermüdlich für Versöhnung zwischen Israelis und Arabern wirbt, obwohl mehrere ihrer engsten Familienangehörigen in Gaza den israelischen Bomben und Granaten zum Opfer fielen. Auch für die von Menschen wie dem politischen Philosophen Omri Boehm oder dem ehemaligen Arabisch-Dolmetscher der Bundesregierung, dem Palästinenser Aref Hajjaj, vertretene Idee – oder soll man, leider, Utopie sagen –, ein Staatswesen auf dem Gebiet von Israel, Gaza und dem Westjordanland zu entwickeln, in dem Juden und Araber gleichberechtigt zusammenleben. In einer Zeit, in der der designierte US-Botschafter in Israel verkündet, so etwas wie Palästinenser gebe es gar nicht, und sein Präsident die in Gaza übrigge-

4 Nachzulesen im Doppelinterview, das unter dem Titel »Der Krieg als Auftakt einer israelisch-palästinensischen Freundschaft« in der *Zeit* vom 21. November 2023 erschienen ist.

bliebene Bevölkerung nach Jordanien und Ägypten deportiert sehen will, wirkt es eher nicht so, als könne daraus zu Lebzeiten der heutigen Menschen etwas werden. Im Januar 2025 triumphiert das israelische Militär in der ganzen nahöstlichen Region, während der oberste Kriegsherr seit November wegen Kriegsverbrechen in Gaza per internationalem Haftbefehl gesucht wird. Als ich Igal fragte, was er davon hielt, antwortete er mir: »Lieber Heinrich, Netanyahu darf 124 Staaten nicht besuchen, wenn er eine Verhaftung vermeiden will. Eine Israelin fragte, ob man Israel zu dieser Liste hinzufügen könnte … Beste Grüße, Igal«.

2023/2025

Grenzen und Gesichter

An der Freien Universität in Berlin gibt es eine Gastprofessur, die nach ihrem Stifter, dem Verleger Samuel Fischer, benannt ist. Für diese verdienstvolle Einrichtung werden jedes Jahr für die Dauer eines Semesters ausländische Autorinnen und Autoren eingeladen und können eine Vorlesung nach ihrer Wahl halten. Der Kolumbianer Héctor Abad, unser geschätzter Autor, war vor Jahren schon mal zu Gast. Im Frühjahr war es Lina Meruane, von der in unserem Programm ein Buch erschienen ist: *Heimkehr ins Unbekannte. Unterwegs nach Palästina* (übersetzt von Susanne Lange). Anhand dieses Titels kann man übrigens wieder einmal sehen, wie schwierig es manchmal ist, einen Buchtitel angemessen zu übertragen. Das spanische Original *Volverse Palestina* drückt all das aus, was der zugegeben umständlichere deutsche Titel angemessen nachzuformulieren versucht.

Lina Meruane arbeitet seit Jahren als Professorin an der New York University. Sie unterrichtet dort Literatur für eine in der Regel ethnisch bunte studentische Mischung, wie es sich für New York gehört. Das Thema ihrer Berliner Vorlesungen an der FU war ein anthropologisch-literarisches: *Faces. An Approach from Many Angles*. Die lateinische Übersetzung des Worts »Gesicht« spielt, wie man weiß, an allen territorialen Grenzen eine überragende, längst auch digital kodifizierte Rolle. Damit zusammen hängen die ethnischen, anthropologischen und verhaltenspsychologischen Grenzen, an denen das Gesicht sich verändert und entsprechend taxiert wird. Und was davon seinen Weg bis in die Literatur gefunden hat.

Der Großvater dieser Autorin, die in Chile geboren ist und einen chilenischen Pass hat, war einst aus Palästina nach Chile emigriert, als das Osmanische Reich nach 1918 unter die europäischen Kolonialmächte aufgeteilt wurde und im Nahen Osten die bis heute virulenten und bekannten Konflikte ihren Anfang nahmen. Die Großeltern mütterlicherseits waren Italiener. Die palästinensische Diaspora in Chile ist die größte weltweit außerhalb von Palästina. Lina Meruane aber wuchs auf wie alle anderen Chileninnen und begann sich erst um ihre Vorfahren zu kümmern, als sie erfuhr, dass noch Verwandte in Palästina, in den von Israel besetzten Gebieten lebten. Ein paar Zufälle führten zu dem Entschluss, hinzufahren und nach diesen Verwandten zu suchen.

Gefunden hat sie sie. Darüber, aber auch über das, was sie noch auf dieser Reise erlebte, berichtet sie in ihrem Buch. Wie ihre ein Leben lang nicht wahrgenommene palästinensische Identität ihr mit der Berührung der politischen und ethnischen Realitäten im heutigen Israel gewissermaßen neu aufgedrängt wurde (»volverse palestina«). Und wie, kaum dass sie israelisches Hoheitsgebiet betreten hatte, man ihr Aussehen zu taxieren begann. Und wie am Ende die Tatsache, dass sie keine israelische Jüdin sei, obwohl sie doch so aussah, sondern eine palästinensisch verzweigte Chilenin, behördlich eher missvergnügt zur Kenntnis genommen wurde. Bei einem Teil der deutschen Presse wurde das Buch ebenfalls eher schlechtgelaunt kommentiert, denn für Israel fand Lina Meruane nicht viel lobende Worte.

Heimkehr ins Unbekannte ist ein Reisebericht aus einer komplizierten Gegend, der in einer Buchhandlung in Kairo endet. Es ist aber vor allem ein gedankensprühender Kommentar zu einem zunehmend weltbewegenden Problem: Warum wird es immer komplizierter, die Fragen »Wo kommst du her? Wer bist du?« eindeutig oder überhaupt zu beantworten? Viele Gedankenspiele werden in diesem Buch verarbeitet, in dem es im Übrigen von Menschen aus der ganzen Welt wimmelt. Auch Literatur spielt eine Hauptrolle. Arabische. Unter anderem ein bemerkenswerter Gedichtband der jungen ägyptischen Dichterin Marwa Helal, den Lina mit ihren New Yorker Studenten behandelt. *Invasive Species* erschien 2019 in New York. Es wäre schön, wenn das schmale Buch eines Tages ins Deutsche übersetzt würde. Ob das geht? Wer ist Marwa Helal, und woher kommt sie? Die Antwort findet sich im Netz: »Born in Al Mansurah, Egypt, she lives everywhere.«

Etwas Ähnliches lässt sich von Adania Shibli sagen, die in Palästina geboren ist, gegenwärtig in Berlin lebt, aber genug Zeit in den englischsprachigen Regionen des Planeten verbracht hat, um ein in Ton und Inhalt so reiches Englisch zu sprechen, dass man sie darum beneiden muss. Von dieser Autorin ist im Frühjahr 2022 bei uns ein schmaler Roman mit dem Titel *Eine Nebensache* erschienen. Das Original kam 2017 im Verlag Al-Adab in Beirut auf Arabisch heraus, einer Sprache, die in diesem Verlag nicht gesprochen oder verstanden wird. Die hervorragende englische Übersetzung erschien dafür im New Yorker Verlag New Directions – schon an sich eine erstklassige Empfehlung. Ich habe sie laut gelesen. Von vorn bis hinten.

Kurz nach Erscheinen des Buchs fand eine Veranstaltung in der Berliner Buchhandlung ocelot statt. Moderatorin war die indisch-kenianisch-britisch-deutsche Autorin Priya Basil. Es war ein denkwürdiger Abend. Fast eineinhalb Stunden lang sprachen die beiden Frauen zunächst kaum über das Buch, das übrigens von Günther Orth ebenfalls preiswürdig ins Deutsche übertragen worden ist. Es ging um Sprache und um Grenzen, ein kompliziertes Thema, abstrakt vielleicht, wenn auch nicht unbedingt. Immerhin kennt die Autorin die Grenze, die Mauer, die zwischen der besetzten Westbank, wo sie geboren ist, und dem israelischen Staatsgebiet verläuft. Für Palästinenser ist es, wie bekannt, eine im Unterschied zu Israelis nicht ohne weiteres zu überwindende Grenze. Für arabische Bücher sieht es noch schlechter aus. Neuerscheinungen, erfuhr ich an diesem Abend, werden in die Westbank gar nicht hineingelassen.

Diese Grenze spielt auch in Adanias Roman eine Rolle. Aber darüber wollte sie an dem Abend gar nicht reden. Immer wieder umkreisten die beiden Frauen ihr Thema, die Grenzen, denen sich Sprache in ihren vielfältigen Erscheinungsformen und Wirkungsmöglichkeiten ausgesetzt sieht. Ich hätte dieser

Autorin endlos zuhören können, ihrem arabisch skandierten, fast geflöteten und bewundernswert facettenreichen Englisch, in dem sie erzählte, wie sie als Kind entdeckte, was alles Sprache vermag. Wie sie ihre ältere Schwester für die rhetorische Brillanz und die verbale Findigkeit bewunderte, mit welcher jene den Eltern gegenüber der jüngeren Schwester die Schuld an einem Streich in die Schuhe schob, an dem diese gar nicht beteiligt war. Die Jüngere wurde Schriftstellerin, auch deshalb, wie sie sagte.

Muttersprache dieser Autorin ist Arabisch, eine Weltsprache mit ramponiertem Ruf in den Ländern der westlichen Welt. Allein schon etwas über die Begrenzungen zu erfahren, denen das Arabische nicht nur in Israel, wo es von zwanzig Prozent der Bevölkerung gesprochen wird, sondern auch in der eigenen Welt ausgesetzt ist, das war beeindruckend. Drei Länder, so erfuhr ich, sind für die Verbreitung arabischer Gegenwartsliteratur zuständig: In Ägypten, so berichtete Adania, wird geschrieben, im Libanon gedruckt und verlegt und im Irak gelesen. Eine kleine Übertreibung, fügte sie lachend hinzu, aber keine große.

Ägypten? Wer schreibt dort? Wer kann dort schreiben, im großen Militärgefängnis? Wer gibt dem General dafür das Geld, die Waffen, die Überwachungstechnologien?

Libanon? Wer druckt und verlegt dort? Unter den periodisch vom Himmel fallenden israelischen Bomben, den Gewehrläufen der ekligen Hisbollah-Männer und der ewig korrupten Beherrscher des Landes, die ihr Land gleichgültig in die Luft fliegen lassen?

Irak? Wer liest dort? Unter welchen Umständen? Was für Bücher finden ihren Weg in dieses zerstörte Land, dem der »Westen« 2003 den Rest gegeben hat?

Adania hat, mit augenzwinkerndem Einverständnis ihres libanesischen Verlegers, ihren Roman heimlich raubdrucken lassen, in Ramallah, damit ihn auch ihre eingemauerten Landsleute lesen können. Die Mauer kommt nicht vor in diesem schmalen, aber gewichtigem Buch, Grenzen allerdings durchaus.

Von mir aus, wie gesagt, hätte die Autorin an jenem Berliner Abend endlos weitererzählen können. Dann aber, schon gegen Ende der Veranstaltung, wurde sie dankenswerterweise doch noch nach dem Thema ihres Romans gefragt. Denn das darin Erzählte hat durchaus einiges zu tun mit der augenblicklichen Konstellation, in der sich in Israel die Bewohner diesseits und jenseits der genannten Grenze gegenüberstehen. Im ersten Teil wird mit einem höchst raffiniert geknüpften Netz aus leitmotivisch verflochtenen Zusammenhängen fast dokumentarisch ein Ereignis aus der Zeit kurz nach dem für Israelis wie Palästinenser gleichermaßen traumatisch nachwirkenden Krieg von 1949 erzählt.

Eine junge Beduinin wird von israelischen Soldaten gefangen genommen, vergewaltigt und ermordet. Das Ereignis haben israelische Journalisten erst Jahrzehnte später recherchiert und der Öffentlichkeit zugänglich gemacht. Eine Palästinenserin, so beginnt der zweite Teil, liest, stellt fest, dass das beschriebene Ereignis auf den Tag genau fünfundzwanzig Jahre vor ihrer Geburt stattgefunden hat, und beschließt, den

Ort des Geschehens aufzusuchen. Dieser zweite Teil spielt in der Gegenwart. Die Grenze, ihre für Palästinenser·innen beschränkte Durchlässigkeit und der Alltag militärischer Übergriffe in den besetzten Gebieten, spielt hier durchaus eine Rolle. Aber man wird nicht ein einziges Wort finden, aus dem eine wie auch immer geartete moralische Empörung oder Anklage hervorgeht. Es wird beschrieben, was passiert. Das reicht.

»Ein Buch wie ein Diamant«, befand Eva Menasse im *Literarischen Quartett* und wurde nicht zuletzt für dieses Lob in der *Süddeutschen Zeitung* beschimpft, in einem Artikel, in dem Adania Shiblis Roman wie nebenbei als »antiisraelische Propaganda« abgetan wurde (übrigens mit frei erfundenen Details bei der Beschreibung der vermeintlich entscheidenden Szene).

Nun ist Adania Shibli zum Glück eine viel zu gute Schriftstellerin, um sich bei den hierzulande befangen und immer wieder notwendig schief diskutierten, moralpolitisch aufgeladenen Einzelheiten der nicht funktionierenden palästinensisch-israelischen Koexistenz aufzuhalten – die den Roman im Übrigen von vorn bis hinten durchzieht. Schließlich ist das eine bedrückende Realität, über die längst auch israelische Autoren wie Yishai Sarid, Dror Mishani oder der forensische Architekt Eyal Weizman mit großer kritischer Verve schreiben, zu schweigen von den mutigen Journalisten der Tageszeitung *Haaretz* und der palästinensisch-israelischen Nachrichtenplattform *+972*. Aber darüber reden, streiten und Spitzfindigkeiten auszutauschen findet diese Autorin eher langweilig. Die Freude an der Kunst, auch an der Kunst der Literatur, der sprachlichen Durchdringung, Vergegenwärtigung und kunstvollen Sublimierung dessen, was um sie herum geschieht und gesprochen wird, wo sie damit an Grenzen stößt und wo und wie sie diese, immer mit den Mitteln der Kunst, überwinden kann, in der arabischen Welt und in der übrigen – das ist es, wofür diese wunderbare Autorin ihr Interesse reserviert.

*

Im Frühsommer 2023, als bereits die ersten Remittenden der ersten beiden im Übrigen gut verkauften und in den großen Tageszeitungen mit viel Lob begleiteten Auflagen zurückkamen, wurde bekanntgegeben, dass Adania Shibli den LiBeraturpreis des mit der Frankfurter Buchmesse verbundenen Vereins Litprom erhält. Der Autorin schwante nichts Gutes, als wir erfuhren, dass die Entscheidung nicht einstimmig getroffen worden war, aber wir fanden, es sei dies eine Auszeichnung, die sie annehmen solle, denn es gehe doch um ihr Werk. Ein Irrtum?

Der Preis sollte auf der Frankfurter Buchmesse verliehen werden, aber der 7. Oktober kam dazwischen. Vier Tage später erschien in der *taz* ein Artikel, in dem – nach einer Einleitung, die von jubelnden Hamas-Anhängern in Berlin-Neukölln nahtlos zu Adania Shibli überging – Adania als »engagierte BDS-Aktivistin« bezeichnet wurde, die einen Roman geschrieben habe, in dem der »Staat Israel als Mordmaschine« dargestellt werde. Danach dauerte es nur wenige Tage, und die Preisverleihung wurde abgesagt (angeblich, so die Frankfurter Buchmesse, in Absprache mit Adania und uns, was nicht stimmte). Etwa zeitgleich gab die Buchmesse bekannt, »jüdischen und israelischen Stimmen« mehr Raum geben wollen. Das war zweifellos begrüßenswert. Weshalb aber einer international anerkannten palästinensischen Autorin (die im übrigen auch einen israelischen Pass hat) dieses Forum zugleich entzogen wurde, erschloss sich uns nicht.

Zumal die überwältigende Mehrheit der deutschsprachigen Medien den Anschuldigungen der *taz* widersprochen hatte. Aber wie es so ist: Wer am lautesten brüllt, schindet Eindruck. Mit inquisitorischer Selbstgefälligkeit wurde von der Autorin endlich eine Äußerung gefordert, die den Erwartungen einer Handvoll deutscher Journalist·innen gerecht zu werden hatte – als Palästinenserin reicht es eben nicht, jede Form von Gewalt und Terror vehement abzulehnen (und ja, das schließt auch die Gräueltaten der Hamas ein). Für uns wurde die Frankfurter Buchmesse 2023 auch deswegen zu einer besonders denkwürdigen, weil den wenigen aggressiven Stimmen aus Deutschland auch die staunende Reaktion der vielen Kolleg·innen aus dem Ausland über diese neue Form eines intellektuellen Autodafés gegenüberstand. Susan Neiman, die Direktorin des Potsdamer Einstein Forums, beschrieb das intellektuelle Klima im Deutschland jener Tage im *New York Review of Books* als »philosemitic McCarthyism«, der indische Autor Pankaj Mishra sprach im *London Review of Books* vom »moral and intellectual collapse of Germany«. So stützte sich die Anschuldigung, Adania Shibli sei eine BDS-Aktivistin unter anderem auf die Tatsache, dass sie vor über zehn Jahren zusammen mit einer BDS-Vertreterin auf einer Bühne gesessen hatte. Aber es ging noch weiter: Während der Messe legte der Autor des ersten *taz*-Artikels – ein festangestellter Redakteur beim SWR – noch einmal nach und verbreitete die Übersetzung eines alten Artikels von Adania Shibli, übertragen aus dem Arabischen, von einem Übersetzer, der sonst vor allem aus dem Hebräischen übersetzt. Die Autorin fantasiere darin angeblich von »Sprengstoffen«, die bei israelnahen Veranstaltungen womöglich zum Einsatz kommen sollten. Darüber verfiel manch Zeitungsredakteurin zeitweise fast in Schockstarre: Versteckte sich dahinter etwa die Aufforderung zum Terror? Die banale Auflösung: eine falsche Übersetzung und noch dazu eine nicht erkannte Metapher (es ging, grob gesagt, um die explosive Kraft von Kunst). Günther Orth, der Adania Shiblis Roman für uns übersetzt hatte, wies in einem Interview mit Nachdruck darauf hin, dass der Artikel mit einem Aufruf zu Gewalt nicht das Geringste zu tun habe. Dass die Autorin jedoch zu den Vorwürfen schwieg, darin von ihrem Verlag unterstützt, dass sie darauf beharrte, über den literarischen Gehalt ihres Buches, über seine Sprache und über die Grenzen dieses Instruments sprechen, sich aber nicht als Resonanzboden für das politischen Affektgeschehen in Deutschland seit dem 7. Oktober verwenden lassen zu wollen, das nimmt ihr ein kleiner, aber eben leider lautstarker Teil der medialen Öffentlichkeit in diesem Land bis heute übel. Den Preis hat Adania Shibli nie bekommen. Sie beharrte auf dem ursprünglich vorgesehenen internationalen Forum der Frankfurter Buchmesse für eine nachgeholte Preisverleihung im Jahr darauf. Das aber wollten ihr die Buchmesse sowie der inzwischen aufgelöste Verein Litprom (dessen Arbeit nun von der Buchmesse fortgeführt wird) partout nicht zugestehen.

Am Abend des 18. April 2024 saß Adania Shibli zusammen mit dem niederländischen Freund und Autor Arnon Grunberg auf dem Podium des bis auf den allerletzten Platz gefüllten Literarischen Colloquiums in Berlin-Wannsee. Sie las, auf Arabisch; sie sprach, in ihrem schönen Englisch. Worüber sprach sie? Über Sprache, immer wieder über das Wunder der Sprache. Über Stille, auch hier: die friedliche Stille und die andere, jene Stille, die in ihrem Schweigen, Verschweigen und Beschweigen Gewalt ausübt. Über die Literatur und die Autorinnen und Autoren, die sie mag – »chocolate« nennt sie sie. Dann kamen sie wieder, die Grenzen. Nicht zuletzt der Grenzen wegen, sagte sie, möge sie keine Staaten. Auch die Idee eines palästinensischen Staates behage ihr nicht. Schon wieder ein neues Anwesen mit lauter Grenzen und Leuten, die sie bewachen. Jemand herrscht, andere nicht. Die einen gehören dazu, die anderen nicht. Lauter Grenzen, drum herum und in den Köpfen. Wer will so was? Ob sie Anarchistin sei, wollte Arnon Grunberg wissen. Ja, sagte Adania, aber sie sei nicht besonders mutig, »a coward«; man brauche keine Angst zu haben.

2022/2025

Berlin am 2. August

Als ich Jürgen Hosemann zum ersten Mal begegnete, war er in Berlin, um sich um einen Autor zu kümmern. Der Autor war Uwe Preuss, ein Schauspieler, der in jedem tollen *Polizeiruf 110* aus Rostock den Kriminalhauptkommissar spielt – einen Chef mit einer auf schöne Weise zu groß geratenen Brille, der seine virtuos ordinären Kollegen mit einer Mischung aus Strenge und Nachgiebigkeit zu führen weiß. Die Kommissare werden geduzt und duzen ihren Chef. Uwe Preuss hatte gerade sein Debüt als Schriftsteller gefeiert, im Fischer Verlag, wo Hosemann sein Lektor ist. *Katzensprung* ist ein Buch, das erzählt, wie das war: heranwachsen in der Hauptstadt der DDR, eher unten als oben. Und es ist richtig gute Literatur.

Jürgen Hosemann war allerdings vor allem in unser Büro in der Berliner Sophienstraße gekommen, um sich als frisch für unser Programm gekürter Autor vorzustellen. Wir unterhielten uns bestens, wahrten dabei freilich, wie mir auffiel, durchaus eine gewisse Förmlichkeit, die, wie mir schien, fast ein wenig wie den Regeln einer barocken Tanzanleitung entsprungen schien. Sehr komisch!

Durch vielleicht zu viel Erfahrung mit Spaniern und Lateinamerikanern bin ich es gewohnt, Menschen, die man kennengelernt hat und mit denen man danach immer wieder etwas zu tun hat (und Autoren sind ja so was), relativ rasch, eigentlich schon nach zwei Sätzen, per Du zu behandeln. Eine der schönsten Erfahrungen in dieser Hinsicht fand vor vielen Jahren im Rahmen des Salon du livre in Paris statt, als ich, als Lektor eines unvergleichlichen spanischen Autors namens Javier Tomeo (siehe S. 53ff.), von seinem Verleger, meinem Freund und Lehrmeister Jorge de Herralde, zu einer Audienz beim spanischen Botschafter in Paris mitgenommen wurde. Sie fand in der spanischen Botschaft statt, einem Belle-Époque-Palais mit riesigem, verschwenderisch golden ornamentiertem Empfangssaal, in dem, an jenem Vormittag, drei goldene Stühle standen.

Auf einem nahm der Botschafter Platz und danach wir auf den anderen, in der Mitte ein, sicher goldenes, Tischchen mit rabenschwarzem Kaffee. Es wurde gar nicht erst viel herumexzellenziert und durchgelaucht; stattdessen wollte der Botschafter, per Du, wissen – wichtige Frage in Spanien –, wo das jeweilige Pueblo lag, aus dem wir stammten. Das Pueblo lag im Fall meines Kollegen in Barcelona, im Falle von Javier lag es tatsächlich, zur großen und mit idiomatischen Reichtümern kommentierten Freude seiner Exzellenz (ich habe den Vornamen leider nicht behalten), weitab irgendwo in Aragón. Dass mein Dorf Hamburg hieß, fand er ebenfalls interessant. Es wurde eine wunderbare, auch in Richtung Exzellenz per Du gehandhabte Unterhaltung, die nach einer halben Stunde höflichkeitshalber zu Ende ging. Vielleicht lag es an den goldenen Jahren der spanischen Kulturpolitik unter Javier Solana, dass diese Audienz so stattfand. Es sind Erlebnisse wie dieses, die mir in Momenten immer wieder das Vorurteil beschert haben, dem zufolge in Spanien die besseren Menschen wohnen. Cum grano salis.

Mit Jürgen Hosemann bin ich beim Sie geblieben. Ist es ein Zufall, dass in dem Programm, in dem unter dem Titel *Papierkorb. Über Leben und Schreiben* gerade seine ebenso unterhaltsamen wie tiefsinnigen Tweets zum Lesen, Leben und Schreiben erschienen sind, seine Kollegin Katharina Hacker vor zwei Jahren ein kleines, feines Buch erscheinen ließ, dem sie den umwerfenden, weil ebenso rätselhaften wie wahren Titel *Darf ich dir das Sie anbieten?* gab? Mit ihr bin schon lange per Du, und das lässt sich auch nicht mehr ändern. Aber mit ihrem Lektor wird das möglicherweise nichts mehr, das weiß ich, und es gefällt mir, denn ich betrachte ihn als eine zumal in Dingen der Literatur mit vorsichtiger Hochachtung zu behandelnde Respektsperson.

Vor zwei Jahren, im Sommer 2020, erschien sein erstes Buch bei uns: *Das Meer am 31. August.* Ein Monolog vom Strand in Grado, einem zwischen Venedig und Triest gelegenen, eher verschlafenen Seebad, einst von habsburgischen Beamten gern frequentiert. Das Buch beschreibt, was dort im Verlauf von vierundzwanzig Stunden passiert, nicht mehr, aber auch nicht weniger. Es ist ein Text, der einen beim Lesen in eine sanfte Trance versetzt, tatsächlich jener nicht unähnlich, in die man in einer glücklichen Stunde am genau richtigen Ort am Meer fallen kann und die man auskosten muss bis zur Neige. Bei Jürgen Hosemann beginnt sie morgens um vier und hört nachts um ungefähr dieselbe Zeit auf, genau kann man es kaum sagen, denn wenn man an diesem Punkt angekommen ist, will sagen am Ende von hundertzwölf Seiten, möchte man erst einmal die Augen schließen und dem glücklich hinterher sinnen, was man gerade lesend erfühlen konnte.

Das neue Buch von Herrn Hosemann ist nicht einmal so anders, obwohl es auf den ersten Blick gar nichts mit dem *Meer am 31. August* zu tun hat. Was die beiden verbindet, ist ein schwer zu beschreibender Gestus. Es mag ja nicht unbedingt ein Ausdruck von Lakonie sein, wenn man aufschreibt, was sich in vierundzwanzig Stunden an einem Adriastrand zuträgt, eher das Gegenteil. Aber wenn man das macht, macht man eben nichts anderes, überhaupt nichts. Der Strand in Herrn Hosemanns neuem Buch heißt »Papierkorb«. Zeiträume spielen hier keine Rolle mehr. Wir befinden uns im Tweet-Zeitalter, in dem die vielen klugen und sehr, sehr komischen Schnipsel entstanden sind, die dieses Buch füllen und zu dem sie, auch, gehören. Einer Zeit also, die sich zwischen der unergründlichen Weite des Internets und dem Moment erstreckt, in dem eine Currywurst vom Pappteller rutscht oder ein Blatt Papier, leer oder beschrieben, vom Tisch segelt, wohin auch immer. Currywürste kommen nicht vor in diesem Buch. Dabei wirkt es in Teilen wie an einem unsichtbaren Resopaltisch notiert, der in Ingomanns Wurstbude steht, dort, wo einer der bedeutendsten Hamburger Philosophen namens Dittsche zu Gast ist.

Trotzdem oder gerade deswegen behaupte ich, dass in diesem Programm nie ein tiefsinnigeres Buch über Leben und Literatur erschienen ist, ausgenommen vielleicht Claude Simons *Der Fisch als Kathedrale* von vor acht Jahren, vielleicht das klügste überhaupt (und immer noch lieferbar!). Aber wäre Claude Simon eine Wahrheit eingefallen wie jene, die da lautet: »Ganz ehrlich: Bücher sind was für Leute, die zu dumm sind, Netflix zu abonnieren.«? Sie steht auf der ersten Seite von Jürgen Hosemanns Buch, das mit dem Satz anfängt: »Erst am Ende fällt uns ein, wie alles richtig geschrieben gehört, aber dann wird es niemand mehr lesen.« Und wie hört es auf? »Schluss jetzt, ich habe eine Idee.« Um zu rekapitulieren, was sich dazwischen befindet, ist ein Newsletter nicht da. Lesen Sie selbst und verschenken Sie bitte dieses einzigartige Buch. Unbedingt auch an Leute, denen Sie normalerweise kein Buch, sondern lieber ganz was anderes schenken würden.

Vor vielen Jahren haben wir hier mal ein Plakat gedruckt, auf dem ein Satz stand, der es nicht mehr in Jürgen Hosemanns Buch geschafft hat. Das Copyright liegt schließlich bei einem anderen Hamburger Philosophen, dem jüngst verstorbenen, von mir sehr betrauerten Uwe Seeler. Als er 1965 mit kaputter Achillessehne im Krankenhaus lag, wurde er interviewt und sprach: »Ich muss wieder mehr zum Lesen kommen.« Klingt heute wie wunderbarer Zunder für jene Sonntagsreden, in denen beschworen wird, wie unendlich wichtig das Lesen in Büchern ist und wie es unser aller Leben verändert, besser macht und so weiter und so fort. Ich finde, man sollte das mit dem Lesen und wie wahnsinnig wichtig es ist, nicht ernster nehmen als Uwe Seeler oder Jürgen Hosemann. Schließlich handelt es sich dabei um eine vergleichsweise minoritäre Tätigkeit, die inzwischen zu achtzig Prozent von Frauen ausgeübt wird und durch nicht einen einzigen Grundsatzartikel oder gar Bücher über die Freuden des Lesens gefördert wird, wie sie immer noch periodisch erscheinen und liebevoll besprochen werden.

Jürgen Hosemanns Buch wird daran auch nichts grundsätzlich ändern. Aber es macht nicht nur Spaß, sondern auch Hoffnung. Und zwar nicht nur den Lesern, sondern auch all jenen, die sich sehnen, wonach auch noch der versierteste Blogger, Influencer, Twitter-Weltmeister oder sonstige Digital-Aficionado sich sehnt: ein (auf Papier gedrucktes) Buch zu veröffentlichen, das er (oder sie), in wesentlichen Teilen, selbst geschrieben hat. Jürgen Hosemann bietet sich hier als perfekter Adressat: »Ich habe gehört, du hast ein Buch geschrieben, aber lass uns ruhig erst mal darüber sprechen: Wie groß bist du und wie viel wiegst du eigentlich?« Allein für so was würde ich Herrn Hosemann eines fernen Tages doch gern das Du anbieten. Oder hab ich's schon und nur vergessen?

Mit seinem Pueblo hätte er beim spanischen Botschafter übrigens punkten können, denn Mayen in der Eifel hätte sehr viel mehr Erklärungen erfordert als Hamburg oder Barcelona.

2022

Am Strand von Amsterdam

Als ich in den siebziger Jahren in Hamburg studierte, bin ich zweimal mit einem Freund und unserem Professor im VW, und als Einziger mit Führerschein, nach Amsterdam gefahren. Alles ging gut. Man fuhr zu jener Zeit notfalls auch nonstop nach Venedig oder Barcelona.

Unser Ziel war ein Haus an der Herengracht, das Instituut voor Sociale Geschiedenis, in dem Schriften und Dokumente des großen und zu jener Zeit ungeheuer gegenwärtigen Kosmos des sozialistischen und kommunistischen Schrifttums in Europa aufbewahrt werden. Das Institut existiert nach wie vor, aber leider nicht mehr an der schönen Gracht. Das damalige Gebäude wurde zu klein für das weltberühmte Archiv, das laut Wikipedia u.a. die größte Sammlung handschriftlicher Nachlässe von Karl Marx und Friedrich Engels beherbergt und bis heute ein für die Geschichte der sozialistischen und Kommunistischen Internationale, ihre literarischen und dokumentarischen Hinterlassenschaften heiliger Ort ist.

Wir wollten dort unsere Studien zu Brechts Lehrstücktheorie durch die Einsicht in Dokumente und Bücher befeuern, die man zu jener Zeit noch nicht online bestellen konnte. Man musste hinfahren. Und das machte Spaß. Immerhin ließen sich solche Studien nicht im Zeitraum von ein paar Stunden erledigen, man musste die Dokumente im Katalog suchen, bei den angestellten Kollegen nachfragen und hoffen, dass nicht jemand anders, womöglich sogar ein deutscher Konkurrent, sich damit beschäftigte. Die Wartezeiten waren leicht zu überbrücken. Verließ man das Institut, befand man sich mitten in einer der schönsten Altstädte Europas. Kneipen und Cafés gab es zuhauf. Und auch mit wenig Geld konnte man exzellent essen und mit indonesischen Reistafeln nicht nur kulinarisches Neuland betreten, sondern auch erfahren, wie Kolonialismus schmeckt.

Die Freaks von Amsterdam sahen abenteuerlicher aus als die in Hamburg, die Feministinnen nannten sich Dolle Minas, und die Stadt wirkte entspannt und befreiend im Vergleich zum in jeder Hinsicht angespannten politischen Klima der bundesdeutschen siebziger Jahre. Was ich damals nicht wusste: Die Amsterdamer Stadtverwaltung, nicht so einverstanden mit dem bunten Volk, das die Altstadt um Prinsen-, Keizers- und Herengracht belebte, trug sich mit einem Plan: Warum nicht einfach die Grachten zuschütten und in Autostraßen, ja, ganz Amsterdam in eine vorbildlich autogerechte Stadt wie, sagen wir, Frankfurt am Main verwandeln? Endlich morsches Mittelalter und Renaissance beerdigen und die Stadt anständig versiegeln und für jenes strahlend zukunftsfähige Phänomen namens Automobil einrichten?

Von dieser Utopie erfuhr ich, als ich vor ein paar Jahren nach langer Zeit wieder mal in Amsterdam war. Anlass war eine Veranstaltung im Goethe-Institut zu einem bei uns erschienenen Buch von Bettina Baltschev: *Hölle und Paradies. Amsterdam, Querido und die deutsche Exilliteratur*, dessen bei Querido in Amsterdam erschienene niederländische Übersetzung vorgestellt wurde. Viele Amsterdamer waren gekommen, denn es ging um ihre Stadt, in der in den dreißiger Jahren ein Großteil der von den Deutschen vertriebenen Gegenwartsliteratur erschien, wofür die Namen der Verlage Querido und Allert de Lange stehen. Davon und von den vielen Spuren im heutigen Weichbild der Stadt geht es in Bettinas Buch. Es ist nach wie vor ein idealer Reisebegleiter für alle, die nach Amsterdam reisen wollen, um sich etwas mehr zu gönnen als immer nur Grachten, Giebel, Gras und Bier, die auch den Spuren der jüngeren Vergangenheit nachgehen möchten, deutsch-jüdischen Lebensläufen, glücklichen und tragischen, die ihren Abdruck hinterlassen haben. Darüber sprach Bettina Baltschev im Goethe-Institut, anlässlich der holländischen Übersetzung ihres Buchs.

Bettina Baltschev, so könnte man sagen, schreibt »Reiseliteratur«. Das ist ein Genre, das in Deutschland, einer literarisch einigermaßen gebildeten, immer wieder auch recht eingebildeten Gegend, eher belächelt wird. Worüber man jenseits der Grenzen ebenfalls nur lächeln kann. Reiseliteratur, *travel literature*, gilt nicht nur in Großbritannien und den USA als absolut erstklassiges Genre. Und ja, auch in der deutschsprachigen Literatur finden sich ja schließlich ein paar Juwelen. Nicht nur der olle Fontane oder der noch viel ollere Seume, nein, auch Heinrich Heine war ein großartiger Reiseschriftsteller, und Wolfgang Büscher hat gezeigt, dass auch in der Gegenwart dieses Genre großartige Blüten treiben kann. Und Bettina Baltschev?

Schon ihr Amsterdam-Buch ist Reiseliteratur der besonderen Art. Dass Reisen, wenn es bildet, auch politisch bildet, kann man hier lesend erleben. Ihr neues Buch heißt *Am Rande der Glückseligkeit. Über den Strand.* Und weil der Strand eine im engeren Sinne europäische Erfindung ist, weil Europa nicht nur schön, sondern bis heute, wo immer man herumläuft, mit historisch-politischen Nebenwirkungen aufwartet, wenn man ein Gespür dafür hat, sollte dieses Buch nicht fehlen, wenn man in Ischia und Hiddensee, aber auch in Scheveningen, in Brighton oder im belgischen Ostende sein Glück am Strand sucht.

Es gibt in Bettina Baltschevs Buch viele Kapitel, nach deren Lektüre man sofort aufbrechen möchte. Und es gibt auch solche, aus denen der Strand nicht nur als idyllisches oder romantisches Plätzchen hervorgeht. Faszinierend ist, was sie aus Benidorm berichtet, wo man den an sich löblichen Versuch unternommen hat, so viele Touristen wie möglich in einer platzsparenden gigantischen Hochhaussiedlung unterzubringen, um das Land drum herum zu schonen. Gelungen ist das nicht ganz, denn die Gräueltaten der Immobilienindustrie kann man in Spanien heute nicht nur in Benidorm bestaunen, sondern im Grunde von Cadaqués bis Gibraltar. Bei der Verwüstung der einst einsam archaischen Mittelmeerinsel Ibiza tun sich, wie mir der dort geborene und immer noch ansässige Freund und Autor Vicente Valero berichtet (siehe S. 263ff.), besonders niederländische Immobilienkonzerne hervor.

Auch zwei Strände mit einer gehörigen Ladung Zeitgeschichte hat sie besucht: Lesbos, Trauminsel in der Ägäis, wo Europa seine Flüchtlinge zweiter Klasse, die aus Syrien und Afrika, vergisst. Und Utah Beach in der Normandie, nicht weit von den Stränden vor Trouville und Deauville, Prousts Balbec, wo 1944 junge Menschen zu Tausenden mit dem Leben bezahlen mussten, für den zum Glück gelungenen Versuch, Europa von den Deutschen zu befreien.

Dafür ist sie auf der Shortlist des Deutschen Sachbuchpreises gelandet, nachdem sie im vergangenen Jahr bereits den Seume-Preis bekam, in Grimma, wo Johann Gottfried Seume im Verlag seines Freundes Göschen arbeitete, bevor er 1801 zu seiner Wanderung nach Sizilien aufbrach. 1802 kehrte er zurück und schrieb darüber auch eines der berühmteren unter den Reisebüchern der deutschen Literatur.

Bevor er nach Italien wanderte, war er für damalige Verhältnisse auch schon weit herumgekommen, und durchaus unfreiwillig. Als Achtzehnjährigen schnappten ihn sich kurhessische Soldatenwerber, vermieteten ihn an die Briten für den amerikanischen Unabhängigkeitskrieg, und als er glücklich wieder in Deutschland gelandet war, kamen die uniformierten Sendboten des Preußenkönigs Friedrich, aus unerfindlichen Gründen bis heute der Große genannt, und zwangen ihn nochmals zu vier Jahren Kriegsdienst. Er muss ein stabiles Gemüt besessen haben, dieser junge Mann, der so viel zu Fuß ging. Über den erfolglosen Versuchen, für die sinnlos beim Militär vergeudeten Jugendjahre nachträglich eine Pension zu ergattern, ist er leider schon früh gestorben.

Jetzt kommt die warme Jahreszeit. Für Reisen in diesem schönen, von Literatur und Geschichte manchmal vielleicht etwas übersättigten Kontinent ist Bettinas Buch ein idealer Begleiter. Es lockt – Literatur und Geschichte inbegriffen – mit Stränden, an denen man sich vor allem verlieren kann. Nicht schlecht in diesen reichlich seltsamen Zeiten.

2022

Die Wahrheit der Autofiktion

Stand er nicht irgendwann in den siebziger Jahren im *Kursbuch*? Ein Aufsatz von Karl Markus Michel über die schwierigen, hierarchisch strukturierten Verkehrsformen, denen sich Studenten zu jener Zeit an deutschen Universitäten immer wieder unterworfen sahen? Zumal, wenn sie Geisteswissenschaften studierten und sich in einem politischen und intellektuellen Umfeld bewegten, das sich als dezidiert links verstand, wo man repressiven gesellschaftlichen Ausformungen – und Hierarchien an vorderster Stelle – üblicherweise mit scharfer Kritik begegnete.

Rechtsgestrickte Leute haben nichts dagegen, wenn man sie kujoniert, und erwarten, dass ihnen jemand sagt, wo es langgeht und wo sie gefälligst ihren Platz in festgefügten Hierarchien zu suchen haben. Aber die Wirkung solcher Verkehrsformen auf das Nervenkostüm und das manchmal eher zarte Selbstbewusstsein freiheitsdurstiger junger Menschen konnte katastrophal ausfallen.

Auch in den vielen studentischen Wohngemeinschaften in den Jahren dieser sozialistischen Spätantike gab es versteckte

Hierarchien, und, so schien es oft, umso prägnanter, je linksradikaler sich die Genossen verstanden und aufführten; ein Phänomen, hinter dem sich jede Menge ebenfalls versteckter Herrschaftsbedürfnisse austoben konnten. Immer wieder wurde der »Psychoterror« beklagt, der von »Obergenossen« (und Obergenossinnen!), wie es in meiner Erinnerung in dem bewussten Aufsatz hieß, sowie von ihren Stellvertretern, diversen Zuträgern und Lakaien ausging.

Lange hatte ich das alles vergessen, aber schon beim Lesen der ersten beiden Bände von Michael Rutschkys Tagebüchern – *Mitgeschrieben. Die Sensationen des Gewöhnlichen* und *In die neue Zeit. Aufzeichnungen 1988–1992* –, die noch zu seinen Lebzeiten in diesem Verlag erschienen, fielen sie mir wieder ein, jene versteckten und offenen Hierarchien, mit denen, hinter intellektuellen Rauchvorhängen, durchaus herrschaftliche Claims abgesteckt wurden. Als Erleichterung empfand ich es bei der Lektüre, dass ich nicht zum Kreis der Menschen gehörte, die diesen bedeutenden Essayisten, der wie kaum ein anderer seiner Generation die psychosozialen Mechanismen zu erklären verstand, die noch unsere trivialsten Alltagshandlungen bestimmen, als Freunde, Bewunderer und Schüler umgaben und in diesen Tagebüchern ständig auftauchten. Groucho Marx ließ grüßen.

Um Missverständnissen vorzubeugen: Die drei Bände der Tagebücher von Michael Rutschky zähle ich zu den bedeutendsten literarischen Werken, die in diesem Verlagsprogramm erschienen sind. Und ich hegte keinerlei Ressentiments, ganz im Gegenteil. Einige der assoziierten Mitglieder des Kreises um Rutschky und seine 2010 verstorbene Frau Katharina kannte ich schon oder hatte sie im Zuge der Veröffentlichung der beiden ersten Bände, teilweise auch schon vorher, flüchtig kennengelernt. Nicht zuletzt den Autor selbst, mit dem ich mich immer wieder getroffen hatte, auch noch kurz vor seinem Tod im März 2018. Kurt Scheel, einen der engsten Rutschky-Freunde, bewunderte ich aus sicherer Entfernung für seine jahrzehntelange Tätigkeit als *Merkur*-Redakteur, und ich freute mich, als ich auch ihn endlich kennenlernen konnte.

Allein, die Freude währte nicht lange: Den dritten Band der posthum erschienenen Tagebücher seines Freundes, *Gegen Ende. Tagebuchaufzeichnungen 1996–2009*, gab er noch heraus, mit einem schönen, wenn auch über die eigene Darstellung in mehreren Passagen leicht schockierten Vorwort. Das ebenfalls sehr schöne Nachwort schrieb Jörg Lau, Rutschkys Nachlassverwalter. Ein guter Abschluss einer Trilogie, so schien es. Dann, nur wenige Monate nachdem sein Freund Rutschky 2018 gestorben war, nahm sich Kurt Scheel das Leben.

Auch Marc Degens durfte sich als Mitglied im Kreis um Michael Rutschky fühlen. Die Bücher des dreißig Jahre älteren Meisters hatte er nicht nur gelesen, er empfand ihren Autor als Vorbild, und er verstand es als Auszeichnung, zu diesem Kreis zu gehören. Ein Kreis, alles andere als eine Wohngemeinschaft. Eher wohl eine lose Vereinigung mehr oder weniger miteinander befreundeter Menschen, ein Kreis, in dem richtig schreiben, richtig denken, richtig lesen und sich richtig darüber zu artikulieren eine Rolle spielte und wo sich viele Menschen trafen, die bekannte Journalistinnen und Journalisten, Autorinnen und Autoren wurden. Marc Degens war einer von ihnen.

Umso größer war sein Entsetzen, als er feststellen musste, dass das bewunderte Vorbild ihm, seiner Person und seiner Figur, in den posthum erschienenen Tagebüchern ein paar alles andere als schmeichelhafte Passagen widmete. Dabei hatte er sich zu den privilegierten Mitgliedern gerechnet, immerhin hatte ihn Rutschky mehrmals zum Essen eingeladen. Zur Ehre, so schreibt Marc Degens, hatte er es sich außerdem gerechnet, dass er Zutritt zu Rutschkys bisweilen – vermeintlich augenzwinkernd – veranstalteten »Herrenabenden« erhielt. Frauen mussten tatsächlich draußen bleiben und blieben es wohl auch.

Über all das hat Marc Degens ein Buch geschrieben, das mich beeindruckt hat. Es handelt davon, was es heißt, nicht nur dazuzugehören, sondern auch an höchster Stelle, in diesem Fall in Michael Rutschkys Tagebuch, die eigene Person und Figur durchaus unvorteilhaft beschrieben und charakterisiert zu finden. Das Buch trägt den Titel *Selfie ohne Selbst*, und Marc Degens nennt es ein Stück Autofiktion 2.0.

Darin geht es nicht um Hierarchien, zumindest nicht an der Oberfläche. Aber es geht, auch, um den Rutschky-Kreis. Sein Buch ist die Erzählung einer Verletzung, gegen die der Verletzte nichts mehr ausrichten kann, eine Art autobiographischer Operation am offenen Herzen. Sie ist kompliziert, sehr spannend und dauert nicht lange. Ob sie gelungen ist, erfährt der Leser zum Glück nicht. Verletzungen, wie sie hier geschildert werden, haben üblicherweise einen längeren Heilungsverlauf. Im Unterschied zu komplizierten Operationen aber hat dieser autofiktionale Bericht durchaus komische und unterhaltsame Züge.

Das gilt noch für jeden gelungenen Bericht aus den Biotopen der höfischen Kultur – von Saint-Simons Reportagen vom Hof des Sonnenkönigs Ludwig XIV., die Marcel Prousts *Recherche* inspirierten, bis zu Marc Degens Bericht von einem Stück höfischer Kultur im 21. Jahrhundert. Wie das eigene Leben von den hierarchischen Zufällen in einem eifersüchtig umtanzten Zirkel hin und her geworfen wird und welche Kollateralschäden dabei entstehen: Diese überaus ernsthafte Burleske wurde so noch nie aufgeschrieben wie hier.

Das Buch liest sich als eine Art Mimikry. Wie in den Tagebüchern seines Mentors kommt es auch hier vor, das Personal des Kreises, und natürlich stellt sich heraus, dass Marc Degens nicht der Einzige ist, der sich darüber wundert, wie verschieden mitunter die Optik ausfallen kann, unter der Veranstaltungen wie intellektuelle Kreise und literarische Salons gesehen werden, je nachdem, an welchem Ende oder Punkt des hierarchischen Gefüges man seinen Auftritt hat.

Auch ich selbst, Marc Degens' augenblicklicher Verleger und damit Autoritätsperson der besonderen Art, betrete kurz die Bühne seines Berichts, und auch ohne dass ich meine Körperformen oder mein intellektuelles Rüstzeug darin beurteilt finde, kann ich anhand des mulmigen Gefühls, mit dem ich die gnädig mit mir verfahrenden Passagen las, ein wenig nachfühlen, was es heißt, wenn man ungefragt, unfreiwillig und möglicherweise unvorteilhaft zu einem Gegenstand der Literatur wird:

Im November 2019 lief ich als frisch gekürter Gewinner des Berliner Verlagspreises und Empfänger eines satten Preisgeldes tief befriedigt im Vestibül des Deutschen Theaters in Berlin Marc Degens über den Weg. Der hatte soeben für sein im Wortsinne unvergleichliches Verlagsprojekt SUKULTUR einen Trostpreis mit magerer Abfindung bekommen. Ziellos und enttäuscht tigerte er herum, begegnete dem Preisträger und durfte sich geduldig ein paar unerbetene gönnerhafte Ratschläge anhören.

Begegnungen auf gleicher Ebene gibt es nicht, nicht unter Freunden, nicht unter Kollegen, nicht unter Gleichgesinnten, schon gar nicht unter Preisträgern, und es ist nicht zuletzt die Sprache, die dafür sorgt, dass das so ist. Das kann man auch in diesem feinen kleinen Buch nachlesen.

Kurz nachdem der dritte Band von Michael Rutschkys Tagebüchern erschienen war, rief mich jemand an und beschwerte sich über ein Detail in einem Satz des Klappentextes. Dort hatte ich geschrieben, Michael Rutschky gelte vielen »als geistiger Coach einer ganzen Generation«. Die Anruferin fand das pompös und unangemessen. Wer denn zu dieser angeblichen Generation gehöre?

Ich nannte ein paar klangvolle Namen und die bekannten Institutionen und Zeitungsredaktionen, in denen sie zum Teil gelandet waren. Das verfehlte zwar nicht einen gewissen Eindruck. Aber so recht glauben mochte man das am anderen

Ende der Leitung immer noch nicht. In den intellektuellen Zirkeln, zu denen auch die Telefonstimme gehörte – und es fielen die klangvollen Namen einiger Mitglieder –, habe man Rutschky nicht nur nicht hereingelassen, sein Name sei dort mit einem aus der unterirdischen Tierwelt entlehnten Epitheton bedacht worden.

Als ich den Hörer auflegte, fiel mir der alte Essay von Karl Markus Michel wieder ein. Der war, zusammen mit den Überfliegern Enzensberger und Salvatore, Chef von Michael Rutschky, als dieser zu Beginn der achtziger Jahre in der Münchener Redaktion von *Transatlantik* arbeitete und seine eigenen Erfahrungen mit in diesem Fall denkbar offenen Hierarchien machte. Im ersten Band seiner Tagebücher kann man es nachlesen.

Ich ging ans Bücherregal und zog die Nummer 41 des *Kursbuchs* hervor, die ich aus irgendeinem Grund, der mir jetzt partout nicht einfallen will, bis heute aufbewahrt habe. Aber da steht ein anderer Essay von Karl Markus Michel drin. Er handelt vom Alltag, Michael Rutschkys großem Lebensthema, aber nicht von Hierarchien. Pech gehabt! Kurz danach aber bekam ich an einem Vormittag das Manuskript von Marc Degens' *Selfie ohne Selbst* geschickt. Den Autorenvertrag habe ich am Nachmittag unterschrieben.

2022

Reisen, wandern, schwimmen, lesen

Reisen bildet. Ja doch! Und wenn der Zufall Reiseziele bietet, die man noch nicht kennt – je weiter weg von den eigenen eingefahrenen Interessen, desto besser –, sollte man auf jeden Fall gleich losfahren.

Ein paar Mal schon konnte ich so den eigenen Horizont in unerwarteter Richtung erweitern. Und was ist nützlicher, wenn man im schönen, aber doch ziemlich kleinen Europa Bücher macht. Dieser Verlag zum Beispiel ist ja leider nur mit einer soliden »Westbindung« ausgestattet. Das hat nichts zu tun mit politischen Überzeugungen, sondern mit den Sprachen, die hier gesprochen werden – den (west- und nord-)europäischen Mundarten. Sie werden (den unter nicht immer unzweifelhaften Umständen zustande gekommenen Nimbus der sogenannten »Weltsprachen« einmal abgezogen) in vergleichsweise kleinen Ländern gesprochen, von interessierten Leuten als »Nationen« bezeichnet, ausgerüstet mit angeblich unwandelbaren Völkern, die sorgfältig gehütete Sprachen reden und eher unwirsch reagieren, wenn jemand bei ihnen um Einlass bittet. Immer wieder sind sie über sich selbst oder ferne, in der Regel arglose Länder hergefallen, mit besonderer Gründlichkeit in den vergangenen zwei Jahrhunderten, aber auch schon früher. Viele Bewohner dieser giftigen westasiatischen Halbinsel namens Europa halten sie heute noch für den Nabel der Welt.

Da lohnt es sich, die Perspektive zu wechseln und von weit her zu blicken. Europa wird dann kleiner, als es sowieso schon ist, und verschwindet für einen Moment hinter dem Horizont.

Vor zwei Jahren fragte eine gute Freundin, ob wir Lust hätten, mit ihr und ein paar Freunden drei Wochen durch die Mongolei zu reisen. Wir – meine Frau Petra und ich – haben so schnell ja gesagt wie vor vierzehn Jahren, als unser Autor Héctor Abad fragte, ob wir ihn in Medellín besuchen wollten, und viele Freunde die Hände über dem Kopf zusammenschlugen, ob wir noch bei Trost seien – Kolumbien! mit zwei Kindern! Auch dort ist Europa weit weg. In einer der über Medellín schwebenden Seilbahnen begegnete uns ein freundliches Ehepaar, das wissen wollte, was für eine interessante Sprache wir untereinander sprächen. Deutsch, Deutschland, davon hatten sie noch nie gehört.

In der Mongolei gerät Europa sowieso schnell in Vergessenheit. Andere Dinge sind hier von Bedeutung: Jurten, Pferde, Russen, Chinesen, nicht zuletzt auch Fragen des landesüblichen Buddhismus. Und Dschingis Khan, nach dem Flugzeuge und Flugplätze benannt sind und der als Vorzeigedemokrat vor dem Parlament von Ulaanbaatar thront. Zum Glück hatten wir eine Reiseleiterin, Elvira, die uns nicht nur die Wüste Gobi und die Mongolei erklären konnte, sondern auch den Buddhismus und vieles mehr.

Elvira Friedrich verdient ihren Lebensunterhalt mit hervorragend organisierten Reisen in ferne Länder, auf denen man kulturell und geographisch viel erleben und lernen kann. Man kann mit ihr durch die Mongolei reisen, aber auch durch Usbekistan mit den islamischen Traumstädten Samarkand und Buchara, oder nach Indien. Sie ist promovierte Indologin, und auf eine von ihr geleitete Reise, die uns von Kalkutta nach Delhi durch den indischen Norden führen sollte, hatten wir uns schon gefreut. Dann kam das Virus, und als kleinen Trost für einen versiegten Teil ihres Lebensunterhalts haben wir in unserer Paperback-Reihe ein Buch wieder aufgelegt das Elvira vor über zwanzig Jahre schrieb, über ein Thema, das heute mehr denn je in aller Munde ist. Sein Titel: *Yoga. Wege zur Unabhängigkeit.*

Neulich haben sich indische Wissenschaftler und Yogalehrer zu Wort gemeldet und das, was inzwischen in der ganzen Welt unter der Bezeichnung Yoga verkauft wird, als *cultural appropriation* bezeichnet. Das lässt sich nachvollziehen, wenn man Elvira Friedrichs in einer sorgfältig überarbeiteten und neu eingeleiteten Neuausgabe erschienene Buch liest. Es macht nicht nur mit den Grundlagen des Yoga vertraut. Man kann nachlesen, wie die philosophischen und anthropologischen Grundannahmen, die dem heutigen Yoga zugrunde liegen, zu einer Zeit entworfen wurden, als in Europa noch nicht viel gedacht, so gut wie gar nichts aufgeschrieben, geschweige denn Yoga betrieben wurde. Die Indienreise haben wir verschoben.

Auch von Istanbul aus gesehen ist Europa eher ein Abglanz – allerdings für viele junge Menschen in der Türkei wie auf der ganzen Welt, und aus verschiedenen Gründen, ein Sehnsuchtsort. Was in Istanbul – sicher eine der schönsten Städte überhaupt – wirklich wichtig ist und den Menschen dort am Herzen liegt, das kann man von Christiane Schlötzer erfahren, die ihre jahrzehntelange Arbeit als Korrespondentin für die *Süddeutsche Zeitung* mit einem Buch gekrönt hat, das soeben bei uns erschienen ist: *Istanbul – ein Tag und eine Nacht. Ein Porträt der Stadt in 24 Begegnungen*.

Während ich es durchgesehen habe, bin ich immer wieder per Google Earth (eine schöne Erfindung!) auf den Spuren der Autorin und ihrer vielen türkischen Gesprächspartnerinnen gelaufen – den Bosporus hinauf, hinunter, durch Karaköy, auf die Prinzeninseln, auf die asiatische Seite und zum Gefängnis nach Silivri, wo Erdoğan einsperrt, wer ihm nicht passt, darunter immer noch den Mäzen und Kulturvermittler Osman Kavala. Unversehens aber landet man, geführt von den manchmal atemberaubenden Lebensläufen dieser türkischen Menschen, auch in Antakya, in Südostanatolien, am Schwarzen Meer oder an der Ägäis. Überhaupt sind Lebensläufe oft ein Reiseleiter, wie man ihn nicht besser, weil in unerwartete Richtungen zielend, auch für die eigene sowieso doch immer recht vorläufige Orientierung gebrauchen kann. Auch das zeigt dieses großartige Buch, das sich als eine Gebrauchsanweisung nicht nur für die Stadt, sondern auch und vor allem für den Umgang mit ihren Bewohnern liest.

Vor kurzem ist leider Michael Stolleis gestorben. Mit ihm bin ich vor Jahren über einen See in den Alpen geschwommen, und wir haben uns dabei – hin und zurück – ununterbrochen unterhalten. Auch auf dem wandernden Hin- und Rückweg. Es war alles zu klug, zu interessant, was er zu sagen hatte und zu denken gab, um still vor sich hin zu schwimmen. Michael Stolleis war Jurist, Direktor des Frankfurter Max-Planck-Instituts für Rechtsgeschichte und Rechtstheorie in Frankfurt. Vor allem aber war er das, was man früher als »allseits gebildete Persönlichkeit« bezeichnete und was heute seltener zu finden ist. Nicht nur Rechtsgeschichte hat er geschrieben. Eine große, kenntnisreiche Leidenschaft verband ihn auch mit der Literatur – Johann Peter Hebel zum Beispiel verstand er zu deuten wie niemand sonst.

Vor Jahren schickte er mir das Manuskript eines Buchs. Geschrieben hatte es eine Frau, die er bei den Jahrestagen der Max-Planck-Direktoren kennengelernt hatte, wo sie (wie sie selbst es mir erzählt hat) unter anderem dafür zuständig war, dass die Professoren nach getaner Arbeit wieder in die richtigen Mäntel schlüpften, sowie für das Protokoll. Diese Protokolle würde ich gerne mal lesen, denn Michael Stolleis fragte sie nach der Lektüre, ob sie Schriftstellerin sei.

Sie war es und sie ist es. Von Christine Wunnicke (siehe S. 233ff.) sind in diesem Verlag schon ein paar ziemlich epochale Romane erschienen. Den ersten – denn ein Roman war auch das schon, obwohl wir es noch nicht kapierten und ihn erstmal falsch verpackten – kennen Sie vielleicht. Er heißt *Selig & Boggs. Die Erfindung von Hollywood*, wurde uns von Michael Stolleis ans Herz gelegt und erschien im klassischen, allerdings für dieses Buch viel zu großen Format. Erzählt wird darin von einem Dorf namens Hollywood und warum der ewig blaue Himmel über Los Angeles fürs Filmen besser ist als das ewig schlechte Wetter in Chicago. Jetzt können Sie es im handlichen Paperback-Format lesen (und verschenken), in dem schon Wunnickes Novelle *Nagasaki ca. 1642* erschien.

Ich habe keine Ahnung, wie Europa von Kalifornien aus betrachtet wirkt. Und von Nagasaki? Naja, lassen wir das. Reisen Sie doch einfach schon mal mit unseren Büchern.

2021

Die hohe Kunst der Klage

Es war während irgendwelcher verdienstvoller Tage der Literatur oder der Lyrik oder etwas Ähnliches, als ich Michael Krüger zum ersten Mal sah. Er saß im Winterhuder Fährhaus in Hamburg auf einer Bühne und las Gedichte. *Diderots Katze* hieß der Band, aus dem er las. Das stand auf dem Plakat, das die Lesung ankündigte, zumindest erinnere ich es so. Lese ich heute die Gedichte, ist sonnenklar, wer sie geschrieben hat, wer allein sie schreiben konnte. Seltsamerweise fand ich aber zu der Zeit, als ich sie zum ersten Mal hörte, dass das, was ich da hörte, so modern klang, dass ich nichts verstand und schon allein deshalb fasziniert war. Vielleicht lag es an den Prosaerzählungen, die schon dort, wie in fast allen Gedichten von Michael Krüger, als Bedeutungsatome enthalten waren, so, wie ich sie danach immer häufiger las und mit ihnen vertraut wurde.

Als ich Michael Krüger zum zweiten Mal begegnete, kam er um die Mittagszeit in den Wagenbach Verlag, wo ich entweder noch als Volontär oder schon als Lektor arbeitete. Jedenfalls gab es das noch: den *Tintenfisch*, das Jahrbuch der

Deutschen Gegenwartsliteratur, das Klaus Wagenbach und Michael Krüger seit vielen Jahren bereits herausgaben. Die Texte, die infrage kamen, waren in einem großen Karton gesammelt, und ich durfte bei der Vorauswahl mitmachen. Es war ein großer Spaß, nicht nur, weil es sich um lauter gute Texte handelte, die als Fotokopien gesammelt wurden, sondern weil darüber geredet wurde wie immer bei Klaus Wagenbach im Verlag, wenn über Literatur geredet wurde. Es gab, auch hier, viel zu lachen. Auch über die Texte. Ein Text musste sehr, sehr gut sein, wenn er als todernstes Stück Literatur die Schwelle in den *Tintenfisch* überschreiten sollte. Fußnoten wurden auch zugelassen. Die schönste, die ich vor einigen Jahren für ein Verlagsplakat benutzte, stammte von Uwe Seeler (siehe S. 206): »Ich muss wieder mehr zum Lesen kommen.«

Wenn Michael Krüger nach Berlin kam, vollzog sich zunächst immer das gleiche Ritual: Sobald er das Büro betreten hatte, zog er seine Schuhe aus. Ich bin sicher, dass er das nie von jemandem verlangte, der sein Büro oder seine Wohnung betrat. Genau weiß ich es nicht. Aber diese Geste war etwas ganz anderes als das Beiseitelegen von groben Gegenständen, die einem Fußboden etwas zuleide tun könnten. Es war ein ritueller Vorgang, mit dem Vorteil, dass er nachher auf Klaus Wagenbachs inmitten seines Büros stehenden roten Chintz-Sofas im Schneidersitz Platz nehmen und sein entschiedenes Urteil über den Inhalt der literaturgefüllten Pappkartons sprechen konnte, deren Inhalt auf dem Boden lag.

Obwohl die Lese jedes Mal erfolgreich und erfreulich war, bestand die wesentliche Attraktion von Michael Krügers Besuch in dem, was danach folgte und was nicht nur mir, sondern allen Beteiligten, von denen einige bereits sehr viel länger in diesem Verlag arbeiteten als ich, unvergesslich blieb: Man wusste bereits, dass nur einige Worte zum Literaturbetrieb und seinen Figuren sowie zum Politikbetrieb und seinen Figuren genügte, um diesem bereits damals zum Kollegen gewordenen Dichter etwas zu entlocken, was niemand so beherrschte wie er: die virtuose lamentatio über das Weltgeschehen im Allgemeinen, den deutschen Literaturbetrieb im Besonderen, nicht zu vergessen den Lauf der Politik. Und mit der gleichen so elegant wie vernichtend gehandhabten Elle, mit der er über die Figur des Kanzlers (und viele seiner ministeriellen Zuträger, Stiefelputzer und Türöffner) sowie über das, wie es schien, direkt aus der umfangreichen Körperform des Machthabers hervorgesprossene politische und kulturelle Stilinventar der späten achtziger Jahre herfuhr, machte er sich anschließend auch über den angeschlossenen Literaturbetrieb her. Fasziniert und beglückt wohnte man diesem Schauspiel bei und bedauerte es, wenn er, ebenso umstandslos, wie er sie ausgezogen hatte, seine Schuhe wieder anzog und unmittelbar danach zur Tür hinaus verschwand.

Zu Beginn dieses Jahrhunderts bekam ich einen Brief von ihm. Ich hatte soeben eine zwei Jahre verschlingende Übersetzung von Roberto Bolaños *Wilden Detektiven* (siehe S. 107ff.) abgegeben, und nun erfuhr ich in ebenso wenigen wie schönen Worten, wie gut sie angekommen war. Ich durfte das Gefühl haben, etwas ganz Besonderes gemacht zu haben, und die von den damals noch recht nervtötend flimmernden

Bildschirmen hervorgerufene Migräne war im Handumdrehen verschwunden. Vermutlich hat Michael Krüger auf diese Weise viele Menschen, Autoren und Übersetzer zumal, sehr glücklich gemacht.

Diese Haltung, so ich sie denn richtig interpretiere, habe ich mir zum Vorbild genommen. Ein Buch zu schreiben, auch, eines zu übersetzen, ist immer, egal wie das Ergebnis ausfällt, eine in gewisser Weise heroische Tat, die meist danebengeht. Irgendwo im *Tintenfisch* stand das dazugehörige Gedicht von Ernst Jandl, wo es über ein Gedicht heißt: »Da ist es entstanden / Da ist es misslungen«. Wenn etwas gelingt, egal welche meist ja noch behebbaren Schönheitsfehler damit verbunden sein mögen, dann kann man allein die geistige, nervliche und körperliche Anstrengung, die mit dem Entstehen eines Buches verbunden ist, gar nicht genug hervorheben und loben. Niemand fand dafür so passende Worte und verstand das, so scheint es mir heute noch, so gut wie dieser für einige Jahrzehnte zu einem bedeutenden europäischen Verleger mutierte Lyriker.

All dies ist eine Vorrede, denn nun, endlich, könnte ich sagen, habe ich das Glück, ein Buch von Michael Krüger veröffentlichen zu können. Es hat den schönen Titel *Meteorologie des Herzens*, und auch darin findet die große Gabe dieses Autors ihren Niederschlag, das, was in seinen Augen gelungen und vollendet ist, mit stilvollendeter Begeisterung zu beschreiben. Es geht um Zbigniew Herbert, zu dem Krüger wie zur polnischen Gegenwartsliteratur im Allgemeinen ein zartes Verhältnis pflegte. Es geht um den Petrarca-Preis und die angeschlossenen Dichter, und es geht ganz besonders auch um ihn selbst.

Michael Krüger ist immer in erster Linie ein Orchestrator naturbelassener Einsamkeit gewesen. Nachzulesen in seinen meist bei Suhrkamp erschienenen Gedichtbänden, die häufig, als den Umschlag bedeckendes Motiv, seine Handschrift schmückt. Das Gedicht über seinen Großvater, mit dem unser Band beginnt, ist in dieser Hinsicht eine Art biographisch-ökologisches Lexikon. Das Gespräch, in dem er Matthias Bormuth einen ausführlichen Abriss seiner Lebensgeschichte anvertraut, wirkt noch aus einem anderen Grund beispielhaft. Michael Krüger spricht darin über die Pathologie der Nazizeit, deren Symptome nicht nur die Nachkriegsjahre prägten, sondern bis heute unverändert spürbar geblieben sind. Damit sah sich Michael Krüger im Elternhaus, aber auch als junger, literarisch begeisterter Mensch immer wieder konfrontiert, und es treibt ihn bis heute um, wie man hier nachlesen kann.

Es gibt in diesem Gespräch eine Passage, die Menschen beherzigen könnten, die mittendrin stehen im Literaturbetrieb und auf dem immer schneller sich drehenden Karussell der weltanschaulichen Urteilssprüche mitfahren. Vielleicht liest auch der eine oder andere Politiker: »Wenn man in einem intellektuellen Milieu aufwächst, denkt man immer, Ideen müssten sich schnell verbreiten und sich in einem Spektrum des Guten auswirken, als könnten alle in Windeseile begreifen, was auf dem Spiel steht. Umso erschrockener ist man, dass die meisten Menschen sich überhaupt nicht fragen, ob zum Beispiel die Bergpredigt ein Leitfaden für das

Zusammenleben der Menschen sein könnte, ob ein Spruch des Bundesverfassungsgerichtes tatsächlich Verbindlichkeit hat oder ob ein großes literarisches Werk wie Thomas Manns ›Zauberberg‹ zur Grundausstattung des Menschen gehört. Vielleicht drei Prozent der Bevölkerung würden das unterschreiben. Deshalb ist das Geschwätz über Leitkultur so unerträglich.«

Bei Helmut Heißenbüttel, eine Generation älter als Krüger, der ihm mehr als einmal zur Präsenz in Wagenbachs *Tintenfisch* verhalf, steht: »Mehr ist dazu nicht zu sagen.«

2021

Out of Cuxhaven oder
Der Besuch der »fetten Muse«

Carsten Niebuhr ist irgendwo in den nassen Gefilden zwischen Cuxhaven und Bremen geboren, im tiefsten 18. Jahrhundert, als es dort wirklich noch ziemlich sumpfig war. Wie sehr, das können Sie einem neuen Roman entnehmen, für den die Autorin Christine Wunnicke vor kurzem auf der Longlist des Deutschen Buchpreises gelandet ist.

Der Roman heißt *Die Dame mit der bemalten Hand* und ist der dritte, der im Berenberg Verlag von dieser Autorin erschienen ist. Das erste, vor sieben Jahren hier publizierte Buch war kein Roman, sondern ein undefinierbarer Hybrid von der Sorte, wie sie Christine Wunnicke besonders gern schreibt. Das Buch hieß *Selig & Boggs. Die Erfindung von Hollywood.* Man sollte an dieser Stelle manchmal auch über die Shortcomings reden, die einem Verlag unterlaufen. Dieses Buch war sehr schön, aber leider falsch verpackt (siehe S. 225f.). Wir hätten die Geschichte schon damals einfach »Roman« nennen und in dem kleinen feinen Format veröffentlichen sollen, das es schon gab (als Notlösung für dicke Bücher) und in dem Christines weitere, überhaupt nicht dicke Werke dann erschienen sind.

Die Erfindung von Hollywood, so wie sie in dem Buch beschrieben ist, hat sich genau so zugetragen. Dennoch ist die erste von Christine Wunnickes in diesem Verlag erschienenen Schöpfungen, die auf poetisch verschlungenen Wegen samt zahlreicher, der Diskretion unterliegender Geschichten zu uns kam (vielen Dank, Michael Stolleis (siehe S. 224f.), vielen Dank, Joachim Kalka (siehe S. 261ff.)!), nichts anderes als der Roman seiner zwei Titelhelden, Mr. Selig und Mr. Boggs. Aber den total gerechtfertigten Etikettenschwindel haben wir uns seinerzeit nicht getraut, weshalb wir auf den nächsten Roman warten mussten, den wir richtig verpackten und der einen gewissen Durchbruch brachte: *Der Fuchs und Dr. Shimamura*. Meiner bescheidenen Meinung nach ist das dazugehörige Buch eines der schönsten, von unserer Gestalterin Antje Haack aus Hamburg verantworteten, die jemals die für unsere Bücher zuständigen Druckwerkstätten verlassen haben. Es landete ebenfalls auf der Longlist des Deutschen Buchpreises, bekam den deutsch-französischen Franz-Hessel-Preis und fabelhafte Kritiken.

Auch der folgende Roman schaffte es auf die Buchpreis-Longlist und erhielt ebenfalls Kritiken, dass man rot werden konnte. Die viktorianische Gespenstergeschichte hieß *Katie*, und nun sollte man doch kurz sagen, was eigentlich jeder weiß: dass die Protagonistinnen und Protagonisten von Christine Wunnickes Büchern fast ausnahmslos Gestalten aus der historischen Vergangenheit sind. William Selig gründete 1896 sein Filmstudio in Chicago, Francis Boggs drehte dort ab 1907 Stummfilme. Dr. Shimamura, der in der japanischen

Provinz die rätselhafte Fuchsbesessenheit seiner Patientinnen erforschte, begab sich ebenfalls Ende des 19. Jahrhunderts auf Europareise (wo ihm Christine Wunnicke, apropos weibliche Besessenheit, Besuche bei Dr. Breuer in Wien, an der Berliner Charité und, als unfreiwilliges japanisches Versuchskarnickel, in den Vorlesungen des berühmten Charcot in Paris zuteilwerden lässt). Katie ist die Tochter des Piratenchefs Morgan aus dem 17. Jahrhundert und erblickt, als beschworenes und überaus fleischeslüsternes Gespenst, das Licht der Wunnicke'schen Romanwelt in einem Schrank, in dem Florence Cook, die medial begabte Tochter eines viktorianischen Korrektors, ihre öffentlichen Sessions zu begehen pflegt. Fortan bringt dieses ätherische Wesen der viktorianischen Wissenschaft bei, dass Gespenster nicht nur elektrisch verkabelt, sondern auch erotisch hochbegabt sind. Florence Cook gab es wirklich, den sie erforschenden Wissenschaftler William Crookes ebenfalls, und gläubige Spiritualisten jener Zeit zweifelten selbstverständlich keinen Deut an Katies Existenz.

Die Ankunft eines Manuskripts von Christine Wunnicke ist jedes Mal ein kleines Fest. Alle hier im Verlag warten fiebernd darauf und sind noch nie enttäuscht worden. Auch dieses Mal nicht. Vor zwei Jahren schrieb mir die Autorin von einer »fetten Muse«, die von ihr Besitz genommen und sie in fernöstliche Gefilde, nach Indien, entführt habe. Dann aber kam die Nachricht, die Muse hätte ihren Aufenthaltsort leider wieder woanders genommen. Es würde nichts aus der Geschichte. In einem solchen Fall muss man Rücksicht walten lassen: Es hat, meiner Ansicht nach, überhaupt keinen

Sinn, einer Autorin (oder einem Autor) einreden zu wollen, es werde schon, oder es müsse sogar werden; die Geschichte sei doch so toll; es wäre schade; die Leser und der angeschlossene Literaturbetrieb warteten schon sehnsüchtig und was der fadenscheinigen Argumente noch alles sein mögen.

Ich habe Christine mein Beileid für den verschwundenen Gast ausgesprochen, gewartet und mich manchmal beiläufig nach seinem Verbleib erkundigt. Denn die Aussichten auf Bombay, Jaipur, Persien, Göttingen und Cuxhaven waren zu verlockende Details, die die Autorin zur Zeit der Besessenheit unvorsichtig genug war, mir mitzuteilen, und so fiel ich doch immer wieder in sehnsüchtiges Grübeln.

Was die Muse mitzuteilen hatte und am Ende glücklicherweise doch noch über das zuständige Medium ausgegossen hat, ist eine Geschichte, die – wie könnte es anders sein – in der Vergangenheit spielt. Gegenstand ist eine berühmt gewordene, historisch verbürgte und von der Göttinger theologischen Fakultät ausgerichtete Arabien-Expedition, von der der Mathematiker Carsten Niebuhr als einziger Überlebender nach Jahren zurückkehrte, um alles aufzuschreiben und berühmt zu werden. Das von der Muse mitgeteilte zentrale Ereignis des Romans ist ein dem glücklichen Zufall und Christine Wunnickes unvergleichlicher Phantasie geschuldetes Treffen zwischen eben diesem vom Fieber und der langen Reise fast um den Verstand gebrachten Deutschen und einem klugen persisch-indischen Astronomen aus Jaipur, der sich eigentlich auf Pilgerreise nach Mekka befindet. Der Ost-West-Gipfel findet statt auf einer Insel namens Elephanta, vor der

Stadt Manbai/Bombay/Mumbai (wie Sie wollen). Was bei diesem Aufeinandertreffen der kulturell überaus verschieden gepolten Protagonisten geschieht, wie die Roman- und Sprachkunst von Christine Wunnicke Zeit und geographische Dimensionen mal dehnt und mal zusammenzieht, wie sie, auf gewohnt humaner Romanlänge von hundertziebzig Seiten, Indien, Persien, Arabien, Göttingen und die niederdeutsche Tiefebene in ein geistig und räumlich verbundenes, aufregendes Terrain verwandelt, das sollte man genießen. Es lohnt sich sehr!

Christine Wunnicke, auch das gehört zu ihrer Geschichte, hatte ein Autorenleben, bevor sie vor sieben Jahren zu uns kam. Letztes Jahr erschien hier, in unserer neuen Paperback-Reihe, *Nagasaki, ca. 1642*, erstmals 2010 in der Edition Epoca publiziert. Die Novelle handelt von einem alten, gelangweilten Samurai, der, logisch, im 17. Jahrhundert vor Nagasaki anhand eines anreisenden jungen Holländers die Chance nutzt, eine alte Liebe wiederaufflammen zu lassen und vor allem zu rächen. Bei den Kollegen von Männerschwarm erschien neulich, einem früheren Roman der Autorin entnommen, *Missouri*, eine ebenfalls schwule Liebesgeschichte unter Cowboys, gegen die der Film *Brokeback Mountain* ein müder Abglanz ist. Sie werden, wenn Sie suchen, noch andere Romane finden, die diese Autorin einst geschrieben hat, und immer werden Sie dann auch auf jene herrlichen Hybriden stoßen, die ich oben beschrieben habe. Sie hat auch vor Jahren die unbeschreiblich obszönen Gedichte des Earl of Rochester übersetzt (und kundigst eingeleitet), eines Wüstlings aus der Zeit von Charles II. Meiner Meinung nach sind die Übersetzungen besser als das Original.

*

Gleiches gilt übrigens für ihre Übersetzungen der ebenso freizügigen Gedichte und Poeme einer Italienerin des 17. Jahrhunderts, Margherita Costa, die in Venedig in der Oper sang, in Rom mit dem Papst verkehrte und zeitweise mit einem polizeilich gesuchten Raubmörder zusammenlebte. Ein gefundenes Fressen für Christine Wunnicke, die auch hier wiederum einen biographischen Essay über ihre Heldin geschrieben hat, der allein schon dieses Buch lohnt – es trägt den schönen Titel: *Die schöne Frau bedarf der Zügel nicht.*

Drei Jahre nach dem Besuch der fetten Muse übrigens ist diese oder eine nahe Verwandte erneut bei Christine Wunnicke aufgetaucht und hat sie mit einem Thema infiziert. Die Infektion muss so explosiv gewirkt haben, dass daraus quasi auf der Stelle ein Roman entstand. Er trägt den Titel *Wachs*. Erzählt wird eine Liebesgeschichte, und zwar eine solche, so schön und verwegen, wie nur Christine Wunnicke sie schreiben kann. Wieder geht es um einen historischen Schauplatz. Wieder geht es um historisch verbürgte Protagonisten, beziehungsweise eindeutig um Protagonistinnen: Marie Biheron, eine offenbar vor nichts sich gruselnde Frau, die im Paris des 18. Jahrhunderts, und zwar im vorrevolutionären wie auch im überaus revolutionären, Leichen sezierte, um deren anatomisches Innenleben aus Wachs zu modellieren. Ihre erheblich ältere, mit allen Mitteln der Verführungskunst von der Jüngeren herumgekriegte Liebhaberin war Madeleine Basseporte, eine Künstlerin, die zeichnend die Anatomie von Blumen und Pflanzen aufs Papier zauberte, weil Menschen eher stören und meist keine Ahnung haben. Männern sind dieses Mal nur, freilich hochinteressante, Nebenrollen vorbehalten – ein nervöser Bestsellerautor, ein junger Nichtsnutz, Diderot, der viel Kaffee trinkt und viel redet. Eine entfernte Vorform des Romans meinte ich schon ergattert zu haben, als mir die Autorin vor einigen Monaten von einem Hörspiel über die Duchess of Newcastle erzählte und bemerkte, da würde noch etwas anderes draus. Das schon, aber eben dann doch ganz anders.

Falls Sie es aber ganz genau wissen wollen, dann schalten sie das Radio ein und hören genau zu: Christine Wunnicke ist eine fleißige Produzentin von Radiofeatures und Autorin auf einem literarischen Terrain, das im Verborgenen blüht, aber zum Glück nicht totzukriegen ist: Hörspiele.

So viel an dieser Stelle über unsere wunderbare, einmalige, großartige, exzentrische, vielgebildete, unterschätzte, grandiose (siehe S. 249ff.) und die Verborgenheit schätzende Autorin. Allah möge sie schützen und seine unbemalte Hand über sie halten!

2020/2025

Der beste Anti-Amerikaner

Wie soll man Eliot Weinberger beschreiben? Vielleicht ganz einfach so, wie er sich dem Betrachter zeigt: ein skeptisch dreinblickender Mann, ein wenig mit der Miene einer weisen Eule, was sicherlich daran liegt, dass Eliot, seit ich ihn 2003 kennenlernte, und vermutlich auch schon vorher, große Brillen bevorzugt. Es gibt eine ganze Menge Fotos von ihm. Eines der schönsten für mich ist jenes, wo man ihn vor der Küste Grönlands sieht, wie er, warm angezogen, auf dem Deck eines Schiffes sichtbar genüsslich eine Zigarette raucht und sinnend in die eisige Umgebung schaut. Es schmückt die Umschlag-Rückseite seines zweiten bei uns erschienenen Essay-Bandes *Orangen! Erdnüsse!*.

Mir hat dieses Foto immer auch deshalb gefallen, weil es eine Haltung spiegelt. Sicherlich ließe sich einwenden, dass das Rauchen einer Zigarette, für US-Amerikaner eigentlich sowieso schon ein justiziables Delikt, vor der Küste einer vom menschenverursachten Klimawandel besonders betroffenen Landschaft eine widersetzliche Unverschämtheit darstellt. Andererseits dürfte das Rauchen dieser Zigarette – Marke

Sherman's – dem Abschmelzen der Polkappen sicher weniger abträglich sein als anderes, worüber Eliot Weinberger in einem Buch geschrieben hat, das soeben bei uns erschienen ist: *Neulich in Amerika*, herausgegeben von meiner Kollegin Beatrice Faßbender und von ihr, Eike Schönfeld und Peter Torberg übersetzt. Es geht um die USA in der Ära der republikanischen Präsidentschaften der letzten zwanzig Jahre und nicht zuletzt auch darum, wie sich die politische Kultur in den USA verändert hat, seit ein bildungsferner Immobilienunternehmer in Washington Hof hält.

Man wird sich noch an den schönen Spruch von der Sowjetunion erinnern, von der man angeblich siegen lernen könne, der bis 1989 als Drucksache sogar manchmal Autobahnbrücken in der DDR verzierte. Wenn man in den Zeiten nach 1989 in den Blätterwald und ins Fernsehen schaute, konnte man bisweilen den Eindruck gewinnen, dass die USA die Rolle der Sowjetunion übernommen hätten und dass, wer dieses bezweifle, sich vielleicht nicht gerade »antisowjetischer Hetze«, aber doch »antiamerikanischer Umtriebe« verdächtig machte.

Wer des Englischen mächtig ist, kann längst nachprüfen, dass die besten Anti-Amerikaner aus Amerika selbst, beziehungsweise den USA, und um die geht es hier, kommen. Es sind Leute, die in den bekannten großen Tageszeitungen schreiben, in Fernseh- und Radiostationen recherchieren und in den phänomenalen Zeitschriften, dem *New York Review of Books*, *Atlantic*, *New Yorker* (nicht zu vergessen der britischen Außenstelle, dem *London Review of Books*), um nur die berühmtesten zu nennen, mit geschliffenen Essays schonungslos bloßstellen, warum sich die USA in den vergangenen zwanzig Jahren in ein Land verwandelt haben, das einem jener *failed states* immer ähnlicher wird, vor denen, ausgehend von den USA, gewarnt wird, weil dort die politische Kultur verfällt und die Bewohner von einem zunehmend barbarischen Polizei- und Justizapparat bedroht werden.

Der für mich beste Anti-Amerikaner ist Eliot Weinberger, und dass ich damit nicht allein bin, zeigen die ersten öffentlichen Reaktionen auf den neuen Band, die hoffen lassen, dass diese Texte von sehr vielen Leuten gekauft und gelesen werden.

Vier Bücher sind von diesem Autor bisher bei uns erschienen. *Das Wesentliche* (2008), *Orangen! Erdnüsse!* (2011), *Vogelgeister* (2017) und *Neunzehn Arten Wang Wei zu betrachten* (2019), ein wunderbares Brevier über die Frage, wie man ein fast zweitausend Jahre altes chinesisches Gedicht angemessen übertragen könnte. *Neulich in Amerika* vereinigt die Texte, die er im Verlauf der letzten zwanzig Jahre in, wie man erkennen wird, zunehmender Fassungslosigkeit über das geschrieben hat, was man das »Republikanische Amerika« genannt hat. Es ist ein sehr aktuelles Buch. Der letzte Text darin, »Das amerikanische Virus. Zwei Wochen im Mai«, stammt aus der Zeit von vor zwei Monaten, als Corona seinen Einzug in den USA hielt – weitgehend ignoriert vom Präsidenten und allen bewaffneten Menschen, die an ihn glauben. Und das ist leider halb Amerika.

Eliot Weinberger zieht keine Schlüsse und fällt keine Urteile. Das hat er noch nie getan. Es wird dem Leser überlassen. Zugehört und gelesen allerdings hat dieser Autor schon immer, und spätestens seit 2001 hat er auch mitgeschrieben, um festzuhalten, wie sich das politische Klima in den USA seit der mit einem Wahlschwindel erschlichenen Präsidentschaft von George W. Bush zu verändern begann. Die Technik seiner Texte kennen seine Fans. Im politischen Kontext verwendet hat er sie erstmals in »Die Republikaner. Ein Prosagedicht« und, mit besonders großem Echo, in »Was ich hörte vom Irak«, um das grobe Gewebe aus Lügen, Propaganda, Falschmeldungen, Prahlereien und hinausposaunten Kriegsverbrechen im Verlauf der Irak-Invasion in direkter Rede auszubreiten. Diese Technik besteht in der geschliffenen Notation von in Medien aller Art aufgefundenen Einzelheiten, Zitaten aus Reden, Interviews, Artikeln, Wahlkampfauftritten und gemeldeten Episoden aus dem öffentlichen Leben in den USA. Eliot Weinberger hat dieses stilistische Verfahren inzwischen auf eine Weise perfektioniert, die durchaus jene »kulturellen Bruchstücke aus vier Jahrtausenden Menschheitsgeschichte« wiedererkennen lässt, die seine Essays charakterisieren. Hier allerdings sind es kulturelle Bruchstücke aus einer erschreckenden Gegenwart.

Wer in diesen Texten nach wütender Polemik oder erbitterter Klage sucht, wird nicht fündig werden. Die Nachrichten aus dem politischen Alltag des republikanischen Wahlvolks und seines Präsidenten-Hofs werden mit der gleichen scheinbaren Teilnahmslosigkeit präsentiert, als wären es Nachrichten aus einer fernen Kultur. Etwa vom kaiserlich chinesischen Hof vor zwei Jahrtausenden. Von dort gibt es Empfehlungen, wie man vernünftig regieren sollte. Sie sind als Einleitung vorangestellt: »Ratschläge für Washington aus dem alten China«. Sie werden in Washington gewiss nicht erhört werden, aber Sie können sie nachlesen. Es lohnt sich. Eine um einen aktuellen Text erweiterte (siehe S. 247) Neuauflage erschien Anfang 2025.

Ich hätte mit Eliot gerne gesprochen in diesen Tagen. Er ist nicht nur ein kritischer und profund gebildeter Zeitgenosse, er ist vor allem auch sehr unterhaltsam. Jeder, der ihn im Verlauf der vielen Veranstaltungen erlebt hat, auf denen er mit unseren Büchern landauf, landab in Buchhandlungen und Institutionen aufgetreten ist, wird sein schönes Ostküsten-Amerikanisch im Ohr haben und sich an seinem scharfen Witz erfreut haben. Leider ist er fern, im heimatlichen New York, aus dem weiterhin täglich beunruhigende Nachrichten kommen. Ich hoffe, er hat das Rauchen nicht aufgegeben, und dass er vielleicht in besseren Zeiten wieder den Weg hierher findet, um zu berichten, wie es war – *Neulich in Amerika*.

*

Wie soll man fortfahren, zwei Tage nachdem der 45. Präsident der USA sich im Kreise seiner Hofschranzen zum 47. hat salben lassen? Es ist im Grunde ganz einfach. Immer schon schien mir, dass allem, was Eliot Weinberger in seinen von ihm selbst Essays genannten Texten schreibt, eine innere Methodik und Geistesverfassung zugrunde liegt, die wie eine Variante dessen wirkt, was die französischen Mentalitätshistoriker um Lucien Febvre, Marc Bloch, Fernand Braudel,

Georges Duby und andere als *longue durée* bezeichnet haben. Nicht Ereignisse und Figuren sind Triebkräfte der Geschichte, sondern langfristige, Jahrhunderte umspannende Veränderungen, die nicht so sehr unter politischen als vielmehr unter kultursoziologischen, demographischen und, ja, klimatischen Gesichtspunkten interpretiert werden. Wer Eliot Weinberger gelesen hat, kennt seine Vorliebe für die vielen, manchmal anonymen, manchmal für eine gefühlte Nanosekunde aus ihrer Anonymität in seine Essays und Gedichte springenden Menschen, die sich mit ihren Handlungen und Reden weniger selbst ausdrücken, sondern vielmehr ein großes Zelt sichtbar werden lassen, das, über ihnen ausgebreitet, Jahrhunderte, Jahrtausende umspannt.

So gesehen ist jemand wie der 47. Präsident der Vereinigten Staaten von Amerika ein relativ kleiner Teil des Ganzen, eben nicht viel mehr als die Nummer 47, die, wenn alles gut geht, in vier Jahren wieder verschwunden oder auf dem Mars gelandet ist und hoffentlich nicht allzu viel Schaden angerichtet hat. Dem Klima, dem Planeten, möglicherweise sogar den Chinesen ist es egal, was er treibt. Nicht egal ist es jenen statistisch festgestellten 11 Millionen Amerikanern (die Dunkelziffer weist auf eher 25 Millionen), die ohne Papiere in den USA leben und sich vor der Deportation wer weiß wohin fürchten müssen. Und ein wenig muss man sich auch selber fürchten, denn nicht nur dieser Selbstdarsteller, sondern auch seine mit ihm befreundeten oder verfeindeten Spießgesellen in China, Russland, Indien, Pakistan, Nordkorea, Israel und Iran spielen mit Waffen, die den Planeten umstandslos in jenen glühenden Stern verwandeln könnten, den sich die in Hollywood in Serie entstehenden Dystopien schon seit langem so sehr herbeizusehnen scheinen.

Während der Präsidentschaft des 46. Präsidenten hat Eliot Weinberger sich, in einer gefühlten politischen Ruhepause, seiner ganz eigenen *longue durée* gewidmet und ein Buch mit dem Titel *Angels & Saints* geschrieben. Beatrice Faßbender hat es übersetzt (*Engel & Heilige* ist 2023 erschienen), und sie hat Eliot auch begleitet, als er 2022 noch nicht den Nobelpreis, aber immerhin schon mal den Bremerhavener Jeanette-Schocken-Preis bekam. Das Personal seines neuen Buchs enthält unter anderem die im apokryphen Buch Henoch gezählten 7 mal 496.000 mal 10.000 Engel, die, so hat Eliot Weinberger ausgerechnet, sich im Endergebnis auf insgesamt 34.720.000.000 gefiederte Gottesboten, oder wie auch immer man sie umschreiben will, belaufen. Aber das sind nur die burlesken Ausformungen eines wie gewohnt bei diesem Autor schwebenden Gleichgewichts der Sphären zwischen tief in die Vergangenheit blickendem Ernst und einem literarischen Ausdruckswillen, der eindeutig mehr zu einem Dichter als zu einem kulturhistorisch unterrichteten Autor gehört, der Eliot auch ist.

Doch obwohl er immer schon allen öffentlichen Zuschreibungen elegant auszuweichen verstand, hat sich der Dichter, wie früher schon, dem politischen Geschehen wieder zugewandt, als die Ereignisse danach riefen. Kurz nach dem 7. Oktober schrieb er an seine Freunde einen Text, mitten aus dem Zion der jüdischen Diaspora, wie er es nennt, seiner Heimatstadt New York – eine scharfe Anklage gegen den israelischen Vernichtungskrieg in Gaza. Im Dezember, kurz nach der Wahl des 47. Präsidenten, veröffentlichte er im *London Review* ein Langgedicht in der Form seines legendären Texts »What I Heard About Iraq« von 2005. Unter dem Titel »Incoming!« enthält das Poem ein stoisch verzeichnendes und in der Form einer dokumentarischen Liste abgefasstes Pandämonium jener Hofschranzen in ministeriellen Ämtern und Würden, die die Politik der Vereinigten Staaten bestimmen sollen. Diesen Text haben wir der erst vor kurzem erschienenen Neuauflage seines Bandes *Neulich in Amerika* aus gegebenem Anlass hinzugefügt. Auch ist hier nachzulesen, dass Eliot Weinberger auf Schlüsse und Urteile verzichten kann. Es ist nicht nötig. Die menschgewordenen Beispiele sprechen für sich und das Sensorium dieses unvergleichlichen Autors. Mich hat dieses Verfahren an den deutschen Autor Gotthold Ephraim Lessing erinnert. Wer seine *Hamburgische Dramaturgie* von 1767 liest, wird dort eine Vielzahl von, im Vergleich zum neuen US-amerikanischen Regierungspersonal, überaus zivilisierten und gebildeten Menschen – Dichtern, Schauspielern, Theaterdirektoren und angeschlossenen Funktionsträgern – finden, die heute kaum noch jemand kennen würde, hätte nicht das Genie des großen Theatermannes Lessing ihr Leben und ihr mehr oder weniger bedeutendes Wirken aufgefangen wie der berühmte Bernsteintropfen die Fliege vor Tausenden von Jahren. Dass auch man selbst, oder gar »wir«, wie es so gerne in der sogenannten westlich verfassten Welt heißt, selbst zu diesen Fliegen gehören, versteht sich, und liest man Eliots Essays mit ihren kulturellen Zeichen aus Jahrtausenden, wird man es getröstet erkennen.

Von einem deutschen Naziautor stammt der Satz, dem zufolge er beim Hören des Wortes »Kultur« zu seiner Pistole greife. Ich weiß nicht, ob der Satz Eliot Weinberger in den Sinn gekommen war, als er im Rahmen eines 2016 im *New Yorker* erschienenen großen Artikels sagte, wenn er den Namen Trump höre, greife er zu einem Buch. Das wird er auch jetzt tun. Und dann wird er wieder schreiben. Dass er vor vielen Jahren, nachdenklich seine Zigarette rauchend, vom Bootsdeck aus Grönland betrachtete und sich dabei fotografieren ließ, wirkt wie eine in diesen Tagen besonders gelungene List des Zufalls oder auch jener Geschichte, die nicht nach den Regeln der politischen Kurzatmigkeit verläuft, an die sich der von Nachrichten im Sekundentakt gepeinigte Bewohner der westlichen Welt gewöhnt hat, sondern die eher Kalendarien chinesischen Zuschnitts entspricht, über deren Emanationen Eliot Weinberger so gerne schreibt. Da steht er, inmitten von Eis und Wasser, nachdenklich, wie einer jener Schutzengel, von denen es in seinem jüngsten Buch heißt: »Obwohl ihnen keine unserer Taten verborgen bleibt, sind sie nicht in der Lage, unsere Gedanken zu lesen. Jedoch fragen sie Gott mitunter, was wir denken.« So wie Eliot Weinberger aus New York, der uns die Ergebnisse zu lesen gibt.

2020/2025

Außerordentlich wichtig, begnadet, gefeiert

Wie viele Menschen in diesen viralen Zeiten habe auch ich, eher zufällig, tief in den Bücherschrank gegriffen, um etwas zu lesen, was man sonst vielleicht nie im Leben mehr anrührt, weil die Zeit fehlt. Und so lese ich seit Wochen jeden Morgen, wenn der Kopf frisch ist, laut die »greatest shaggy-dog story in the language«: Laurence Sternes *Tristram Shandy.* Ich lese das Buch in einer schönen Ausgabe von 1793 (dem Französischen Revolutionsjahr, als Marie-Antoinette hingerichtet wurde) – mit menschenfreundlich gedrucktem, den Fortschritt der Lektüre erleichternden Satzspiegel versehen –, obwohl ich mir schon, pedantisch notiert, am 28. August 1974 eine Penguin-Ausgabe gekauft hatte (vielleicht zur Feier des Rücktritts von US-Präsident Richard Nixon), mit absolut notwendigen Anmerkungen herausgegeben von Graham Petrie und mit einer immer noch guten, vor allem gut gelaunten, Einleitung von Christopher Ricks, in der auch die obengenannte Charakterisierung zu finden ist, die in etwa bedeuten mag: »größte Abschweifungsorgie aller Zeiten«, oder: »berühmtester Roman-Fleischwolf aller Zeiten«, oder: »monströseste Endlosgeschichte, die je geschrieben wurde«, oder: »unterhaltsamste Korinthenkackerei aller Zeiten«, oder: »komischster Verkehrsunfall der Literaturgeschichte« (oder auch, humorlos wie manchmal bei Thomas Mann: »humoristische Großartigkeit«). Womit ich bei meinem heutigen Thema wäre: unserer Verlagsvorschau.

Als der Verlag gegründet wurde, hatte ich, in einer ebenso naiven wie utopischen Anwandlung, beschlossen, keine Vorschau machen zu wollen. Ich hatte bis dahin Hunderte von Vorschautexten und Kurztexten geschrieben, in denen eigentlich, so fand ich, trotz des inhaltlichen Reichtums, den zu beschreiben sie sich mühten, immer das Gleiche stand. Die vorgestellten Autoren waren groß, bedeutend, unbekannt, erfolgreich, berühmt, zu wenig beachtet, viel zu wenig beachtet, wichtig, eigenständig, begnadet, gefeiert, außergewöhnlich usw. Die angepriesenen Bücher waren Meilensteine, innovativ, erschütternd, atemlos, grandios, scharf, schneidend, giftig, beachtlich, faszinierend, atmosphärisch dicht, packend, schockierend, realistisch, mutig, zeitgemäß, hochspannend usf. Hinzu kamen Stilblüten, die, im Eifer des verlegerischen Gefechts entstanden, das im Grunde doch recht überschaubare Arsenal an Textbausteinen, das die Erstellung einer Vorschau erfordert, auf manchmal bizarre Weise bereicherte.

Mir haben damals zum Glück ein paar verlässliche Kollegen den Kopf gewaschen und meinen ebenso verständlichen wie idiotischen Impuls beiseitegewischt. Und so bekommen Sie selbstverständlich auch von uns Halbjahr für Halbjahr unsere Verlagsvorschau, der Sie entnehmen können, was wir so vorhaben. Ein paar Besonderheiten erlauben wir uns: kein DIN-A4-Format; kurze, groß gesetzte Texte in farbiger Schrift auf farbigem Untergrund; ausgesucht platzierte Illustrationen; auf der ersten Seite ein komplett aus dem Zusammenhang gerissenes, möglichst verrücktes Zitat aus einem der nachfolgend beschriebenen Bücher; obligatorische Unterhaltsamkeit und bedingungslose Abwesenheit von schlechter Laune. Und auf der Rückseite jedes Mal der Satz: »Berenberg – a small quality publisher«, von Michael Kimmelman von der *New York Times*, über dessen Zustandekommen ich Ihnen ein anderes Mal vielleicht erzähle, denn hier führte das zu einer herrlich verschlungenen Abschweifung, über die Laurence Sterne sich immerhin vielleicht gefreut hätte, die aber Ihrer Lust weiterzulesen möglicherweise ein abruptes Ende bereiten würde.

Eigentlich ist sie immer sehr schön, diese Vorschau. Und obwohl sie auch ganz schön teuer ist – verzichten können wir auf dieses Werbemittel nicht, und wär' sie nicht mehr da, ich würde sie vermissen.

Trotzdem: Als wir vor Wochen, der gesundheitlichen Verhältnisse wegen, etwas ins Schleudern kamen, habe auch ich kurz wieder diesen Impuls gespürt: Lass es doch! Keine teuer produzierte Herbstvorschau in diesem Jahr. Was sollen die Buchhändler damit anfangen, wenn im Herbst in ihren schwer gebeutelten Läden noch die Frühjahrsbücher rumstehen, die sie teuer bezahlen mussten und nur mit Mühe verkaufen können? Und dann kommt schon wieder einer und preist mit den bekannten Textbausteinen seine überflüssigen Bücher an?

Nach einer ganzen Reihe von Gesprächen, Telefongesprächen, E-Mail-Korrespondenzen habe ich mich eines Besseren belehren lassen. Zu meiner verblüfften Begeisterung erfuhr ich, dass manche Kolleginnen und Kollegen mit unseren Vorschauen ähnlich umgehen wie mit unseren mit einer gewissen materiellen Werthaltigkeit produzierten Büchern. Sie verkaufen sie zwar nicht – die Vorschau kommt schließlich umsonst –, aber sie bewahren sie auf, sie legen größten Wert darauf, sie zu bekommen, mancherorts hat eine Kollegin sämtliche Vorschauen seit der Verlagsgründung 2004 gesammelt. Andere wiederum begeben sich, wenn die Vorschau da ist und die Sonne scheint, auf eine Parkbank und begehen dort das Aussuchen der Bücher aus diesem heiligen Werbeutensil zum Zweck der Bestellung als Ritual.

Und die kritische Öffentlichkeit, am Schreibtisch, vor den Bildschirmen, die ihre Welt bedeuten? Auch da höre ich, dass sechsmal so viele Reaktionen bei Erhalt einer gedruckten Vorschau kommen, verglichen mit den Reaktionen auf das per Mail verschickte Pendant.

Ich bin beschämt, geläutert und dankbar für den erneuten Ruf zur Ordnung. Die Vorschau wird auch in viralen Zeiten erscheinen wie eh und je, nur etwas dünner. Der eine oder andere Herbsttitel wurde aufs Frühjahr verschoben, die Backlist erscheint nur in der digitalen Version, die Auflage wurde reduziert, denn viele, auch das sei erwähnt, denen unsere Bücher überaus am Herzen liegen, haben mich ermuntert, sie diesmal nicht mit einer gedruckten Vorschau zu beliefern, sie könnten sich mit unserer Webseite und (horribile dictu) VLB-Tix behelfen.

Das hat mir auch gefallen. Schließlich ist noch die schönste Vorschau nichts als Werbung, und auch deshalb sollte man den Spott über die schwachbrüstigen Textbausteine, die man darin antrifft, nicht zu hoch hängen. Immerhin dient die eine oder andere Stilblüte ja auch der Unterhaltung.

Der Verfasser dieser Zeilen hat selbst einmal – im Stress zwischen Drucktermin, Vertretersitzung und womöglich unter dem Eindruck einer schlechten Rezension – das folgende meiner bescheidenen Meinung nach beachtliche Exemplar fabriziert: Bemüht und offenbar in großer Not, ein Buch der großartigen, genialen, bedeutenden, grandiosen, giftigen, witzigen und radikalen britischen Autorin A.L. Kennedy halbwegs adäquat zu beschreiben, ist ihm die Phrase von der »Janusköpfigkeit der zeitgenössischen Sexualität« eingefallen. Einmal durch den Wolf gedreht, könnte man auch von der »Zeitgenossenschaft der sexuellen Janusköpfigkeit« oder von der »Sexualität der janusköpfigen Zeitgenossen« oder vom »Januskopf des sexuellen Zeitgenossen« sprechen. Oder einfach – heideggerianisch – »Sex und Zeit im Januskopf«. So viel zur Phrasendreschmaschine, die beim Verfassen einer Vorschau stets zur Hand sein muss.

Aber damit lassen wir es für heute mal bewenden. Lesen Sie weiter Vorschauen, es muss ja sein, aber zwischendurch auch mal was anderes. Die ersten Bände von Sternes *Tristram Shandy* sind 1759 erschienen. Es war ein Jahr, in dem buchstäblich der ganze Planet mit kriegerischem Blutvergießen ohne Ende beschäftigt war. Davon kann man bei Sterne zum Glück nur den spöttischen Abglanz lesen. Ansonsten hat der Roman übrigens mehr mit der »Janusköpfigkeit der zeitgenössischen Sexualität« zu tun, als Sie sich vielleicht vorstellen können.

2020

Vorstöße ins – halbwegs – Unbekannte

Das sei »das Beste und Finsterste, was die deutsche Gegenwartsliteratur derzeit zu bieten habe«, schrieb Willi Winkler im August 2019 über den letzten Band der Tagebücher von Michael Rutschky, deren Veröffentlichung eine kleine Debatte entfachte (siehe S. 214ff.). Hier dient der Hinweis auf Rutschkys Tagebücher einem ganz anderen Zweck, denn es handelt sich bei diesen Aufzeichnungen schließlich, abgesehen von den mit Tagebüchern einhergehenden Indiskretionen, um Beobachtungen und Deutungen aus dem Alltagsleben, um eine Art von Texten also, die fast immer einen soziologischen, philosophischen Kern enthalten.

Gewissermaßen die Abstraktion, das Destillat, die Summe dieser Form, das humane Miteinander in seiner vergesellschafteten Form zu beobachten – oha! –, liefert Katharina Hacker in ihren *Minutenessays*, die unter dem Titel *Darf ich dir das Sie anbieten?* in einem wunderschönen, taschengängigen, sanft biegsamen, mit kaschiertem Leinen überzogenen kleinen Buch bei uns erschienen sind. Und darum geht es mir hier.

Dass Katharina Hacker nicht nur eine ganze Menge anspruchsvolle Literatur – Romane, Erzählungen, Lyrik – produziert und dafür auch schon mal den Deutschen Buchpreis gewonnen hat, ist bekannt. Wer sie kennt, weiß auch, dass sie eine gern auf hohem Niveau argumentierende, für die Fallen und Stolpersteine des Alltagsverhaltens überaus sensible Frau ist. Ein Lied davon singen die Texte, die sie uns in diesem Jahr antrug, zu veröffentlichen. Und wir haben dafür endlich ein Format gefunden, nach dem wir schon seit längerem auf der Suche gewesen waren. Dass wir es gefunden haben, liegt in der Natur dieser *Minutenessays*.

Minutenessays? Ich kann mich erinnern, dass mir in meinem früheren Berufsleben schon einmal der Titel *Hundert Romane in Pillenform* begegnet war. Es gibt noch andere diminutivierende Bezeichnungen, wenn man etwas Großes schrumpfen lassen will. Hier ist es der Essay, vor dem sich so viele deutsche Leser fürchten, weil sie denken, sie müssten hier gewissermaßen lesend eine Art Hausaufgabe lösen. Kein Brite, kein Franzose, kein Spanier, um nur mal diese drei zu nennen, fürchtet sich vor Essays. In englischen und amerikanischen Zeitschriften werden sie immer noch Woche für Woche als massentaugliches Genre geliefert. Und hier? In Zeiten von Twitter müssten Minutenessays doch eigentlich schulbildend sein.

Geschrumpft auf die Minute (oder weniger), sieht das bei Katharina Hacker etwa folgendermaßen aus:

»Als ich meine Patentante, die mit Anfang achtzig ihren Mann verlassen hatte, mit gewisser Strenge fragte, ob das habe sein müssen, antwortete sie: *Du hast ja keine Ahnung. Sechzig Jahre, und jeden Tag verheiratet. Ein Wunder, daß man noch bei Trost ist!* Sie pausierte und sagte mir, die mit Anfang dreißig allein lebte: *Du, du bist frei wie ein Vogel.* Pausierte und ergänzte: *Wie ein Vogel auf der Stange!*«

Ist doch gar nicht so schwer! Und für die philosophischer gestimmten Gemüter liegen in diesem federleichten Buch noch eine ganze Menge sehr viel dickerer Bretter bereit. Nicht nur sie, auch alle anderen sind zusätzlich dazu aufgefordert, auf dem vielen leeren Raum, den wir dafür gelassen haben, nach Herzenslust ihre Kommentare und Gedanken aufzuschreiben. Mit Stift oder – wie ich – mit gnadenloser Tinte. Der feine kleine Band hält auch diese Behandlung gut aus.

Und: Gibt es etwas Schöneres als diese Vorstöße ins – halbwegs – Unbekannte?

Vorwärts also und keine Angst vor Essays und dem Unbekannten!

*

Anscheinend haben die Texte, mit denen Katharina Hacker eine Lücke zwischen dem großen Essay und dem theoretischen Haiku, dem Aphorismus, zu füllen suchte, Gefallen gefunden. 2023 erschien eine Fortsetzung, die sich freilich ein übergreifendes Thema vornahm. Es sind die Tiere, mit denen diese Autorin nicht erst, seit ich sie kenne, auf sicher ähnlich intensive Weise zusammenlebt wie mit Menschen. Man begegnet der Autorin dieser zweiten Sammlung unter dem nicht doppeldeutigen, sondern den Sinn gewissermaßen verzweifachenden Titel *Über Leben mit Tier* noch einmal auf ganz andere Weise, mit leisen Anflügen von Trauer, die vielleicht aus dem in diesen Texten wunderbar sich ergebenden Widerspruch herrühren: Tiere, mit denen man zusammenlebt, sind nicht zu verstehen, obwohl man es so gerne anders wüsste. Das Bemühen immerhin eröffnet Wege zu einem solchen Verständnis, aber nur vorübergehend und – eben deshalb sind diese Texte dafür genau richtig – in kurzen lichten Momenten, in denen sich Menschen und Tiere entweder ganz nahe sind oder in denen etwas von der unüberbrückbaren Distanz zwischen ihnen sichtbar, fühlbar wird. Wie gesagt: Der Anflug von Trauer zieht sich auch durch dieses Buch. Er kündigt schon in gewisser Weise das an, was Katharina zuletzt in der Form ihrer essayistischen Haikus aufgeschrieben hat: ein *Handbuch für Traurigkeiten*. Ist das etwas Passendes für diese Zeiten der Unsicherheit, in denen selbst der Gedanke an ein sicheres Refugium sogar für die Bewohner der noch halbwegs sicheren Gefilde auf diesem Kontinent manchmal aussichtslos erscheint? In denen das Wort, also das, was diese Autorin mehr als alles andere in den Mittelpunkt ihrer Gedanken rückt, immer wieder abgeschnitten zu werden scheint? Vielleicht. Denn noch das schwerste Wort, das Katharina Hacker in ihre Gedanken webt, ist hier fast federleicht. Und das hilft.

2019/2025

Lamentatio und Apotheose

Seit 2004 bei Gründung dieses Verlags ein fulminantes – und überaus erfolgreiches – Buch von der Uruguayerin Cristina Peri Rossi unter dem Titel *Die Zigarette* erschien, haben in diesem Verlag Bücher das Licht der Welt erblickt, die aus dem Spanischen übersetzt werden. Zuletzt habe ich über Vicente Valero aus Ibiza geschrieben (siehe S. 263ff.). Heute möchte ich in aller Kürze das Gleiche über Carla Maliandi tun.

Seit jenen grandiosen Zeiten, als Gabriel García Márquez, Julio Cortázar, Juan Rulfo, Juan Carlos Onetti, Carlos Fuentes, Miguel Ángel Asturias und viele andere sich auf eine in die vielen Hunderttausende gehende deutschsprachige Leserschaft verlassen konnten, ist das Interesse an Lateinamerika zurückgegangen. Meine Kollegin Michi Strausfeld hatte seinerzeit dafür gesorgt, dass das meiste, was in den sechziger und siebziger Jahren unter dem Signum des sogenannten »Booms« aus Lateinamerika kam, die Taschen des Suhrkamp Verlags füllte. Aber auch die Gesamtausgabe der Werke von Jorge Luis Borges im Hanser Verlag gehört noch zu diesen Beiträgen aus einer fernen Zeit, die leider zu Ende ist. Der

Kontinent scheint zu viele schlechte Nachrichten zu produzieren, als dass sich die lesenden Massen noch mit ihm beschäftigen wollen, obwohl Literatur dort nach wie vor in beruhigenden Mengen und exzellenter Qualität geschrieben wird.

Sie merken schon, dass ich hier ein bisschen herumjammern möchte. Aber ich reiße mich zusammen. Jammern habe ich mir für diese Mitteilungen verboten, und auch deshalb werde ich hier nicht über so etwas Todlangweiliges wie Auflagenzahlen schreiben. Anlass für diese kurze Lamentatio ist ein federleichter Roman, den die Argentinierin Carla Maliandi geschrieben hat und der bei uns unter dem Titel *Das deutsche Zimmer* 2019 erscheinen ist. Es ist das vorerst letzte in einer stolzen Reihe von Büchern aus Lateinamerika, die nicht nur Lateinamerikaner aus Kolumbien (Héctor Abad), Mexiko (Juan Pablo Villalobos) und Chile (Roberto Bolaño), sondern auch ein ganzes Schock von Argentiniern versammelt: von Damián Tabarovsky über María Sonia Cristoff, Félix Bruzzone und der formidablen Selva Almada bis hin zu jener Carla Maliandi. Ihr Roman spielt nicht in Lateinamerika, sondern in Heidelberg, und die Autorin kratzt darin nicht nur an der romantischen Oberfläche, sondern sie steigt tief hinunter in den Orkus, in dem die wahre Literatur überhaupt erst anfängt. Merke: »Wenn Sie Literatur ohne Nachtseite lesen, so handelt es sich um leichte Kost.« (Giorgio Manganelli)

Es ist eine durchaus argentinische Geschichte, die das schöne Heidelberg unterminiert, denn es geht auch um Menschen, die vor vierzig Jahren auf der Flucht vor den Mördern in ihrer Heimat hier gelandet waren: kluge, hochgebildete Menschen und Intellektuelle wie die Eltern unserer Autorin. Von alledem ahnt und erfährt man etwas, wenn man sich über die dünne schöne Oberfläche von Carla Maliandis Buch bewegt. Sie können es ruhig wagen. Es ist ein federleichtes Kunstwerk, wie es nur jemand mit großer dramaturgischer Begabung wie die Schriftstellerin – und Regisseurin – Carla Maliandi zustande bringt. Überall Studenten, Japaner, Türken – und eine deutsche Vermieterin.

Auch der Tod spielt – natürlich – eine Rolle, und das bringt mich auf Joachim Kalka. Nicht dass ihm etwas fehlt, er ist zum Glück noch ganz gesund, auch wenn in der ebenfalls ganz schön langen Reihe seiner Bücher bei uns eines sich unter dem Titel *Staub* auch jener Materie und ihrem literarisch-philosophischen Echoraum widmet, in die alle Menschen sich einst wieder zurückverwandeln.

Joachim Kalka ist das in Deutschland nicht mehr häufig anzutreffende Beispiel für einen universell gebildeten Literaturkenner, der sein Wissen bereitwillig und generös zu verbreiten versteht. All seine Bücher, zuletzt *Der Mond*, davor die Notizen über das Moderne im 19. Jahrhundert unter dem schönen Titel *Gaslicht* und auch die *Ehrfurchtsnotizen* genannten Stücke *Die Katze, der Regen, das Totenreich*, tragen nicht das Signum eines belehrenden Bescheidwissers, sondern sind darauf abgerichtet, die mögliche, wenn auch – Lamentatio! – nachlassende Neugier am Wissen um die Vergangenheit zu fördern und mit menschenfreundlicher Erklärungsfreude zugänglicher zu machen.

Dafür ist man inzwischen auch im nicht-deutschsprachigen Ausland so interessiert, dass Kalkas Bücher ins Englische und Spanische übersetzt werden. Apropos übersetzen: Als ich den Verlag gründete, suchte ich für John Maynard Keynes' *Freund und Feind* – das dem Verlag zusammen mit Keynes' Versailles-Buch viel Glück und Geld gebracht hat –, einen Übersetzer. Ein Kollege schlug Joachim Kalka vor, von dem ich nur wusste, dass er schon viele Bücher übersetzt hatte und deshalb garantiert zu teuer und prominent sein musste. Prominent ist er. Zu teuer kann ein derart begnadeter Übersetzer gar nicht sein. Es sind in diesem Verlag zahlreiche Bücher erschienen, die, manchmal wie im Falle von Giraudoux' *Doppelmemoiren* (Achtung: Wer kennt noch Jean Giraudoux?), auf seinen Hinweis hin hierher kamen und von ihm übersetzt wurden.

Ich habe einst, als Joachim Kalka wieder einmal bei Wein und Essen aus den manchmal endlos tiefen Taschen seines Wissens schöpfte und ebenso merkwürdige wie – immer! – interessante Dinge zutage förderte, ausgerufen, er sei gebildeter, als die Polizei erlaubt. Die bescheidene Antwort war: »Es ist alles, was ich habe.« Letzteres ist zum Glück nicht ganz korrekt, aber dennoch kann man sagen, dass Joachim Kalka sein Leben immer – und ich wage es zu sagen ausschließlich – mit seinem Wissen bestritten hat. Das muss gefördert werden, auch wenn er selbst einst wieder zu dem Staub wird, über den er geschrieben hat.

2019

Unsere Ibiza-Connection

Heute will ich aus gegebenem Anlass über Ibiza sprechen. Die Ferien- und Disco-Insel hat sich neulich für einen kostbaren Moment in das schwarze Loch der europäischen Rechtsradikalen verwandelt, als Herr Strache sich mit seinem Freund und einer rätselhaften russischen Oligarchen-Nichte in einer Ferien-Villa traf, um zu ergründen, wie man seine Wähler und die Österreicher noch etwas besser für dumm verkaufen kann, als dies ohnehin schon in der politischen und medialen Öffentlichkeit des Nachbarlandes immer wieder geschieht.

Dass es auf Ibiza auch Ureinwohner gibt, mag man angesichts der Reputation der Insel und solcher Nachrichten kaum glauben. Es leben dort aber Menschen (wie in Venedig), die dort geboren wurden und niemals weggezogen sind. Auch nicht im Sommer. Einer von ihnen ist Vicente Valero, mit Sicherheit einer der bedeutendsten Autoren, die Spaniens Gegenwartsliteratur zu bieten hat. Ich behaupte das nicht nur, weil seine Bücher in Peter Kultzens Übersetzung seit Jahren hier erscheinen. Es ist schlicht die Wahrheit.

Vicente Valero kommt von der Lyrik her, seit Jahrhunderten die besonders starke Seite der spanischen Literatur.

Für seinen Gedichtband *Días del Bosque*, der die Natur seiner Heimatinsel zum Gegenstand hat, ihre Vögel und ihre Wälder – beides gibt es dort tatsächlich immer noch –, hat er den Premio Loewe erhalten. Seit einigen Jahren aber schreibt Vicente Prosa.

Vor Jahren, als ich, durch Peter Kultzen, auf diesen Autor aufmerksam wurde, kaufte und las ich auch die 2008 im Berliner Parthas Verlag erschienene deutsche Übersetzung von Valeros Buch über die Aufenthalte Walter Benjamins auf Ibiza, 1932 und 1933. Was er dort wollte, ist unter heutigen Gesichtspunkten kaum vorstellbar: Er suchte Stille, Einsamkeit, und ihn interessierte die archaische Bevölkerungsstruktur der Insel, die Kultur ihrer alten, arabisch geprägten weißen steinernen Häuser, die man dort heute nur noch selten findet. Ich lobe gerne die Konkurrenz: Alle Benjamin-Freaks, und davon gibt es ja immer noch eine ganze Menge, sollten sich diese bedeutsame biographische Episode anschauen.

Bei uns sind von Vicente Valero mehrere Bücher erschienen. Vor zwei Jahren der Prosaband *Die Fremden*: Erzählt werden vier Lebensläufe aus der Familiengeschichte des Autors, Menschen, die durch die historischen Umstände gezwungen waren, die Insel zu verlassen, und nie wiederkamen. Vicentes Großvater mütterlicherseits wurde in den zwanziger Jahren, unmittelbar nach seiner Hochzeit, als junger Luftwaffenoffizier auf einen einsamen nordafrikanischen Wüstenstützpunkt versetzt, erkrankte und starb. Der Großvater väterlicherseits, republikanischer Offizier im Spanischen Bürgerkrieg, musste nach 1939 bis zu seinem Tod im südfranzösischen Exil bleiben und durfte nie zurück zu seiner Familie auf Ibiza. Sein Enkel hat vor Jahren sein Grab in Lisle-sur-Tarn gefunden, gekauft und besitzt nun mit dem Grab dieses Fremden, den er zu Lebzeiten nie gesehen hat, ein Stück Land in Südfrankreich. Ein schachspielender Onkel reiste als Assistent erst- und zweitklassiger Schachmeister durch die Welt, ehe er zu seinen fremd gewordenen Verwandten zurückkehrte und starb; ein weiterer Onkel verließ die Insel mit vierzehn, um sich einer Tanztruppe anzuschließen und sich, gemessen an der archaischen Moral seiner insulären Verwandten, den vielleicht skandalösesten Berufsweg auszusuchen. Auch er kehrte als von einer Aura umwehter Fremder zurück. Von ihm erbte die Familie das Haus, in dem Vicente dieses Buch schrieb.

All diese Lebensläufe sind ebenso berührende wie aussagekräftige literarische Gebilde. Geschrieben sind sie in einer für diesen Autor charakteristischen introspektiven Prosa, mit langen, proustianisch mäandernden Sätzen, freilich glasklar gegossen, wie aus dem Fernrohr eines interessierten Beobachters, der noch die intimsten Vorgänge mit einer in die Tiefe reichenden Leichtigkeit zu erklären und zu schildern vermag.

2019 erschien dann ein kleiner Roman, *Übergänge*, in dem auf kaum hundert Seiten das große politische und kulturelle Kapitel der spanischen jüngeren Vergangenheit, der Übergang von der Franco-Diktatur zur Demokratie, in Form einer Komödie verhandelt wird. Wieder stehen Valeros Familie und die seiner Freunde auf der Insel im Mittelpunkt. »Vicente Valero braucht nicht mehr als achtzig Seiten, um einen sprachlich, gedanklich und vom Aufbau her großartigen Roman vorzulegen«, schrieb Ralph Hammerthaler in der *Süddeutschen Zeitung*.

Neulich war der Autor in Berlin, und wir machten einen Ausflug nach Potsdam, zur Glienicker Brücke, zum Einstein-Turm, zu den Schlössern. Auf dem Heimweg saßen wir im Regen auf der Veranda des Gasthauses Moorlake an der Havel und sprachen über Ibiza: Die Insel-Existenz ermöglicht Vicente Valero eine Haltung distanzierter Nähe zu den kulturellen und politischen Vorgängen des Kontinents Europa. Er verlässt Ibiza ebenso gern, wie er wieder dorthin zurückkehrt. Man wird dies in seinem nächsten Buch nachlesen können: *Schachnovellen*. Darin reist er, Schach spielend, durch Europa: auf den Spuren von Brecht in den dänischen Exilort Svendborg, wo dieser mit Benjamin Schach spielte; er läuft mit zwei schachspielenden Überbleibseln aus Italiens Roten Brigaden auf Nietzsches Spuren durch Turin und Genua; er reist zu einer Lesung nach Augsburg, wo ihn ein schachkundiger Zuhörer fragt, warum er keine Gedichte über den Holocaust schreibe, und übernachtet in München in jener Straße, wo 1916 Franz Kafka einer schockierten Zuhörerschaft seine Erzählung »In der Strafkolonie« vortrug. Zum Schluss begibt er sich, anlässlich eines Schachturniers in Zürich, auf die Spuren Rilkes nach Berg am Irchel, wo dieser versuchte, die Duineser Elegien zu vollenden, und nach Schloss Muzot, wo es ihm gelang. Danach fliegt er zurück – nach Ibiza.

Ich fragte Vicente, wen er auf Ibiza unterrichte. Viele seiner Schüler in der Abendschule, so erzählte er, seien Senegalesen, die Spanisch lernen, um auf Ibiza (oder Mallorca) als Buchhalter zu arbeiten. Sehr motivierte Menschen, von denen mehr als einer inzwischen für die Gehaltsabrechnungen einheimischer Firmen verantwortlich sei. Ob Ibiza schön sei? Ja, früher, im Winter, wenn Stille einkehrte. Auch damit sei es vorbei: Im Winter werde gebaut, was im Frühjahr für die Touristen fertig sein muss. Angeführt von niederländischen Immobilienkonzernen werde inzwischen auch das unter Naturschutz stehende Innere ins Visier genommen. Trotzdem lebe er dort gern.

Vor ein paar Jahren war Valero auf Lesereise in Manchester. Der Moderator verkündete, dies sei ein Autor aus Ibiza, eigentlich doch der Name einer Party-Location, die im Winter geschlossen und im Sommer geöffnet werde, kein Ort, wo Menschen geboren werden, aufwachsen und sterben. Ich werde irgendwann hinfahren, bevor es zu spät ist. Zumindest aber lohnt es sich, die Bücher von Vicente Valero zu lesen, einem Ureinwohner jener Insel, auf der Walter Benjamin einst Stille und Einsamkeit suchte – und fand.

*

Der vorläufig letzte literarische Bericht von seiner Insel, der, wie bei diesem Autor gewohnt, das lokal Begrenzte mit leichter Hand in den Schauplatz einer zu einem bestimmten Zeitpunkt allgegenwärtigen Gefühlslage verwandelt, erschien 2022. Im Spanischen trug das Buch den schönen, weil mit leichter Geste tief in den Brunnen der sprechenden Vergangenheit reichenden Titel *Enfermos antiguos*. Es ist immer eine schöne, aber auch schwierige Sache, einem fremdsprachlichen Titel ein deutsches Pendant zu verleihen, ohne das unsichtbare Netz zu beschädigen, das er über das breitet, was folgt. In einer schwachen Minute oder unter dem schädlichen Druck der Erscheinungsrhythmen, denen die Verlagsarbeit unterworfen ist, gaben wir seinem Buch den korrekten, aber schlechten, weil, zumal in Coronazeiten, eher abschreckenden Titel *Krankenbesuche*. Wenig von der Aura des spanischen Titels ist darin bewahrt. Nur die Tatsache, dass es in diesem Buch tatsächlich um die Erinnerung an Besuche bei Menschen geht, denen etwas fehlt und die deshalb, wie in vielen mediterranen Ländern üblich, zahlreichen Familienangehörigen, Freunden oder auch nur Nachbarn oder Bekannten einen willkommenen Anlass bieten, sich an ihrem Krankenlager zu treffen, um sich dort ausführlich zu unterhalten und auszutauschen. Was ältere Spanier eine *tertulia* nannten. Aber unter der Hand von Vicente Valero, der sich, wie bei vielen seiner Bücher, anhand eines Romangeschehens an die eigene Zeit des Heranwachsens (er ist 1963 geboren) erinnert, bewegen sich nicht nur die Menschen, mitunter sogar die Kranken und Genesenden in diesem Buch. Es ist die Insel Ibiza selbst, die mittels dieser *tertulias* am Krankenbett zum Schauplatz eines größeren Geschehens wird. Gemeint ist immer wieder jener Prozess, in diesem Falle ein Genesungsprozess, in dessen Verlauf sich Spanien zwischen den späten sechziger Jahren, als Vicente Valero ein Kind war, und der Zeit seines Heranwachsens von einem archaisch fremden Stern in ein europäisches Land verwandelte. Vicente Valero ist ein ebenso scharfer wie leiser Beobachter dieser merkwürdigen, in ihren Auswirkungen dann doch recht ambivalenten Veränderung, die letzten Endes seine Insel aus dem Abseits, das noch Walter Benjamin so anzog, in jene Touristenstation verwandelte, die in absehbarer Zeit für die meisten ihrer angestammten Bewohner – darin nicht unähnlich Städten wie Venedig oder Neapel oder Barcelona – zu teuer werden dürfte. Vicente Valero zaubert in seinen schmalen Büchern aus solchen vermeintlich profanen Entwicklungen immer wieder kurze, tiefe literarische Stücke, die in den Mäandern ihres Stils tatsächlich, wie ein Kritiker anmerkte, an den großen Marcel Proust erinnern. Dabei handelt es sich ganz einfach um ein genuines Stück spanischer Weltliteratur. Wollten es doch nur mehr Menschen bemerken.

2019/2025

Epilogo

Jedes Unternehmen, das etwas auf sich hält, braucht ein Erkennungszeichen – ein Logo. Auch dieser Verlag hat eins: kleiner starker Mann in Unterhose, der was Schweres stemmt. Und wieso?

Ein Sportverlag ist das hier nie gewesen, obgleich zwei beachtliche Bücher im Lauf der Zeit erschienen sind. 2006 schrieb Detlev Claussen, pünktlich zur Fußball-WM in Deutschland, ein Buch über Béla Guttmann, den jüdischen Trainer, der in Brasilien den Weltfußball revolutionierte und mit der legendären Mannschaft von Benfica Lissabon in den sechziger Jahren zweimal hintereinander gegen die scheinbar unbesiegbaren Clubs aus Barcelona und Madrid den Europapokal der Landesmeister (heute: Champions League) gewann.

2018 schrieb Birgit Schönau, wie Maike Albath (siehe S. 174ff.) eine Herzensitalienerin, die lange Jahre für die *Süddeutsche Zeitung* über den italienischen Fußball überaus kundige und unterhaltsame Artikel beisteuerte, ein Buch über den italienischen Paradeclub Juventus Turin. Weil dieser mehr als alle anderen im ganzen Land verhasst und geliebt ist, wurde es ein besonders schönes Italienbuch aus ungewöhnlicher Perspektive.

So viel zum Fußball. Gewichtheben taugt eher weniger als Thema für ausladende Bücher. Aber alle vier Jahre betrachtete ich früher fasziniert die olympischen Wettkämpfe in dieser Sportart. Irgendwie nämlich war das sehr unterhaltsam. Auf traten eher untersetzte Männer (inzwischen auch Frauen) verschiedenen Gewichts, und immer, meinte man, kamen sie aus den gleichen Landstrichen: Russen, Türken, Iraner, Nordkoreaner, manchmal auch der eine oder andere Niederbayer. Zuletzt, wie könnte es anders sein, kamen sie alle aus China. Sie waren, so schien es, gedopt bis in die Haarspitzen und hoben mit mehr oder weniger Erfolg und angestrengt trauriger Miene diese riesigen Hanteln, die in der Regel ihr eigenes Körpergewicht um einiges überschritten. Mal fielen sie runter, mal wurden sie unter Gebrüll gestemmt. Es war immer ein berührendes und irgendwie auch sehr komisches Schauspiel.

Die ersten Entwürfe für unser Verlagslogo waren vor zwanzig Jahren von netter Einfallslosigkeit: Berliner Bären, mit oder ohne Brille, mit oder ohne aufgeschlagene Bücher, solche Sachen. Der glückliche Zufall half: Irgendwann besuchte ich einen Freund, Matthias Wähner, Professor an der Münchener Kunstakademie und beachtlicher Gegenwartskünstler. Eher nebenbei sprach ich die Verlagsgründung an, ob er dazu eine Idee habe. Und siehe da: Eine Woche später präsentierte er mir ein Männchen, zu dem ihn, wie ich mich zu erinnern meine, eine Figur in einer Schneekugel inspiriert hatte. Da fielen sie mir wieder ein, die starken Männer von der traurigen Gestalt, und ich musste lachen. Das Gelächter hat sich verbreitet, das Logo ist ein Markenzeichen dieses kleinen Bücher-Brands geworden, und zum 20. Jubiläum hat Christine Wunnicke (siehe S. 233f.) sogar ein Gedicht über den unverwechselbaren Typen geschrieben, der uns Glück gebracht hat. Von ihr stammt auch das erschöpfte Pendant auf dem Frontispiz, das seine »grenzdebile« Hantel nach zwanzig Jahren endlich einmal abstellen darf, um Luft zu holen. Vielleicht ganz passend am Ende dieser Tour durch zwanzig Jahre. Anders als für die angestrengten Athleten war das Stemmen der Gewichte hier immer ein großer Spaß.

Wie alle anderen wurde auch dieses Buch nicht allein gestemmt. Es halfen Beatrice Faßbender (Lektorat), Sophie von Heppe (Redaktion), Antje Haack (Gestaltung), Beate Zimmermanns (Herstellung), Christoph Baron (Korrektur). Uli Deurer sorgt wie immer, im Verein mit unseren treuen Vertreterinnen und Vertretern, für den möglichst geraden Weg in den Buchhandel, Petra Biesenkamp muss für dieses Buch ausnahmsweise keine Honorarabrechnung besorgen. Und Timur Türemen hat alles sorgfältig elektronisch verkabelt. Ihnen allen, die diesem Verlag über lange Jahre die Treue gehalten haben, zu schweigen von den Fans und Leserinnen und Lesern, die das auch getan haben, möchte ich an dieser Stelle danken.

Ein Logo spricht
Von Christine Wunnicke

Zwanzig Jahre hab ich dieses Ding gestemmt!
Jetzt tun mir langsam meine Arme weh.
Die Schultern kneifen und der Ischias klemmt,
ich stell's ein bisschen hin, ist das okay?

Ich bin vergoldet von der ganzen Ehre,
mitsamt dem Höschen; ja, das Höschen auch –
so blicke ich zurück auf die Karriere,
mit wenig Hals und etwas weichem Bauch.

In vielen Büchern war ich vorn vorhanden
– die meisten dünn, ein paar auch eher dick –
was drinstand, hab ich leider nie verstanden,
doch das Papier, mit mir, das war schon schick.

Ihr Berenbergs, war ich nicht wunderbar,
mit meiner grenzdebilen krummen Hantel?
Doch ungehört verhallte immerdar
mein stiller Schrei nach einem Bademantel.

Frau Wunnicke schickt mich zum Gratulieren,
ich soll was singen, sagt sie, oder so –
wahrscheinlich tut sie selber sich genieren,
es könnte sein, dass sie schon längst entfloh.

Textnachweise

»Erinnerung an eine Stadt am Meer«. In: *Barcelona. Avantgarde im Norden des Südens*, Corso Verlag, Hamburg 2011

»Im Labyrinth der Einsamkeit. Über Javier Tomeo«. In: Javier Tomeo. *Hotel der verlorenen Schritte.* Erzählungen. Aus dem Spanischen und mit einem Nachwort von Heinrich von Berenberg. Verlag Klaus Wagenbach, Berlin 2007

»Lebensromane. Rafael Chirbes in seinen Tagebüchern«. In: Rafael Chirbes, *Von Zeit zu Zeit. Tagebücher 1984–2005.* Übersetzt von Dagmar Ploetz und Carsten Regling. Verlag Antje Kunstmann, München 2022

»Der Ruinenwächter. Josep Pla und die Katalanen«. In: Josep Pla, *Dalí.* Aus dem Katalanischen von Theres Moser. Berenberg Verlag, Berlin 2004

»Der 11. September des Roberto Bolaño« besteht aus zwei bereits erschienenen Texten: dem (aktualisierten) Nachwort zum Erzählungsband *Cowboygräber* von Roberto Bolaño (Carl Hanser Verlag, München 2020) sowie dem (gekürzten) Artikel »Ästhet und Folterknecht«, *Die Zeit*, 44/2015

»Góngora in Leipzig. Eine Erinnerung an die sozialistische Spätantike«. In: Ingrid Sonntag (Hrsg.), *An den Grenzen des Möglichen. Reclam Leipzig 1945–1991*. Christoph Links Verlag, Berlin 2016
»Out of Urfeld. Über Richard von Schirach«. In: Richard von Schirach, *Die Nacht der Physiker. Heisenberg, Hahn, Weizsäcker und die deutsche Bombe*. Berenberg Verlag, Berlin 2024

Sämtliche Texte wurden für diese Ausgabe neu durchgesehen.

Christine Wunnickes Gedicht entstand zum Verlagsjubiläum im Herbst 2024 und wird hier erstmals veröffentlicht.

MIX
Papier | Fördert gute Waldnutzung
FSC® C089473

© 2025 Berenberg Verlag GmbH, Sophienstr. 28/29, 10178 Berlin
Die Nutzung unserer Werke für Text- und Data-Mining
im Sinne von § 44b UrhG behalten wir uns explizit vor.

Konzeption | Gestaltung: Antje Haack | www.lichten.com
Satz | Herstellung: Büro für Gedrucktes, Beate Zimmermanns
Abbildungen: Einbandillustration von Antje Haack,
Frontispiz: privat
Reproduktion: Frische Grafik, Hamburg
Druck | Bindung: Beltz Grafische Betriebe, Bad Langensalza
Printed in Germany
ISBN 978-3-911327-07-7

Kontaktadresse nach EU-Produktsicherheitsverordnung:
info@berenberg-verlag.de